献礼改革开放40周年

U0783926

# 贴地飞行

## 中国自主创新发展磁浮交通纪实

王握文　著

湖南科学技术出版社

**图书在版编目（CIP）数据**

贴地飞行 ：中国磁浮交通发展纪实 / 王握文著. --长沙 ：湖南科学技术出版社，2018.12

ISBN 978-7-5710-0023-3

Ⅰ．①贴… Ⅱ．①王… Ⅲ．①纪实文学－中国－当代Ⅳ．①I25

中国版本图书馆 CIP 数据核字 (2018) 第 268108 号

TIEDI FEIXING ZHONGGUO ZIZHU CHUANGXIN FAZHAN CIFU JIAOTONG JISHI

**贴地飞行** 中国自主创新发展磁浮交通纪实

著　者：王握文

责任编辑：王　斌

出版发行：湖南科学技术出版社

社　　址：长沙市湘雅路 276 号

　　　　　http://www.hnstp.com

邮购联系：本社直销科　0731－84375808

印　　刷：湖南众鑫印务有限公司

　　　　（印装质量问题请直接与本厂联系）

厂　　址：长沙县榔梨镇保家工业园

邮　　编：410129

版　　次：2018 年 12 月第 1 版

印　　次：2018 年 12 月第 1 次印刷

开　　本：710mm×1000mm　1/16

印　　张：15.25

字　　数：280000

书　　号：ISBN 978-7-5710-0023-3

定　　价：54.00 元

001
目
录

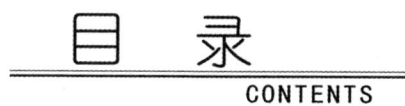
CONTENTS

贴地飞行——中国自主创新发展磁浮交通纪实

# 引 子

## 遥远的东方有一条"龙"

龙是中华民族的图腾。《辞海》中解释：龙，古代传说中一种有麟角须爪，能兴云作雨的神异动物。

在中国人眼里，龙是祥瑞的化身、中华民族的图腾，自古以来就有着特殊而重要的地位。过去，至高无上的皇帝穿的服饰绣有龙，名曰"龙袍"；坐的椅子雕有龙，称为"龙椅"；睡觉的床铺有龙的图案，叫作"龙床"；出行乘坐的船自然就叫"龙船"。世界上大概只有中国人最尊崇龙了，在那些古老而庄重的建筑物上，龙也成了最为常见的图案，蕴含着庄严、正气和吉祥。

"二月二，龙抬头。"在我国民间，农历二月初二被称为"龙抬头日"，亦称"春龙节"。此时，春天真正来临，万物复苏，人像龙一样从冬眠中醒来，生龙活虎，龙马精神。大约从唐朝开始，中国人就有过"二月二"的习俗，吃面条称之为吃"龙须面"，水饺称"龙耳"，饼子称"龙鳞"，所有食物似乎无"龙"不成席。这一天，也是家长们送孩子入学读书的日子，有"望子成

龙"之寓意。

早在战国时期，我国就有"龙舟竞渡"的习俗，这种兼具祭祀与娱乐的传统，既娱神又乐人，很受民众喜爱。公元前278年，秦军攻破楚国都城，含冤流放的楚国贤臣屈原闻讯后，于五月初五这天写下《怀沙》绝笔，抱石投汨罗江而死。当地民众纷纷到汨罗江边凭吊，渔夫们划着龙舟在江中击鼓疾驶，以此驱散江中的鱼，以免它们吃掉屈原的身躯。此后，每年农历五月初五，当地民众都以划龙舟来纪念屈原，于是，形成了"端午节赛龙舟"的文化传统。今天，在屈原投江的湖南省汨罗市等地方，每年五月初五都要举办盛大的国际龙舟节，龙舟竞渡，百舸争流，热闹非凡。1980年，赛龙舟正式列入中国国家体育竞技项目，吸引着广大体育爱好者的参与。

"古老的东方有一条龙，它的名字叫中国；古老的东方有一群人，他们全都是龙的传人。巨龙脚底下我成长，长成以后是龙的传人。黑眼睛、黑头发、黄皮肤，永永远远是龙的传人。"这首歌曲《龙的传人》，在海内外华人中耳熟能详，广为流传，经久不衰。黑眼睛、黑头发、黄皮肤的中华儿女，无论走到哪里，身处何方，都将自己比喻为"龙的传人"。

龙象征着吉祥，龙代表威武与力量。人们喜欢将那些能在地上奔跑的庞然大物，比喻为"巨龙"。比如，火车出现后，将其称为"钢铁巨龙"。因为火车重量大、体形长、跑得快，比喻为"钢铁巨龙"，可谓名副其实。

但是，仔细一想，这个"钢铁巨龙"又缺少"龙"的一个要素——腾空飞翔。火车不能飞翔，怎能称其为"巨龙"呢？当然，这不过是一种比喻罢了，火车那么重，怎么可能像龙一样"飞"起来呢？

飞翔，是人类的一个梦想。随着热气球、飞机、宇宙飞船的出现，人类的飞行梦想，早已变成了现实。被称为"钢铁巨龙"的火车，也能"飞"起来吗？这个问题似乎有点偏离常识，在现代交通工具中，在陆地行走的都被称为"车"，它依靠"车轮"行驶，车与轮相辅相成，是车必有轮，有轮才称之为车。几十上百吨重的火车，也是以轮子为支撑沿着轨道向前行驶的，它没有翅膀，怎么可能"飞"起来呢？

仅仅因为火车被比喻为"钢铁巨龙",就要求它具有"龙"的飞翔功能,太过天真了吧,简直是异想天开。

然而,"异想天开"正是人类进行科学创造与创新的动力源泉,更是科学家们不可或缺的创新思维。让"钢铁巨龙"摆脱地球引力,消除轮轨接触产生的摩擦阻力,让其沿着轨道"飞行",这个在常人看来是异想天开、匪夷所思的"白日梦",有人就真把它当成一项科学来研究。20世纪初,一位名为赫尔曼·肯佩尔的德国科学家,就别出心裁地提出了电磁浮列车的概念。他的创新设想原理很简单,即利用电磁铁"同性相斥、异性相吸"特性,让列车"悬浮"起来"贴地飞行"。这样,列车没有了轮轨接触产生的摩擦阻力,速度就可以大大提高,也不会产生震动与噪声,乘坐更加舒适。

它是多么神奇而新颖的列车,又多么值得科学家去研究探索。然而,赫尔曼·肯佩尔这个大胆而奇妙的创新设想,历经几十年研究,却没有引起人们的关注,尽管研制与试验取得阶段性进展,却始终不被政府和民众看好,推广应用更是毫无进展。

当这项创新研究在德国屡屡受挫之时,却引起了"龙的传人"的极大兴趣。从1980年开始,国防科技大学以常文森领衔的创新团队开始了近40年的探索与攻关,尽管也遇到了赫尔曼·肯佩尔相同的窘境,但几十年来不曾停止过创新的步伐。

光阴似箭。当人类进入21世纪,赫尔曼·肯佩尔让火车"贴地飞行"的梦想,在"龙的传人"的创造性劳动中,已经变成了现实。这种没有轮子、依靠电磁力悬浮在轨道上行驶的列车,科学家为它取得了一个美丽而名副其实的名字——"零高度飞行器"。

2002年12月31日,世界第一条高速磁浮交通商业运营示范线在中国上海建成通车。如果说,这条线是引进德国技术而不足为奇的话,那么,我国拥有完全自主知识产权的中低速磁浮交通商业运营线——长沙磁浮快线、北京S1线的相继建成通车,则是打下了"龙的传人"烙印的"中国智造"。

2016年5月6日,长沙磁浮快线正式通车运行,标志着我国成为世界上

极少数能够研制、设计、制造和建设磁浮交通系统的国家。全长 18.55 千米的"贴地飞行",将长沙高铁南站与长沙黄花机场两个现代化交通枢纽,紧密地衔接起来,时速 100 千米,全程只要约 18 分钟,它是目前世界上线路最长的中低速磁浮交通运营线。

截至 2017 年 12 月 31 日,长沙磁浮快线安全运营 605 天,共计开行列车 70734 列次,总运营里程 133.8 万千米,累计发送旅客 456.63 万人次,全线单日最高客流达 11503 人次。

而 2017 年 12 月 30 日,我国最早启动建设的中低速磁浮交通示范线——北京 S1 线正式开通运营。

北京 S1 线西起门头沟,东至石景山苹果园,全长 10.236 千米,设有 8 个高架站,采用 10 列 6 辆编组,平均时速为 80 千米,额定载客数为 1032 人,每天载客量可达 16 万人次,全年客运量为 5600 多万人次,它因此成为世界上目前运能最大的中低速磁浮交通商业运营线。

放眼全球,当今世界只有中、德、日、美、韩等少数国家掌握了磁浮交通技术。德国虽然最早开展磁浮交通研究,却没有在国内建设运营线路,2003 年,我国引进德国高速磁浮交通技术,在上海建成了 30 千米的高速磁浮交通商业运营线,这是该国技术首次用于运营线路建设。2005 年,日本建设了世界上第一条低速磁浮运营线,长度仅有 8.9 千米。此后,韩国在仁川修建了一条 6.1 千米的中低速磁浮交通线,仅提供免费乘坐体验,并没有投入商业运营。

遥望东方,一南一北两条磁浮交通运营线交相辉映,带着"中国智造"的荣耀"贴地飞行",向世人展示着新型绿色交通工具的方便、舒适、快捷,开启了中国磁浮交通的新时代。

中国,一个孕育了飞天梦想的浪漫国度,一个饱经沧桑的东方大国,一个诞生了四大发明的文明古国,从此以更加自信的姿态屹立于世界轨道交通舞台。

业内人士预计,到 2020 年我国有望建成 5 条以上中低速磁浮交通商业运

营线路，而时速 200 千米左右的中速磁浮和时速 600 千米的高速磁浮，已列入国家轨道交通装备关键技术产业化实施方案，正加紧研发和开展前期建设。可以预见，代表中国高端制造的磁浮交通将迎来一片产业蓝海。

环顾世界磁浮交通，风景这边独好。

# 第一章

## 什么车没有轮

"什么车没有轮?"这是一个谜语,谜底是"风车"。

猜中这个谜语,需要来一次"脑筋急转弯",因为它偷换了"车"的概念。自古以来,车与轮是密不可分的,是车必有轮,轮是车的依托,没有轮子怎能称其为车呢?在我国文字形成发展过程中,"车"这个象形字,最能说明这个问题。

车属于陆地交通工具,由于受地球引力作用,必须安装轮子用于承载和移动,"轮"也就成了"车"的不可或缺的重要部件。没有轮子的"车",大概也只有"风车"了,而"风车"不是交通工具,当然不是真正意义上的"车"。

"什么车没有轮?"这个谜语,其实寄托着人类的一种梦想,就像对飞行的梦想一样,经过莱特兄弟的大胆尝试,最终不也变成现实了吗?

不过,人类对没有"轮"的"车"的追求,比实现飞行的梦想要迟来了

上百年，过程也长得多。从 1922 年梦想萌芽，到 2002 年在中国梦想成真，经过几代科学家与工程技术人员的拼搏奋斗，人类才真正有了没有"轮子"的"车"，这一过程经历了整整 80 年的漫长探索与创新过程。

这种没有轮子的"车"，就是利用磁铁同性相斥、异性相吸的特性，以信息技术为纽带，整合传统交通工业而诞生的新型交通工具——磁浮列车。

"什么车没有轮?"如果现在有人让你猜这个谜语，再回答"风车"，就有些"OUT"了，正确的答案是，有着"零高度飞行器"美誉的磁浮列车。

第一章  什么车没有轮

## 追求速度，催生梦想

人类的发展总是以追求速度与效率为牵引。19 世纪，发端于英国的工业革命，动摇了几千年来的运输模式，汽车的出现实现了动力革命，速度大大提高，从此使速度与效率联系在一起。如今，随着高速公路的大量建设，汽车时速普遍达到 100 千米以上，极大方便了人们的出行，节省了路途中的时间。

速度与效率是人类永恒追求的目标。1825 年，世界上第一条标准轨铁路问世，火车便成了人们生活中不可或缺的重要交通工具，它承载量大、速度更快、更加安全。作为工业化水平的标志，铁路交通体现着一个国家的综合国力，于是，随着科技的发展，铁道线越来越多，火车速度节节攀升，人员与货物的运输越来越便捷，这是铁路交通对人类社会发展进步的贡献。

人类追求速度是无止境的。然而，速度越高，阻力也就越大，因为列车行驶的阻力与速度的平方成正比，所以，当列车的时速达到或超过一定值时，就很难再提速了。现在，即便是在专用轨道上行驶的高速列车，时速一般都在 300 千米左右，很少能超过 400 千米。

为什么列车的速度不能持续往上提升呢? 这就涉及成本和性价比的问题了。轮轨列车提速的代价是相当昂贵的，科学家曾进行过计算，时速 300

千米的高速铁路，其造价比时速 200 千米的准高速铁路要高出近两倍，比时速 120 千米的普通铁路高 3 至 8 倍，如果列车速度继续提高，其造价还将急剧上升。

速度提升带来的另一个问题是，高速行驶的列车由于轮轨之间的摩擦，会引起的强烈震动和噪声，以及拐弯时产生的离心力，使人乘坐产生不舒服的感觉，还会带来安全和维修成本等一系列问题。

科学家们经过深入分析研究，认为进一步提高列车速度，首先需要解决的关键问题是，如何消除列车轮轨因机械接触而造成的摩擦与震动，必须综合考虑震动、噪声、安全、造价、维修等一系列因素。但这些问题解决起来相当难，因为列车是个笨重的"铁家伙"，一节列车重达几十吨，加上载客或是货物就是几百吨，要让它能摆脱地球的引力，消除轮轨之间的机械接触产生的摩擦与震动，简直"难于上青天"，科学家普遍认为，现在的高速铁路时速已经接近极限。

善于探索与创新的科学家们，却从没有放弃对速度的追求，世界上的事情"只有想不到，没有做不到"，办法总比困难多，任何问题都是有解的，只是要找到解决的路径与方法。

科学家们经过长期研究与分析，认为消除轮轨列车摩擦与震动的办法无外乎两种：一种是气浮法，在列车车体底部安装一个喷气装置，通过向铁道上喷气，利用反作用力使火车浮起，从而摆脱地球的引力；另一种是磁浮法，即利用磁铁同性相斥和异性相吸的特性，使列车在铁轨上悬浮起来，车与轨不接触，自然就没有了摩擦阻力，震动也随之消失。

第一种气浮法，原理并不复杂，问题是列车过于笨重，喷气面也大，只有当喷气产生的推力比列车重量更大，才能将车厢托起。但要让它沿着铁道前进，且不说能否实现稳定控制，光是喷气产生的噪声、扬起的尘土、对路基的破坏等就是一大难题，如果再考虑到造价与乘客舒适性，此法根本行不通，故不宜采用。

第二种磁浮法，利用电磁铁"同性相斥、异性相吸"的特性，使列车在

铁轨上悬浮起来运行，原理简单也很好理解，问题还是因为列车太过笨重，实现稳定悬浮与控制，困难重重，相比于前者，磁浮法似乎要科学现实一些，也许是一个好的选择。

1922 年，德国科学家赫尔曼·肯佩尔第一个提出了"电磁悬浮铁路"的设想，并开始着手研究。此后，他获得了世界上第一项有关磁浮技术的专利。1953 年，赫尔曼·肯佩尔写出了他一生最具开创性的研究成果——《电子悬浮导向的电力驱动铁路机车车辆》科学报告，却并未引起多少人关注，人们觉得这只是一种科学"幻想"罢了，将笨重的列车悬浮起来行驶，是多此一举，也不现实，没有任何工业和商用价值可言。

赫尔曼·肯佩尔的研究尽管没有引起什么反响，但他坚持"走自己的路"，始终没有放弃他的研究。作为一位有创新追求的科学家，他相信只要坚持不懈地探索创新，这一设想最终是可以实现的，坚持率领自己的研究小组不断地探索前行。

根据电磁原理来研究磁浮列车，在当时别说是普通人，就是一些科学家们也认为赫尔曼·肯佩尔的研究没有任何可行性，更不要说应用了。人类自从发明了轮轨列车以来，列车就是依靠轮子承载在轨道上运行。如果凭着简单的磁铁特性原理，就想去掉承载重量的轮子，让列车以悬浮状态在轨道上运行，简直是痴人说梦，就当作茶余饭后的一个话题罢了。

俗话说："屁股决定脑袋。"在交通部门和政府决策者看来，轮轨列车技术已经成熟，时速可以达到 100 千米，甚至 200 千米，已经是够快的了。如果要想再快，可以选择乘坐飞机。没有必要别出心裁去研制一个没有轮子的列车，不仅投资看不到回报，更是一个"无底洞"。即便技术突破了，能否实现，是否可行，安全性怎样？性价比如何？一切都还是未知数。

在科学家眼里，创新是没有禁区的，更不能受传统思维的禁锢。从创新实践看，凡是原理上行得通的，就一定能找到成功的路径。把"不可能"变成"可能"，这就是创新的价值和意义，特别是磁浮列车，其创新更是具有划时代的意义——它第一次打破"车"必有"轮"的概念，让车不依赖于轮子

而能"贴地飞行"，这是多么具有变革性的科学创造！

当普通人认为磁浮列车只是一个"神话"或是"科幻"时，科学们家却认定它或许就是未来的一种新型交通工具。

当然，这只是科学家们的一个美好梦想。美梦能否成真呢？

## 理想很丰满，现实太骨感

每一个勇闯禁区的科学家都是一位浪漫主义诗人。

"磁浮列车"这一概念的提出，源于追求列车速度和乘坐舒适度的朴素想法。运用电磁铁原理，让列车摆脱地球引力，实现轮轨不接触消除摩擦与震动，从而提高列车的速度，增强乘坐的舒适度，原理可行，依据充足，其前景也十分诱人。

科学研究的道路上，总是充满着矛盾与不确定性，理论上可行是一回事，实践中能否实现却又是另一回事。任何事情如果"想得到"就能"做得到"，那就没有科学家什么事了，创新也就可有可无。

科学研究的作用和价值在于找到一条通向彼岸的桥梁。从轮轨列车到磁浮列车的这座"桥梁"，如何设计、怎样建造？能否通向理想的彼岸？这些问题，恐怕连最早提出"磁浮"概念的赫尔曼·肯佩尔心里也没谱，也就怪不得有人当作"神话"和"科幻"了，以当时的科学水平和人们的认识程度，不拿它当回事也很正常。

事实也的确如此。磁浮列车作为一种新生事物，与其他新技术容易被人们理解、接受、快速发展不同，它从萌芽到发展，进展十分缓慢且倍受质疑。从1922年赫尔曼·肯佩尔最早提出"电磁悬浮铁路"概念，到1934年获得有关磁浮技术专利，10多年时间未引起人们的关注。从1934年到1968年的34年间，除了赫尔曼·肯佩尔和他的课题组，并没有其他研究机构进行研究，只有极少数人关注和观望，赫尔曼·肯佩尔的创新之路十分寂寞，与其他科

学领域形成了强烈反差。

这一时期，计算机技术诞生，它比磁浮技术晚了几十年。1946年2月15日，美国工程师穆奇里研制出世界第一台电子计算机，运算速度是每秒5000次。让穆奇里没有想到的是，他的这一发明成果所带来的信息技术革命，迅速地改变了世界。

短短几十年时间，从初级计算机、台式电脑，到巨型计算机、超级计算机，其性能每10年提高1000倍。到21世纪初，达到了每秒1万亿次，10年后，超级计算机已实现了每秒万万亿次，已广泛应用于石油勘探数据处理、生物医药研究、航空航天装备研制、资源勘测和卫星遥感数据处理、金融工程数据分析、气象预报、气候预测、海洋环境数值模拟、新材料开发和设计、土木工程设计、基础科学理论计算等领域，成了一个国家重要的基础设施和综合国力的标志。

计算机技术发展一日千里，让赫尔曼·肯佩尔望尘莫及。究其原因，主要是磁浮列车涉及学科多，技术复杂，既受到创新条件、制造水平和工艺等众多因素的制约，又有人们思维观念羁绊、应用前景不明、政府支持不够等各方面原因。正所谓"理想很丰满，现实太骨感"，磁浮列车的发展远比赫尔曼·肯佩尔等研究者想象的要艰难而复杂。

经过了漫长的沉寂和等待之后，有着欧洲"火车头"的德国，随着经济快速发展，交通问题日益突出，开发新的高速交通体系开始变得紧迫起来，直至这时，磁浮列车才引起人们关注。德国联邦交通部、联邦铁路公司在"高运力快速铁路的研究"中，第一次将磁浮高速铁路列入其中。这是磁浮列车首次进入政府交通部门的视野，正式提上了议事日程。

此时，距赫尔曼·肯佩尔提出"电磁悬浮铁路"设想，时间已过去了近半世纪。

有了政府的支持，德国的磁浮交通研制迅速提速。20世纪70年代初，他们研制出世界上第一辆磁浮原理样车，建成了一条长660米的试验线，经过一系列运行测试，证明了磁浮列车的可行性，磁浮交通终于迎来了第一缕

曙光。

从 1970 年开始，日本、美国、俄罗斯、加拿大、英国等国家紧随德国之后，相继开始了磁浮交通技术的研发工作，研制相继取得进展。德国则如同开足了马力的机器，在磁浮交通技术领域扮演着"领跑者"角色，始终处于世界前列。

1977 年 7 月 13 日，最早提出和研究磁浮列车的赫尔曼·肯佩尔不幸与世长辞。他的磁浮梦想永远停留在了那条长 660 米的试验线路上。

没有人知道赫尔曼·肯佩尔在弥留之际的心情，是欣慰、满足？还是遗憾、牵挂？或许种种心情兼而有之吧。历史就像是一双无情的大手，把他牵到了人迹罕至的河边，让他看见了对岸的圣光，却忘了为他准备通往彼岸的航船。

幸运的是，德国磁浮交通技术沿着赫尔曼·肯佩尔的梦想不断前进，在世界上一直保持着领先水平。20 世纪 80 年代，德国修建了一条长达 31.5 千米的磁浮交通试验线，磁浮列车试验最高时速达到 400 千米，引起舆论一片惊呼。

此后，日本人后来居上，研制的超导磁浮列车，在试验线上更是创造了时速 550 千米轨道交通的世界纪录。

1980 年，世界磁浮交通研究领域，迎来了一位新成员——中国，国防科技大学常文森教授领衔的课题组，在国外技术封锁的情况下，从"0"起步，开始向磁浮交通领域进军。

1988 年 1 月 22 日，从德国再次传出令人振奋的消息：时速达到 412.6 千米的高速磁浮列车，在慕尼黑国际交通展览会上展出，再次引起国际交通界的极大关注，德国人更是引以自豪和骄傲。

尽管德国在磁浮交通领域不断取得突破性进展，但一直停留在试验阶段，推广应用一波三折，科学家、政府官员和民众对此争论不休，始终没有着落。

作为磁浮交通技术的开创者和领先者，德国几十年中都只能拿它用来做展示，不仅自己纠结不已，世界也不明就里，也给反对者提供了口实。

# 磁浮列车，如何超凡脱俗

不用轮子，让列车悬浮在轨道上运行，这是磁浮列车的独特之处与魅力所在。

稍有物理学知识的人，对于电磁型磁浮列车的原理并不难理解，它是利用电磁力抵消地球引力，通过自动控制手段使列车悬浮在轨道上悬浮起来，悬浮间隙为 1 厘米左右，让列车与轨道处于一种"若即若离"的状态，再通过直线电机牵引使其"贴地飞行"。人们将它比喻为"零高度飞行器"，再贴切不过。

专家介绍，磁浮方式一般有两种，一种是排斥型（EDS 电动型），另一种即吸力型（EMS 电磁型）。

排斥型的磁浮列车，在车厢底部两侧安装有磁场强大的超导电磁铁，车辆运行时，通过电磁铁切割轨道两侧安装的铝环，在产生感应电流的同时，形成一个同极性反磁场，从而把列车推离轨道而悬浮起来。采用排斥型的磁浮列车，在静止时，由于没有切割电流，只能像飞机一样用轮子支承车体，只有当列车在直线电机驱动下，时速达到 80 千米临界值以上时，才能悬浮起来。所以，这种悬浮方式的磁浮列车，仍然需要有车轮，不过车轮只是在静止时或初始阶段发挥作用。日本采用排斥型的磁浮列车，在山梨磁浮列车试验线创造了时速 603 千米的地面交通最高速度。

吸力型磁浮列车，则是将电磁铁置于轨道下方，固定在车体转向架上。当电磁吸力与电磁铁所承受的重量相等时，列车不论是静止还是运行状态，自动控制的悬浮系统都能将列车处于稳定的悬浮状态。

吸力型磁浮列车，是目前国际上比较成熟的磁浮交通技术，我国拥有自主知识产权中低速磁浮运营线——长沙磁浮快线、北京 S1 线，日本在名古屋附近建成的 8.9 千米的磁浮交通运营线，以及中国引进德国技术建造的上海

高速磁浮线，都是采用吸力型的磁浮列车。

按运行速度划分，磁浮列车可分为高速和中低速。时速在 300 千米以上为高速磁浮列车，一般采用主动悬浮控制、主动导向控制和长定子同步牵引技术，适合于远距离的大城市之间的交通运输。中低速磁浮列车时速一般在 100 千米左右，时速 200 千米左右称为中速列车，它们都是采用主动悬浮、被动导向和短定子异步牵引技术，车辆结构和线路轨道结构比高速磁浮简单，因而造价相对比较低，适合于城市内部或卫星城之间的短距离的轨道交通，发展应用前景广阔。

在时速 200 至 400 千米的中高速区间，高速铁路列车最具优势。正如前面所述，时速 200 千米左右中低速磁浮列车，或是时速 400 千米以上高速磁浮列车，才是它的优势所在，这也正好与高速铁路形成互补，可以各展所长，协调发展。

这只是一种理想的分析，高速磁浮交通如何在"后高铁"时代展现优势，将是一个有待解答的重大课题。

## 优势很明显，缺点也不少

磁浮列车利用电磁力支撑车体，采用直线电机牵引，实现了由接触摩擦力向非接触电磁力的飞跃，与普通轮轨列车相比，具有许多独特优势。

噪声低、振动小。列体与轨道之间不接触、无摩擦，因而阻力小、噪声低。列车平稳舒适，轨道附近也感觉不到振动，不会对沿线居民带来干扰。据测试，轨道 10 米内噪声小于 64 分贝，普通轮轨列车噪声一般在 90 分贝左右。振动小、无噪声、不扰民，乘坐平稳舒适，是它的一个显著特点。

转弯半径小、爬坡能力强。磁浮列车的转弯半径最小可达 50 米，而轮轨列车一般在 200 米左右。摆脱了轮轨黏着系数的制约，爬坡能力可达 70‰，而轮轨列车最多能爬 30‰的坡度。因此，磁浮列车选线灵活、适应性强，更

适合于起伏大的线路，可减少拆迁和开凿隧道、山谷架桥等费用。

无磨损、使用寿命长。没有轮轨接触的磨损，也就没有摩擦对轮轨的磨耗，大大减少了系统维护工作量，维护费用低。检测可由电脑系统对电力和电子设备进行检测，而轮轨列车必须由人工对机械等进行例行检修。据测算，磁浮列车年运行维修费仅为总投资的 1.2%，而轮轨列车高达 4.4%。磁浮列车的路轨寿命可达 80 年，列车寿命为 35 年，而普通轮轨列车路轨寿命只有 60 年，车辆寿命为 20 至 25 年。显然，没有轮轨接触磨损的磁浮交通使用寿命更长。

结构相对简单、综合性价比高。没有车轮，也就取消了传动机构，降低了车辆结构件的精度要求。轮轨车辆传动齿轮的加工精度要达到微米量级，要求是相当高的，而磁浮列车直接省去这一块东西。至于建造成本，磁浮交通明显低于地铁。不计拆迁费用，磁浮交通每千米造价为 2 亿至 3 亿元，而地铁每千米造价需要 6 亿至 7 亿元，造价与城市轻轨相当，但它没有噪声，维修维护费用低，其综合性价比要高于轻轨。同时，以电作能源的磁浮列车，不会产生空气污染，真正实现绿色出行，是适合城市和旅游区的交通工具。

分布力均衡、对车辆和轨道的冲击力小。磁浮列车的悬浮力和牵引力平均分布于整个车辆长度，分布力产生的压强是轮轨集中力压强的几百分之一，大大降低了轨道硬度和耐磨的要求，降低了轨道的造价。同时，分布力均匀作用于车辆和轨道结构，减小了冲击系数，大大提高了车辆和轨道冲击疲劳寿命，降低了对桥梁的刚度要求。

安全性能高、加速性能好。磁浮列车车体和钢轨是一个整体，车体是"抱"在轨道上运行，车体两侧像钳子一样卡住轨道，不存在脱轨问题，其安全性很高。无轮轨黏着制约，短距离就可以达到较高的运行速度，且速度调节范围宽，可适用于不同距离和其他不同要求，特别适合于城市轨道交通的短站间距。

"磁浮列车是自斯蒂芬森的'火箭'号蒸汽机车问世以来，铁路技术的一次根本性突破。"有人如此评价，认为磁浮列车一举打破了人们对"车"的传

统概念，将成为一种超凡脱俗的新型交通工具。

如果把城市轨道交通中的地铁、轻轨和磁浮列车从单程运力、速度、建设成本、对周边环境的影响几个方面做一个对比，可以得出以下结论——

论运力，地铁的单程运力最高，磁浮的运力与轻轨相当；从速度上看，磁浮速度最快，轻轨最慢；从对周边环境的影响上看，地铁在地下运行，影响最小，磁浮无振动、无噪声、无污染，低碳环保，而轻轨噪声较大，对沿线居民有干扰；从建设成本上来看，地铁的成本最高，磁浮远低于地铁，略高于轻轨。

有关专家指出，一个城市要解决交通出行的问题，地铁、公交、轻轨、磁浮一样都不能少，各种交通工具都有自己的长处和短处，城市交通的多样性需求决定了各种交通装备不可简单地互相代替。

综合几种城市轨道交通的优劣可以发现，中低速磁浮列车适应性更强，优点相对较多，既适合于在城市轨道交通，也适合城际间的交通连接。

任何事物都是一分为二的，磁浮交通优势十分明显，也存在一些不足，这是它推广应用难的一个重要原因。

不能与传统轮轨列车轨道兼容。轮轨列车借助道岔，可以十分便捷地从一条铁轨进入另一条铁轨，纵横驰骋于铁路网。磁浮列车因其特殊结构，不能在轮轨列车轨道上行驶，只能是一个独立和单一的交通体系，必须为磁浮列车建设专用的磁浮交通轨道。

没有轮轨接触，不能像轮轨列车一样利用轮轨摩擦制动。磁浮列车制动只能依靠直线电机反向驱动力，或是采用滑动摩擦能力制动。由于超出人们习惯思维，让人对磁浮列车制动能力产生担忧，特别是一旦断电，直线电机反向驱动力就没了。

是否存在电磁辐射，没有权威测试。有人认为，磁浮交通在车辆上铺设有交流线圈（即电磁铁），在通电后可能会产生电磁辐射，危害人体健康，对生态环境造成不良影响。

对于人们担心的这些问题，在磁浮交通技术专家看来，无论从技术上还

是工程建设中，都可以得到较好的解决。对一些专家和民众提出的电磁辐射问题，也完全没有必要担心。

磁浮技术专家指出，采用吸力型电磁悬浮技术的磁浮列车，轨道与列车底部的电磁铁之间形成的是异性相吸的封闭磁场，几乎不会在磁场外面产生辐射，且这种辐射为非电离辐射，完全不同于 CT 这样的电离辐射，特别是中低速磁浮交通，电磁铁只分布在列车上，轨道上只有导电铝板，磁场与一般家电相当，不会对人体和环境造成危害。国外为何没有应用，自然有其客观原因，并不代表不能用或今后就不发展磁浮交通了。

专家们的观点，似乎无懈可击，但问题却不如他们想象的简单，人们接受新生事物总是有一个认识到接受的过程。

## 德国的尴尬

2008 年 3 月，走出寒冬的德国柏林，已经有了春天的气息。对于致力于发展磁浮交通的专家和政府官员来说，春天依然没有到来。

由于资金问题和反对者抵制，慕尼黑磁浮交通线路参建各方在柏林召开记者会，正式宣布该项目停建。

消息甫出，德国各界反响各异、五味杂陈。反对者欢呼雀跃，支持者扼腕叹息。巴伐利亚州州长古恩瑟·贝克斯泰说，这一天对于自称"全球科研中心"的德国来说是个"坏日子"。西门子总裁罗旭德对这个决定感到"痛心"。德国总理默克尔发表讲话，对诞生这项技术的德国，未能在本土建设一条投入使用的磁浮交通线路，感到非常遗憾。

"主要原因是融资问题。"德国磁浮国际公司发言人霍曼女士在解释慕尼黑磁浮线下马的原因时说，最初决定建造该线时给出的预算是按照 2004 年物价水平估算的，当时预计造价是 18.5 亿欧元。2007 年正式由施工承包方计算出来的总造价则为 34 亿欧元，超出此前预算将近一倍。对于如此高的预算，

让包括德国联邦政府、巴伐利亚州政府、西门子和蒂森-克虏伯公司在内的投资方，都不愿意多出钱，所以工程不得不终止。

霍曼女士认为项目停建的原因属于资金问题，而不在于磁浮交通技术。她的话是客观而留有余地，但诞生这项技术的德国，磁浮交通却始终"水土不服"。

实际上，这已经不是德国第一次停止磁浮交通线路建设。在此之前，德国先后有两条线路建设被迫下马。

众所周知，德国是最早开展磁浮列车研究和开展运行试验的国家。早在1979 年，在汉堡举行的国际交通博览会上，展出了一段长 900 米的磁浮交通示范线，时速达 75 千米的磁浮列车引起人们极大的兴趣，促成了德国下决心建造大型试验设施的决定。1980 年，德国埃姆斯兰德磁浮交通试验线正式开工。第一期工程包括长 21.5 千米的试验线路、试验中心和试验列车 TR06，1983 年 6 月 30 日投入使用，实现了时速 300 千米试验运行，1984 年决定扩建南环线，试验线总长达到 31.5 千米，时速增至 400 千米。

1991 年 12 月，在德国联邦铁路中心局的领导下，由政府相关部门官员和科研机构专家组成工作组，用近两年时间对磁浮高速铁路系统进行了全面的检验和评估，得出"技术应用上已完全成熟"的结论。1993 年，TR07 型磁浮列车在试验线上跑出了 450 千米的时速。两年后，德国联邦议院和联邦参议院制订出了"磁浮需求法规"。

这期间，德国西部的北威州计划在城市密集的鲁尔区，建设一条从杜塞尔多夫机场到多特蒙德市的商业运营线，最后却因融不到资金而不了了之。

1997 年 4 月，德国决定在柏林和汉堡之间建一条全长 292 千米的磁浮交通运营线，计划 2005 年投入商业运行，柏林到汉堡可在一小时内到达。该计划仅进行了 3 年，因各种原因而功亏一篑。

该项目上马时，汉堡至柏林铁路运营线往返需要 4 小时，没过几年，铁路提速，时间缩短为 1.5 小时。磁浮交通线仅能节省半小时，已经没有多大吸引力，建成后很难盈利。

据专家测算，以往返于柏林与汉堡的磁浮列车乘客数量乐观估计，每年也将亏损1亿马克。这个曾轰动一时的项目，因没有人愿意为未来的亏损买单，只得下马。

德国磁浮交通一直未能推广应用，还有一个重要的原因是，德国的陆地交通非常发达，现有的高速铁路网已四通八达，并深入到各个角落。再加上德国拥有世界上最好的高速公路网和空中交通，从实际需求上来讲，建造磁浮交通在德国并不迫切，也没有多大需要。

德国磁浮交通可谓命运多舛。这次，慕尼黑的磁浮交通项目又再次告吹，对德国无疑是一次最重大的打击。这项被德国人引以为自豪的技术，始终没有摆脱议而不决、"悬浮不起来"的尴尬局面。

## "第一个吃螃蟹"的中国

在本土不行，德国将目光投向国外，开始在国际上推销它的磁浮交通技术。荷兰的阿姆斯特丹、匈牙利布达佩斯，以及美国拉斯维加斯，在德国人的游说下都动过兴建磁浮交通线的念头，但因各种原因，最终都没有落地。

最后，德国人将目光投入了人口多，经济发展快的中国。他们知道，中国自20世纪80年代开始，一直在发展自己的中低速磁浮交通技术，并取得可喜进展，中国政府一直致力改善日益拥挤的交通状况，磁浮交通也是考虑的选项之一。时任德国交通部部长蒂芬泽信心满满地说："我们希望与中国的谈判取得成功。"

让蒂芬泽没有想到的是，他当初的期望很快就出现了希望的曙光。经两国相关部门和技术专家多轮谈判和协商，就运用德国技术在上海建造世界上第一条高速磁浮示范运营线达成了协议。

中国的一句老话：东方不亮西方亮。对于德国的磁浮交通来说却正好相反：西方不亮东方亮。

2000 年 6 月 30 日，中德两国政府正式签订合作协议，开展上海高速磁浮交通运营线项目建设。中国上海市与德国磁浮国际公司很快通过了中国高速磁浮交通示范运营线可行性研究。不到两个月，项目建议书获得国家有关部门批准，同意合作建设上海浦东龙阳路地铁站至浦东国际机场 30 千米的高速磁浮交通示范运营线。

上海申通集团等 8 家公司联合出资注册成立上海磁浮交通发展有限公司，上海市委、市政府批准成立上海市磁浮快速列车工程指挥部。

2001 年 3 月正式开工建设，仅用两年时间，经过中德两国专家设计和建设的上海高速磁浮交通运营线终于呈现在世人面前。

2002 年 12 月 31 日，世界第一条商业化运营的高速磁浮交通示范线在上海建成通车。此时，距 2001 年 3 月 1 日上海磁浮工程打下第一根桩不过 22 个月时间。速度之快，令人惊叹。

在上海浦东这个新崛起的繁荣之地，磁浮交通线划出一道"S"形优美弧线，把上海地铁 2 号线龙阳路站与浦东国际机场紧紧相连。该线路全长 30 千米，转弯处半径达 8000 米，肉眼观察几乎是一条直线，列车最高时速达 430 千米，仅次于飞机飞行速度，由起点至终点站只需 8 分钟，"贴地飞行"给民众带来了便捷舒适的乘坐体验。

上海高速磁浮交通运营线是我国引进德国技术建造的第一条磁浮交通商业运营线，也是世界上第一段投入商业运行的高速磁浮交通线路。中国，成为在世界磁浮交通领域"第一个吃螃蟹"者。

"第一个吃螃蟹"需要胆识，也需要创新智慧与科学组织。上海高速磁浮是一个世界上从未付诸商业运营的高科技项目，从中德两国接触商谈开始，有关方面就广开言路，多次召开可行性论证会，充分听取各方专家的意见，以确保工程经得起科学与历史的检验。

上海磁浮交通发展有限公司负责人说，这项代表当今世界高速交通建设最高水平的宏伟工程，是党中央、国务院高瞻远瞩，正确把握当今世界先进科技发展趋势才得以建成，它凝聚了相关领域内全国上千名优秀专家科学智

慧和 3 万多名建设者的汗水。

为了建设上海高速磁浮线，共有宝钢集团、上海市政工程设计研究院、中科院电工研究所、中科院上海材料研究所、上海建筑科学研究院、上海电气集团公司、国防科技大学、西南交通大学、同济大学、上海交通大学、北京交通大学、铁道部科研所等 47 家单位共 1000 多名科技人员进行了 140 多个科研项目的试验，为工程建设提供了有力的技术支撑。

上海磁浮交通示范运营线采用的是德国技术，有关技术和设备引进的合同谈判过程艰难而曲折。

据悉，德方第一次谈判提供的资料只有 30 多页纸，谈判的难度可想而知。在谈判高峰时，有 8 个组同时在谈判，白天谈不完，晚上接着谈；一天谈不完，第二天继续，就这样整整谈了两个月。在涉及双方权益和利益的问题上，双方反复协商，斗志斗勇，边谈边改，相向而行。当初 30 多页的技术资料，最后谈成了 780 多页的系统谈判文件，最终谈成了。

然而，对于悬浮导向等核心技术，德国方面却坚决不同意转让，只同意转让高速磁浮交通系统轨道结构等部分技术。不转让的就只能依靠成套设备进口。在此背景下，我国启动了"十五"863 计划"高速磁浮交通技术国产化与创新研究"，以及"十一五"国家科技支撑计划"高速磁浮交通技术创新及产业化研究"，最终攻克了高速磁浮列车的走行机构、悬浮导向系统等核心技术难关，打破了国外的技术封锁，这是后话。

在接下来的建设中，来自全国各地的工程技术人员与各路建设者废寝忘食，顽强拼搏，创造出一个又一个"中国速度"——4 个月完成上海磁浮交通线可行性研究报告；3 个月完成沿线 2086 亩工程征地、805 户居民和 102 家单位的动迁；6 个月建成投产轨道梁制造基地，从第一根轨道梁生产耗时 3 个月，到后来每天生产 8 根，提前 20 多天完成 2551 根轨道梁生产任务，实现"中国制造"与"中国速度"的完美结合。

数字是枯燥的，而这一个个无言的数字，集中展示了工程建设者们奋发图强的骄人业绩。加工混凝土轨道梁需要特制的机床，沈阳中捷友谊机床厂

仅 8 个月时间，就设计、生产出 8 台 5 坐标数控机床，为轨道梁加工奠定了技术基础。轨道梁吊装实现了每天吊装 10 根轨道的速度，其效率是德国同等工程进度的 1.7 倍，中国产业工人的智慧与汗水令人啧啧称奇。

工程建设中，1000 多名专家和工程技术人员群策群力，相互切磋，寻求最优解决方案，在引进、消化、吸收、再创新中，取得一大批自主创新成果，仅轨道梁的设计施工就获得了 8 项技术专利。

建设高峰时期，有 3 万人同时施工作业，上海磁浮交通发展有限公司作为中方的总指挥部，科学决策，周密部署，及时对各路工程队伍进行有效整合，在确保工程进度的同时，探索、创造、积累起大型工程建设管理的新经验。

高速度、高质量、高水准，是上海磁浮交通示范运营线创造的工程品牌效应。在此过程中，我国培养和锻炼了一支磁浮技术研究和工程建设的人才队伍，掌握了磁浮交通的系统集成技术，为磁浮列车交通事业发展奠定了扎实的基础。

德国专家考尔惊叹："我们惊奇地发现，中国公司在铺设轨道梁电缆时几乎使用了我们知道的所有方法，不但速度快，而且质量高。"

德国《南德意志报》记者为此写道："中国利用磁浮交通建设向人们显示，他们的国家是多么有活力""世界将为之震动。"

2002 年 12 月 31 日，上海磁浮交通示范运营线试运行通车。时任国务院总理朱镕基和德国总理施罗德为试运行通车剪彩后，一同乘坐磁浮列车前往示范运营线终点站，成了这条线路的第一批尊贵乘客。

430 千米的时速，第一次真正地刷新了人类地面交通的新速度，掀开了自瓦特发明蒸汽机、莱特兄弟发明飞机以来的崭新一页。"第一个吃螃蟹"的中国，由此开始了磁浮交通的新纪元。

上海高速磁浮交通示范运营线建成通车，中国拥有了世界第一条商业化运营的磁浮交通示范线，积累了高速磁浮交通线路建设与运营管理经验。

上海高速磁浮交通示范运营线，用事实证明经过半个多世纪的探索与创

新，磁浮列车完全具备了商业运行的可行性和可靠性。同时也预示，引进德国技术可行，应用中国自己的磁浮交通技术也同样可行，并且可以做得更好。

我国从 20 世纪 80 年代初开展中低速磁浮交通技术研究与技术创新，在磁浮交通领域掌握有自己的核心关键技术。这使我国在引进德国高速磁浮交通技术时拥有一批技术谈判专家，对于转让的技术我们可以参考借鉴，不转让的技术可以使我们下决心突破，促进我国磁浮交通技术发展。随着上海高速磁浮交通线的建成通车，国产磁浮交通驰骋华夏大地的日子，也一步步向我们走近。

世界上第一条磁浮交通商业运营线诞生在中国，绝不是偶然的。赫尔曼·肯佩尔也许不会想到，他一生追求的梦想没能在矢车菊遍布的莱茵河畔实现，却在万里之外的华夏大地上广袤盛开。饱受争议的"西方巨龙"没能展翅，令人惊叹折服的"东方巨龙"却已然"飞龙在天"了。

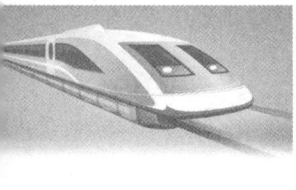

# 第二章

## 梦想启航

"让国产磁浮列车驰骋华夏大地，是我一生的梦想。"20 世纪 70 年代末，当国防科技大学常文森教授率先提出研制"磁浮列车"时，他便有了这样一个美丽的梦想。

不用轮子，让几十吨重的载客列车"悬浮"在轨道上行驶，这怎么可能呢？"痴人说梦"吧，许多人却对此嗤之以鼻。

人们有这样子的想法也十分正常。按照一般人的理解，车是不可能没有轮子的。没有轮子那是飞机，就是飞机也有轮子呢，不然怎么起飞和降落？列车犹如"钢铁巨龙"，那么笨重，现在却要让它"悬浮"起来行驶，行得通么？有这个必要吗？

当时，世界上最早开展此项研究的德国和日本，仍处于探索和实验阶段，我国老百姓连"绿皮"轮轨火车还难得坐上一回呢。

常文森是从事自动控制研究的，他与常人的思维似乎有些不同。当他了

解到德国和日本在开展磁浮列车研究时，就立刻被这个新奇而大胆的设想所震惊了：磁铁的"同性相斥，异性相吸"特性，谁不知道呢？可他们却想到要用在列车上，利用电磁力让列车与轨道不接触，实现无摩擦，减少阻力和振动，提高速度，没有噪声，乘坐更加舒适，这个大胆的创新设想很奇妙啊！

常文森继而想道：我国人口众多、交通问题突出，如果也能研制出自己的磁浮列车来，那该多好！利用电磁力抵消地球引力，通过自动控制手段使列车悬浮在轨道上运行，在原理上是行得通的，国外已开始研究，我们岂能等闲视之。

这个梦想自从在常文森心里"萌芽"，就有一种"生长"的力量，驱使着他率领课题组不断向前奔跑、追赶。此时常文森44岁，正处于干事创业的人生壮年，他希望在自己的有生之年，能看到中国人坐上自己的磁浮列车。

## 追赶，蕴含着一个民族的多少苦涩

投向世界的目光，让常文森教授产生了一种时不我待、舍我其谁的紧迫感。

其时，最早提出研制磁浮列车的德国，经过34年不懈探索与创新，已率先研制出世界上第一辆磁浮原理样车和试验线，证明了磁浮列车的可行性，开始得到政府交通部门的重视和支持。虽然推广应用并不如人们想象中顺利和迅速，但德国和日本等已提到了政府议事日程，开始制定磁浮交通发展规划和线路选定工作，一种新型交通工具呼之欲出。

常文森知道，搞科研不能急于求成，更不能急功近利，从德国的研究情况看，研制磁浮列车必然是一个艰难而漫长的过程。但当一项新技术出现时，如果不紧紧跟上，抓紧研究，就会落后，以后再追赶就更难了。

1978年，中国实行改革开放，"科学的春天"来了。"好风凭借力，送我上青云。"常文森决心乘着改革开放的春风，追赶国外先进技术，率先开始磁

浮列车的研究。

在20世纪末期，"追赶"成了中国的一个高频词，特别是在科学领域，"追赶"甚至是一种普遍现象。为什么？因为我们的科学技术已经远远地落后了，西方大国已进入了科技发达的时代，我们不追赶能行吗？

追赶，蕴含着一个民族的苦涩。曾几何时，中国作为一个善于创造的民族，科学技术曾经处于世界遥遥领先的地位。据《自然科学大事年表》统计：6世纪以前，全世界重大科技成果共54项，我国发明或发现的就有31项。到1500年，中国的发明或发现仍占世界重大科技成果的58%。

当代英国学者李约瑟博士，是在世界科技史研究方面享有盛誉的著名学者，他曾这样写道："中国在3世纪到13世纪，保持着一个西方所望尘莫及的科学知识水平。""中国的这些发明或发现，远远超过同时代的欧洲，特别是在17世纪之前更是如此。"

指南针、造纸术、活字印刷和火药"四大发明"，曾对世界文明产生了深远的影响，也令中国人得意了几千年。明代郑和率领世界上最大的船队七下西洋，遍访亚非30多个国家。欧洲曾有人确信："中国船队的数量超过了世界各地船只的总和。"

除了世人瞩目的四大发明外，领先于世界的科学发明和发现还有100种之多。美国学者罗伯特·坦普尔在著名的《中国，文明的国度》一书中曾写道："如果诺贝尔奖在中国的古代已经设立，各项奖金的得主，就会毫无争议地全都属于中国人。"当然，这是不可能的了。

到了15世纪中叶，中国竟莫名其妙地放慢了科技发展的步伐，错过了一次次发展机遇。从17世纪中叶之后，中国的科学技术更是江河日下，跌入窘境。据有关资料，从6世纪到17世纪初，在世界重大科技成果中，中国所占的比例一直在54%以上，而到了19世纪，竟然只占到0.4%。当西方列强借助近代科技强势崛起并进行全球扩张之际，中国却进入了"万马齐喑"的封建社会晚期。

与此相反，被中国文明照耀下的欧洲，现代科技的种子却迅速地生长、

发展。在此后400多年时间里，落后的欧洲一跃成为世界文明的中心。特别是近代，英国人用从中国传入欧洲的火药，造成了炮弹，在1840年竟然用它轰开了中国的大门，将一颗耻辱的种子种在中国人的心上。

"为什么近代科学没有产生在中国，而是在17世纪的西方，特别是文艺复兴之后的欧洲？""中国的科学为什么持续停留在经验阶段，并且只有原始型的或中古型的理论……中国文明未能在亚洲产生与此相似的近代科学，其阻碍因素是什么？"70多年前，这个叫李约瑟的英国人在中国四处游历、考察后，编写出7卷本的《中国科学技术史》，发出了著名的"李约瑟之问"，它犹如科学王国一道复杂的"高次方程"摆在了世人面前，十分耐人寻味。

20世纪80至90年代，中国学者曾邦哲通过考察中国与欧洲国家的科技发展史得出一个这样的结论，近现代西方科学、工业革命与现代艺术，是建立在中国科技、文化、体制与思想成果的基础之上，如果没有中国的这些成就，同样不会有近现代西方文明。

但是，这又能说明什么呢？中国总不能躺在祖先的辉煌里啊！

一个曾经雄风万里、世人仰望的泱泱大国，一个曾经顶天立地、智慧过人的民族，竟然在很长一段历史里，积贫积弱，一蹶不振，陷入落后挨打的地步。

知耻而后勇。然而，中国人的图强梦做了整整上百年！直至中华人民共和国成立，科学技术才开始重新慢慢崛起。以毛泽东同志为核心的党的第一代中央领导集体高瞻远瞩，果断做出研制"两弹一星"的战略决策，自此，"向科学进军"的鼓角响彻神州大地。"两弹一星"的成功，让站起来的中国人挺直了腰杆，带动了我国科技事业的发展。然而，由于基础差，底子薄，我国的整体科技实力和综合国力仍与西方发达国家差距甚远。

改革开放，东方风来。1978年3月，全国第一次科学大会在北京召开，中国从此又迎来了"科学的春天"。

沐浴着"科学春天"的阳光，正处于干事创业黄金时期的常文森等专家学者，又怎能不意气风发、踌躇满志？

常文森决心赶上"磁浮"这趟科学列车。研制磁浮列车条件不成熟，前景也不可预料，但事情都是干出来的。如果等什么条件具备了再来干，就什么都晚了。当年我国搞"两弹一星"，不也是在科研设备严重缺乏，科研基础十分薄弱的情况下，干出来的么？磁浮列车总没有"两弹一星"那么难吧。

干！事不宜迟。必须抓住机遇，立即行动，向科学进军！

## 我们现在干的，将来也许就是一桩大事业

窗外春光明媚，木槿树已花满枝头。1979年的春天，似乎比往年来得早一些。常文森已开始思考如何研制磁浮列车的事儿了。

虽然德国和日本磁浮列车研制进展的信息不时传来，但技术细节却从不向外界透露，常文森能查阅的科技资料极其有限。

对磁浮列车的原理，常文森是了解的。问题是如何进行悬浮控制，这是核心和关键，更是一个全新的课题。常文森认为自己在"哈军工"上学时，读的是导弹自动控制专业，知识的类比性，以及学校自动控制专业学科与人才支撑，让他有信心去做"第一个吃螃蟹的人"。

常文森一边琢磨着如何研究磁浮列车，一边又想到一项技术研究与突破为何经历了几十年时间，这么长时间又为什么一直没有得到成功应用？最早开展磁浮列车研究的德国，研制出了工程样车、建成试验线，可行性得到了论证，为何应用却遥遥无期？磁浮列车优点不少，怎么会有那么多质疑和反对的声音？

这里头到底有何障碍？我们的研究是否也会遇到这些问题？常文森一时也感到有些迷茫。

改革开放之初，我们技术落后，制造水平和工艺不高，科研试验条件远不如西方发达国家，研制工作肯定会遇到更多的困难与阻力。开展这项研究需要花多长时间？能否成功、最终能否走向应用？常文森心里一点底也没有。

但是，他坚信，路是人走出来的。搞科研，决不能坐而论道，瞻前顾后，不干怎么知道行不行呢？

"在科学的道路上没有平坦的大道，只有不畏劳苦艰险沿着陡峭山路向上攀登的人，才有希望达到光辉的顶点。"常文森想起了马克思的这句名言，从中受到了激励，更坚定起自己的信念：不管前进的道路上，会遇到什么艰难险阻，也要朝着梦想的方向前进，此时不干，又待何时？

常文森对磁浮列车有些"着魔"了。这天，他走进办公室，拿起笔和尺子，画出了一个简单的磁浮原理图。这是一张主要由铁芯、衔铁构建磁浮原理的示意图，根据电磁原理，通电后衔铁就会被吸起来，断电后衔铁就会掉下来，如果让铁芯、衔铁保持一定距离，而不发生接触，衔铁便可悬浮在空中。至于如何才能通过自动控制技术让衔铁悬浮起来，先不管它，这是以后的事。

常文森盯着这张原理图左看右看，越看越觉得有意思，他仿佛看到了我国未来的磁浮列车，看到了乘客争先恐后涌入车厢，称赞着这个新的交通工具呢。

可别看这张十分简单原理图，它可是我国磁浮列车设计图纸的雏形，是梦想启航的起点。常文森由此确信，磁浮列车原理并不复杂，难就难在悬浮控制，从国内外有关磁浮轴承、磁浮挂天平的研制情况看，其核心关键也在这里，当然作为交通工具，还有如何牵引、制动等问题，这些技术国外不可能公开，只能依靠自己去突破掌握。

1980年初，春寒料峭。在国防科技大学一间简陋的实验室里，常文森和张振耀两个人，经过简单碰头商量后，决定按照磁浮原理着手进行磁悬浮系统的研究。

万事开头难。研究需要铁芯材料，他们没有经费采购，就从仓库里找来报废的旧变压器，拆卸后取出铁芯，再清洗干净，然后自己动手绕制电磁铁、制作间隙传感器、搭接电路，制作试验装置。

一连好多天，常文森和张振耀带着几名年轻教员和学员在实验室"叮叮

当当"地敲敲打打，好不热闹。旁人也不知道他们到底要做什么，常文森对张振耀说："我们现在干的事情，将来也许就是一桩大事业。"

大事业就这样从"修旧利废、敲敲打打"开始了。经过几个月修旧利废、敲打拼接，再经过"实验—失败—再实验"的循环往复过程，终于有一天，按照原理图做出来的实验装置，衔铁居然奇迹般地悬浮起来了。

常文森和张振耀等人高兴得像个孩子似的。他们立即请系领导来现场观看演示：接通电源后，衔铁迅速悬浮起来了！磁浮列车的原理不就是这样吗？常文森说，我们要发挥自动控制的专业优势，研制中国的磁浮列车。

系领导看了他们的实验演示后，给予了充分肯定和鼓励。大家一番热烈讨论后，决定要把这一成果推广到学员毕业设计和自动控制系统的实验中，当即表示支持磁浮列车研究。

"那得加强力量啊！"常文森建议成立一个课题组，领导欣然同意。于是，马锁祥、杨泉林、路秉来、马永祥、尹力明等教员加入磁浮列车的研究中。

有了队伍，科研条件简陋又成为研究的一大难题，尽管得到了领导支持，但研究条件也不可能一下子得到改善。改革开放之初，百废待举，干什么都面临着诸多窘境。但是困难却难不倒他们，没有合适场地，就借用教学实验室，利用教学空闲时间来研究；买不起器材，就从仓库中找；缺少实验设备，就从教学实验中"挪用"；课题没有立项，那就自作主张，自行其是……一切因陋就简，摸着石头过河。

在修旧利废、东拼西凑的窘境中，常文森和课题组先后研制了三点悬浮飞轮试验模型、磁浮轴承试验模型和简单磁浮车原理模型。特别是那个2千克重的磁浮列车原理模型，已经具有"车"的模样，虽然只能悬浮，不能牵引，但比衔铁悬浮已经有了不小的进步，它嵌入了常文森和课题组的梦想。

有梦想，就有了前进的方向，梦想能催生创新激情，这是梦想的魔力所在。

其实，常文森和课题组所做的这些研究，也就是"小儿科"，只是利用磁铁特性做了个悬浮实验而已，离稳定悬浮控制还差得远呢。但是，真的远么？

如果我们将人类诞生至今比作 1 天的时间，从第一个人类开始尝试飞行到人类成功登上月球，仅仅用去了 4 秒的时间。梦想启航了，实现还会远么？

有梦想的人，决不会畏惧路途的遥远和艰辛。研制磁浮列车，首先要实现稳定悬浮控制，这是最关键的核心技术。怎样突破？大家一时也不知道怎么办，找不到突破口。

那年，一位控制领域的外国专家来中国北京讲学，他们虽然没有人参加，却从北京一位朋友那里弄到了这位专家的讲学资料，在 10 页纸的资料中，这位专家提到了磁浮球的悬浮控制。大家眼前一亮：球是圆形的，悬浮相对更难，稳定也最不好掌控，它不像方形的衔铁，控制不好就会乱滚，甚至掉下来。如果做出一个磁浮球，来通过它做悬浮控制实验，也许能探索出悬浮控制的一些"门道"来。

说干就干。常文森率领课题组立马干了起来。马永祥负责结构设计和加工，路秉来负责电磁铁的设计制造，尹力明负责磁路计算……大家群策群力、集智攻关，通过采取光电式传感器、单片计算机、减小电磁铁磁极面积等控制手段，几经实验和改进，他们终于实现了对磁浮球的控制，研究工作又向前迈出了一小步。

一个小球，居然能稳定悬浮在空中，很神奇是不是？一时间，参观者络绎不绝，它成为了一个极具观赏性的科普道具。湖南省开展的多次科普展览活动，都把国防科技大学的这一成果拿出来展示，这个仿佛具有"魔力"的磁浮小球，引得人们啧啧称奇。后来这个磁浮小球还成了许多科技馆的重要演示展品，吸引了大批参观者。

磁浮小球的探索与研制，为课题组打开了理解磁浮控制原理的一个窗口，给了课题组极大的鼓励和鞭策。一个磁浮小球就让民众如此热捧，要是研制出磁浮列车来，大家不知会有多高兴呢。

再接再厉，快马加鞭。几年后，常文森和课题组又捣鼓出一个用 4 个变压器铁芯悬浮起的一块钢板，又在钢板上面用硬纸板折叠成一个像模像样的车厢。之后又研制出一个小型磁浮实验装置，可以在由变压器铁芯组成的轨

道上浮起来移动，这才像磁浮列车嘛。

当大家为进一步弄清了磁浮系统原理而高兴时，这个磁浮实验装置却没有像磁浮小球那样引起轰动，反而认为像一个"大玩具"。既不如磁浮小球那样具有观赏性，也与人们头脑中的列车相去甚远，有点"四不像"。

"燕雀安知鸿鹄之志"，常文森和课题组所追求的不是为了好看，而进行悬浮控制的原理验证和初步技术探索，目的是为了研制中国的磁浮列车！是"一桩大事业"呢！

能从别人眼里的"玩具"中看到未来的"大事业"，这样的人必定能成就一桩大事业，只要梦想在，希望就在前方。

## 东瀛触动

1985 年春天，国际科技博览会在日本筑波举行，国家科委组织决定组织一个 800 多人的参观考察团，前往日本筑波学习考察。常文森十分幸运，成了国防科委系统的 10 名参观者之一。

其时，我国改革开放如火如荼，"科学的春天"早已到来。向科学进军不能只顾埋头走路，必须了解从国外的科技发展情况，从中得到借鉴和参考。正是出于这个考虑，我国在当时国力并不雄厚的情况下，决定组织这个庞大的参观考察团前往日本，到发达国家去开开眼界。

为了节省经费，考察团没有乘坐飞机，而是乘坐我国 1.5 万吨的"紫云英"号游轮。历经 4 天 4 夜的海上航行后，游轮最终停泊在了日本的日立港。根据事先计划，白天外出参观，晚上回到船上过夜，这样食宿费也就节省下来了。

参观筑波国际科技博览会的同时，考察团还安排大家赴日本松下电气公司、日立发电厂、住友钢铁公司、日本 NHK 电视台等单位考察，目的是想让大家尽量多看一些地方，多了解国外经济科技发展情况。

　　第一次来到日本，这里宽阔整洁的道路、飞驰的小轿车、高耸入云的大厦、日新月异的科学技术……让常文森目不暇接，眼花缭乱，特别是日本的发电厂、钢铁公司等已经基本做到没有粉尘污染。

　　"日本的现代化，果然名不虚传呀！"常文森自言自语道。

　　往事越千年，常文森的思绪又回到了遥远的年代。唐代时期，我国经济文化繁荣，科学技术领先，首都长安是当时世界上最大的城市之一，也是世界经济文化交流的中心，各国派到长安来学习的人员达数千人，日本先后19次派遣使者来到中国学习，这里的繁荣与强盛曾令他们惊叹不已。

　　到了近代，日本已开始超越中国了。从1900年起，中国人开始东渡日本，留学东瀛，学习他们的先进技术和管理经验。1937年，日本军国主义发动侵华战争，给中国人民造成深重的灾难。历经14年抗战，中华儿女付出巨大的牺牲，终于将可恶的侵略者赶走。

　　战后30年后，日本凭着从战争中掠夺的财富，经济、科技迅速崛起，成为世界主要发达国家，而我国却被远远地落在了后面。作为第二次世界大战的战胜国，中国竟然需要全面地学习和追赶日本，常文森心里五味杂陈。

　　历史无法改变，现实摆在面前。常文森想：科学技术是人类的共同财富，谁先进，就应该向谁学习，无可厚非。

　　这次，常文森来到日本，参观筑波国际科技博览会，也是为了学习国外的先进技术。会上展览的各种先进科技成果，让参观考察团成员眼界大开，啧啧称奇。

　　俗话说：干什么吆喝什么，搞什么就关心什么。常文森最关注的是控制技术，他知道日本磁浮列车研制已与德国不相上下，在这次国际科技博览会上，会不会展出他们的磁浮列车呢？应该会吧，日本人怎能不抓住这次展示推销自己技术的机会呢。

　　常文森一边走一边看，走到一个大展厅时，眼前一亮，他第一次见到了在头脑中无数遍想象过的磁浮列车。它比现在的列车小一些，是一列试验样车，只有12个座位，轨道仅有300米长。

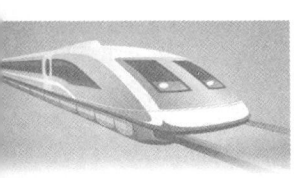

常文森快步走上前去，一位服务小姐微笑着迎上来。

"先生，你想体验一下吗?"常文森点点头。

"请在那边购票。"

500日元。常文森心里"咯噔"一下：这体验价不便宜呀！因为考察团每个人只兑换了数千日元的零用钱。他摸了摸口袋，还是狠心地掏钱购了票，登上了磁浮列车，第一次体验了"贴地飞行"的感觉：平稳、安静、舒适。

300米，还没回过神来，就下车了。常文森想看个仔细，下车后又盯着列车瞧。他清楚：车体上部并没有什么，奥秘全在车底部分，以及车与轨道的结合上，可是看不到，也没有宣传资料。常文森只好走到离车站远一点的地方，想看看磁浮列车跑起来后的情况，刚找到一个观察点，保安人员就赶了过来，要求他迅速离开。

日本人"精得很"啊！对于磁浮列车也是展示一下、炫耀一下，最多让你体验一下，你想看个究竟，那是不行的，这次参观考察，也没有安排技术交流环节。确实，西方发达国家的技术从未向发展中国家开放过。即便这样，对于常文森来说，能亲眼看到并体验一下磁浮列车，已经知足了。

500日元的体验票，虽然让常文森有些耿耿于怀，但日本的磁浮列车毕竟可以载客进行试验运行了，我们的研制才刚刚起步呢。常文森在心里对自己说：必须迎头赶上，否则，就会被远远地甩在后边了。

通过实地考察与乘坐体验，常文森一直在思考，从日本的磁浮列车试运行看，原理与结构并不复杂，与他和课题组之前的研究探索，在技术上是一致的，但日本在车体与轨道之间的无接触悬浮控制、直线电机牵引控制技术的应用上，已基本掌握了，整体技术水平相当高，也非常先进，我们的差距就在这两个方面，要突破还有很长的路要走，在别人技术封锁的情况下，只能依靠自主创新，闯出一条中国的研制之路来。

几天的参观考察，常文森收获多多，对于磁浮列车研制，他有了更加强烈的紧迫感。

# 钱学森的勉励

从日本考察归来，常文森踌躇满志。他连夜写出参观考察报告，第二天与考察团成员一起向国防科委领导汇报。

时任国防科委副主任、著名科学家钱学森出席了这次汇报会，当常文森汇报时，他特意移到离常文森较近的座位上，关切地询问，不时插话交流。常文森说："我们搞磁浮列车已经多年，将来我国也要有自己的磁浮列车。"

钱老听了，高兴地说："好，等你们研制出来我一定去坐。"

钱老的勉励给常文森极大鼓舞和鞭策。多年来，钱学森对新中国创建的第一所军事工程技术院校十分关心，指导开展人才培养与科技创新工作。1955 年 11 月 25 日，刚刚归国不久的钱学森，就来到哈尔滨军事工程学院考察。在参观一个小火箭试验装置时，首任院长兼政委陈赓大将问："我们能不能造出火箭、导弹来？"钱学森说："有什么不能的，外国人能造出来的，我们中国同样能造得出来！"陈赓听后，兴奋地握住钱学森的手说："好，我就要你这句话。"钱学森后来才知道，陈赓是带着国防部长彭德怀的指示，专门来向他请教的。

1959 年年初，"哈军工"正式成立导弹工程系，钱老第二次来到学院，指导开展导弹工程专业人才培养与科学研究工作。

由于历史原因，1966 年"哈军工"退出军队序列，1970 年学院主体南迁长沙，更名长沙工学院。1977 年 7 月，邓小平同志以政治家的远见卓识，提出在"哈军工"基础上组建国防科技大学，重归军队序列。他接见学校临时党委负责同志时提出，重点大学既是办教育中心，又是办科研中心。只有把科研搞好，才能促进教学质量的进一步提高。

不久，筹备会在北京召开，钱老在接见学校领导及各系负责同志时强调："要很好领会邓小平同志的指示，国防科技大学不是办一般的大学，不是办与

全国其他重点大学那样的大学，主要任务是培养能够作为将来向科技现代化进军的主力部队，特别是在国防科学技术上赶超世界先进水平的主力部队。"

1978 年 6 月 6 日，国务院、中央军委下达了《关于成立中国人民解放军国防科学技术大学的通知》，学校建设翻开了新的一页。钱老始终关心着学校的建设发展，据国防科技大学校历史资料记载，他曾先后 6 次来校考察和指导学校学科建设与科研工作，对学校领导和专家教授写过 30 多封信，给学校建设与发展给予了高瞻远瞩的谋划指导，也留下了宝贵的精神财富。

常文森回到学校，立即向学校领导报告了在日本的见闻、收获，以及钱老对磁浮列车研究的关注和勉励。他说："我们是搞自动控制的，研究方向应当紧跟当今国际前沿，课题要为国防和国民经济建设服务，现在，国外的磁浮列车研究已可以进行载人试验运行，我们必须加紧研究，跟上时代发展步伐，否则，差距就会越拉越大。"

学校领导听了常文森的汇报，一致表示要支持加快磁浮列车研究，同时建议他写出专门报告，课题研究经费可以列入学校科研基金。

有了学校的科研基金支持，磁浮列车研究就有课题经费，也算是名正言顺地立项了。常文森十分高兴，创新激情再次被焕发出来。还有什么说的呢，撸起袖子加油干吧。此后，他立即率领课题组又马不停蹄地打响了一场新的攻关战斗。

"早日让国产磁浮列车驰骋神州大地。"常文森和课题组信心满满地开始了新的征程。


## 小型实验原理样车问世


常文森和课题组之前做的探索研究，只是一种简单的磁悬浮模型，研制处于一种探索的初级阶段。现在，虽然有了钱学森的勉励和学校的科研基金支持，但下一步研制怎么搞？成为摆在常文森面前的一首要问题。

在 20 世纪 80 年代，很多人对磁浮列车并不十分清楚，也不认为它能真正成为一种新型交通工具。常文森想，磁浮列车光自己说好不行，必须要尽快做出一个实实在在的东西，拿出来让大家看，磁浮列车的悬浮能不能真正实现？是如何能悬浮着在轨道上运行的，要让大家眼见为实。

大家一合计，一致认为应该先做一个演示性的实验原理样车，既可以向公众进行科普，也为以后的研制奠定技术基础。

1985 年夏天，长沙的天气闷热得像个"蒸笼"。常文森与马永祥、路秉来几个人在一间不大的实验室里，又敲敲打打地捣鼓了起来。天气炎热，但比天气更热的，是他们的创新热情。尽管大家的目标很明确，但对于磁浮实验原理样车到底做成一个什么样子，当时他们心里还是也没底——是列车，却不用轮子；不是飞机，但要能"贴地飞行"，心里想想也觉得很新奇，大家就管它叫"零高度飞行器"，多么富有诗意的名字啊！

施工得先有图纸，于是，他们先进行总体结构设计，确定磁浮装置各部件加工方案。然后大家按照分工，分头进行加工制作。那时科研条件有限，一切因陋就简。

"有什么条件打什么仗"，实验装置的基础用木方加工、轨道采用硅钢片叠压，电磁铁使用变压器铁芯，车体采用铝板折弯成型，再研制电感式传感器，安装在车体底部……常文森、马永祥、路秉来、田兰俊、杨泉林、尹力明等科研人员忙得不亦乐乎。

经过一年多攻关，这个用铝板折成的试验车体，经过多次调试，虽然可以悬浮起来，但极不稳定，小型实验原理样车通电后，就像喝醉了酒的人一样，蹦蹦跳跳，根本不听使唤。

"不行，重来！"常文森说道。大家又分头把自己承担的工作再检查、再优化，重新调整轨道、电磁铁、气隙传感器的间隙及参数，对悬浮控制系统电路网络参数进行矫正……一切完成之后，再试，问题依然存在，木质的轨道梁被振跳得都快散架了，仍然无济于事。

研制工作一时陷入困境。杨泉林试图从力学和自动控制理论的角度寻找

解决的办法，他推导出了一个电气解耦的矩阵公式。按照新的电气解耦的控制方法，与田兰俊一起进行调试，情况虽有一定改善，但未能从根本上解决问题。这时，从事电机设计与制造的尹力明，放下磁浮轴承研制工作，加入攻关队伍中。

实验样车的稳定悬浮症结到底在哪里？大家整天都在琢磨，上班在实验室边想边实验，吃饭时大家凑在一起讨论不止，晚上睡觉了也在思考。不知这样过了多久，直到有一天，也不记得是谁突然想到了"转向架模块设计"这个思路。大家一听，都有豁然开朗之感，认为从消除机械耦合的状态和机理入手，将悬浮系统设计成一个独立控制的部件，这样也许就能解决实验样车"乱蹦乱跳"的问题。

新的解决思路一出现，大家又来了劲头，课题组对实验样车重新进行了总体结构设计，按照新设计方案各自改进优化自己负责的工作，再进行安装、调试。这一次，奇迹出现了：实验样车通电后变得温驯起来，悬浮在轨道上，用手轻轻一推进，即可来回"漂移"。

经过一年多探索与攻关，实验样车"乱蹦乱跳"的问题解决了，牵引又成为新的攻关课题。1986年年底，课题组决定自己动手研制小型直线电机，尹力明发挥专业优势，参考国内外有关直线电机的专业著作，拿出了一个小型感应式电机的设计方案。考虑到磁浮实验样车的体积有限，他将这种交流感应式直线电机的电枢被设计成八极结构，虽然这个结构不甚合理，但经过多次实验后，能实现实验样车直线驱动牵引，第二个关键技术又露出解决的曙光，大家的信心更足了。

又经历了一段没日没夜的攻关，课题组在原来基础上，重新设计并研制出尺寸更大的三相交流感应式直线电机，安装在试验样车上后，这台小型磁浮实验样车可以在轨道上运行了。此时，他们已在实验室里度过了4年时光。

1989年，我国第一辆小型磁浮实验原理样车终于研制成功。这个只有80千克重的小型磁浮实验样车，虽然外形仍像个"大玩具"，却具备了悬浮、牵引两大基本功能，能在长10米的轨道上平稳地悬浮移动。

它的研制成功，解决了磁浮列车的原理验证和概念设计问题，为国产磁浮列车研制迈出了关键的第一步。

小型磁浮实验样车试验成功后，随即引起极大关注。学校将实验室建成一个创新实践平台，中南大学铁道学院将其作为学生课堂教学实习场所，一些专家也慕名前来参观。

1990 年，担任国防科技大学兼职教授的国家科委主任宋健来长沙讲学时，听说学校研制出了磁浮实验样车，专门赶来参观，听取研制情况汇报，他说："看来，磁悬浮列车研制并不是那么神秘嘛！"

这年 12 月，国防科委决定在北京新落成的国际展览中心举办"第一届军转民产品展览会"，宋健主任向组委会推荐，让国防科技大学研制的我国第一辆小型磁浮实验样车，送到展览会上进行展览。

这是常文森率领课题组研制磁浮列车 10 年来，第一次引起国家有关部门的关注，接到通知，大家十分高兴，认为这是一次宣传磁浮列车技术的好机会。果不其然，磁浮实验样车在这次展览会上一经展出，立即引起轰动。

展台前，每天人潮涌动，人们争相观看，表现出了极大兴趣，提出各种各样的问题。在现场演示和讲解的曹承倜、田兰俊、尹力明一边做演示，一边不厌其烦地解答观众的提问，每天都要工作 10 小时以上，而他们却乐此不疲。

在这次展览期间，党、国家和军队领导、国外驻华使节等数万人参观磁浮实验样车，引起了国家高层领导和普通民众的关注。对于走过 10 年寂寞而艰难创新历程的研制者来说，更是莫大的鼓舞。

磁浮实验样车引起的轰动，并未随着展览会闭幕而结束。1991 年 3 月，时任铁道部副部长的孙永福、总工程师沈之介等专程来到长沙，对小型磁浮实验样车进行考察。他们在对这一创新成果给予肯定的同时，当场明确表示支持磁浮列车技术研究。此时，已担任自动控制系主任的常文森一听，趁热打铁向孙副部长请示，可否组织专家们对这辆小型磁浮试验样车做个技术鉴定？他想，如果有了专家的技术鉴定，不但创新成果有了权威的评价，今后

也能更好申请科研项目，今天这个机会，真是千载难逢呀。

话刚说出口，常文森又觉得自己有些太唐突了。一个科研成果鉴定会，不是说开就能开的，要准备详细的鉴定材料不说，还要一级级请求汇报，邀请相关专家参加，可没有想象的那么简单。

让常文森没想到的是，孙副部长听了他的请求，当即表示同意，并且提出趁着沈之介总工程师、袁维慈研究员等专家都在长沙，可以再邀请国防科技大学、长沙铁道学院的专家一起组成专家组。"明天，对，明天在这里召开成果鉴定会！"

孙副部长果断决策，其工作作风和办事效率实在令人钦佩。

常文森和课题组一夜无眠，加班整理鉴定材料，准备会场。次日，由铁道科学研究院袁维慈研究员为组长的专家小组，齐聚国防科技大学，详细听取了研制情况汇报，全面考核了小型磁浮试验样车性能，进行可行性分析论证，同时对下一步的研制提出了前瞻性的建议，鼓励研制者总结经验，瞄准应用突破关键技术。最后，专家组一致通过小型磁浮实验样车进行技术鉴定。

1991年3月，正是春风拂面、万物复苏的季节，孙副部长等专家一行的到来，犹如三月里的春风，让常文森和课题组感受到一股浓浓的暖意。

与常文森预想的一样，小型磁浮实验样车顺利通过专家鉴定2个月后，国家科委正式委托铁道部牵头组织"磁浮列车关键技术研究"论证，课题终于要立项了！

好消息接踵而至。学校决定推荐小型磁浮实验样车申报军队科技进步一等奖。磁浮列车研究成果要报奖了，而且是报一等奖，这是他们做梦都没有想到的，"大姑娘坐轿，头一回"呢。

也许是幸福来得太突然，大家兴奋之余，对报奖材料如何准备？评审时怎样答辩？既缺乏经验，又过于乐观，加上时间紧迫，在最后答辩时，由于过多地强调研制的艰难和如何克服经费不足等困难，却未能对创新点进行系统归纳总结，最后，这个项目只获得军队科技进步二等奖。

遗憾吗？不，大家高兴着呢。想想研制初期，谁也没有想到课题研究会

受到国家科委、铁道部的重视，更没有想到小型磁浮实验样车，还获得了军队科技进步二等奖。

十年磨一剑。至此，走过 10 年探索与创新的国产磁浮列车研制，终于"名正言顺"地融入国家创新体系。常文森和他的同事们，又站在了一个新起点上。

# 第三章

## 创新突破

1992 年，又是一个春天。中国改革开放总设计师邓小平的南方谈话，犹如一股强劲的春风，吹绿了神州大地，又一次激起改革开放的滚滚春潮。

东方风来满眼春。邓小平关于"科学技术是第一生产力"的论述，进一步激发了科技工作者奋勇创新的热情。此时，国防科技大学磁浮交通技术创新团队经过 10 年的艰苦探索与创新，研制工作已突出重围，研制的我国第一辆小型磁浮实验样车在第一届军转民产品展览会上的成功展出，成果获得军队科技进步二等奖，国家科委正式委托铁道部牵头组织"磁浮列车关键技术研究"……好消息一个个接踵而来，沐浴着科学春天的阳光，他们踌躇满志，向着更高的目标发起了新的冲锋。

## "国"字头科技攻关计划

春天，万物复苏，孕育着新的希望。中原大地，从长沙开往北京的 2 次

特快列车，风驰电掣向北奔驰。窗外，残雪消融，树枝萌发出了浅绿色的新芽，人们扛着锄头、牵着耕牛走向田地，开始播撒春天的种子。

列车上，杨泉林和尹力明坐在窗前，一边吃着早餐，一边又聊起了磁浮列车的研究，谈到此次赴北京的任务，俩人既兴奋，又有些忐忑。

"宋健主任应该在家吧，他能见我们么？"

"应该会的，他是学校的兼职教授呢，我们找上门，他能不见？"

"这就好，希望这次能有好消息。"

他们这次北京之行，是受系主任常文森的指派，去国家科委找宋健主任，了解"磁浮列车关键技术研究"课题立项进展情况。一年前，宋健主任来学校讲学时，听过小型磁浮实验样车研制情况汇报。之后，国家科委正式委托铁道部牵头组织"磁浮列车关键技术研究"课题立项研究。之所以委托铁道部牵头，是因为铁道部孙永福副部长、总工程师沈之介等领导和专家曾专程到长沙考察过磁浮列车研究，并在学校组织了小型磁浮实验样车的专家鉴定。

"春风得意马蹄疾"，国防科技大学磁浮交通创新团队想快马加鞭地开展磁浮列车关键技术研究。这不，春节刚过，常文森就派杨泉林和尹力明去北京，到国家科委找宋健主任当面汇报研制设想，了解课题立项的进展情况。

3月的北京，乍暖还寒，天空不时飘落着雪花。到达北京的第二天，杨泉林和尹力明就直奔国家科委大楼，径直来到宋健主任办公室。

敲门，没有回应。宋健主任不在呀！杨泉林和尹力明心里不免失落起来。

按说，找国家部委一级领导，应该事先联系并确定时间，这既是办事的程序也是礼节，哪能冒冒失失就直接往办公室闯呢。但是也不能怪他们，那时通信不发达，更没有手机，办事直接上门找领导是常有的事。

两人在门外等了一会儿，不知如何是好。这时，一位年轻同志走过来问："你们找谁呀？"

"我们找宋健主任。"杨泉林回答。

年轻人打量着他们，尹力明急忙自我介绍："我们是国防科技大学的老师，宋主任是我校的兼职教授，我们找他汇报工作来了。"

"哦，他出差了，不在北京。"年轻人说，你们有什么事我转告宋主任吧。

"好的。那么，李绪锷副主任在吗？"

"他也不在，你们真不凑巧。"

杨泉林和尹力明只好将带来的材料，交到这位年轻人手中，嘱咐他一定转交给宋主任。

"你们放心吧，等宋主任回来，我就交给他。"

没有见到国家科委的两位领导，杨泉林和尹力明心里还是有些沮丧。这时，他们又想到了另一个人，学校77级学员李长虹，她是国家科委李绪锷副主任的女儿，尹力明曾给她上过课。

"对，找她去！"从国家科委出来，尹力明和杨泉林商议去找李长虹，让她将材料转交李绪锷副主任，这样岂不更稳妥。

俩人来到李长虹工作的航天部，这次没费什么周折，很快就见到了李长虹。说明来意后，她高兴地答应了老师的要求，并回忆起自己在学校学习时的情景，对老师充满敬仰之情。

"当老师就这点好，办事找学生方便。"杨泉林说，"那当然。"尹力明回答。

杨泉林和尹力明相信，带去的材料一定能送到两位领导手中，也一定会有结果。这次北京之行，也算完成了任务。

回到长沙，杨泉林和尹力明向系主任常文森和学院领导汇报了北京之行的情况。虽然大家都感到有些遗憾，但都相信，此事一定会有好结果，只需耐心等待。

立项需要等待，研究却一刻也没有停止。根据上次专家鉴定提出的一些意见建议，团队对研制工作进行了梳理和重新审视，进一步明确了攻关方向。大家劲头十足，只争朝夕地投入新的研究工作中。

4个月后，喜讯传来。"磁浮列车关键技术研究"被国家科委列入国家"八五"科技攻关计划，由铁道部主持和实施，参加的单位有铁道科学研究院、中科院电工所和国防科技大学。

课题组全体成员听到这个消息，兴奋极了。磁浮列车研究终于被列入"国"字头的科技攻关计划了！

1992 年 9 月，"磁浮列车关键技术研究"任务部署会议在北京铁道科学研究院召开。根据部署，国防科技大学承担核心关键技术攻关。常文森、尹力明参加了这次会议，正式受领了任务，立下军令状。令他们高兴的是，这次分配了 75 万元课题经费。这在当时，简直是一笔巨款啊！课题正式立项，还有这么多经费支持，心里那个美呀，别提了。

11 月，第一次技术协调会在长春召开，杨泉林、尹力明参加了这次会议。根据会议安排，国内承担任务的相关单位介绍了研制进展与成果，并进行交流，确定了项目研究的时间节点。会议第二阶段，国家科委李绪锷副主任专门请来俄罗斯磁浮列车研究中心的索科洛夫、加连科等专家给与会者做报告，介绍磁浮列车悬浮原理、车体结构、线路建设及试验情况，以便让大家了解国外的研究情况，快速推进我国"磁浮列车关键技术研究"。

对于磁浮列车基本原理，国防科技大学创新团队经过 10 多年的研究，已有了一定的技术积累和研究经验，这些问题对他们来说，已不是什么问题。他们最关心的是关键核心技术，比如车辆结构、机械耦合、稳定悬浮等问题。

在最后提问交流阶段，尹力明、杨泉林将这些问题一一提出，希望得到解释，为今后的研制提供借鉴和参考，结果却有些令人失望。俄罗斯专家说，这些问题我们目前也只有技术方案，并未做过试验，没有进行验证，还需要通过实践探索。

这课有些不解渴啊！事实上，俄罗斯专家对他们提出的问题也感到吃惊。索科洛夫在讲座结束时说："我们在讲学内容安排时，觉得中国听众应该都是入门者，以介绍原理为主。没有想到，你们中间已经有对磁浮技术研究很深的人员了。"

索科洛夫并不知道，台下听课者中有人已研究磁浮列车多年，他们研制磁浮实验样车可以在长 10 米的轨道上悬浮移动了。

俄罗斯专家的讲课虽不解渴，尹力明、杨泉林并不感到遗憾，因为索科

洛夫的一番话，实际上对他们的研究给予了肯定。

曾经"踏破铁鞋无觅处"，今天"得来全不费工夫。"随着"磁浮列车关键技术研究"被列入国家"八五"科技攻关计划，研究工作历经多年探索与坎坷挫折，已是"万事俱备，只欠春风"了。

犹如将士听到出征的号角，大家随即投入一场新的攻关战斗中。

## 打开创新突破口

深秋时节，校园里的枫叶正红。对于国防科技大学磁浮交通技术创新团队来说，更是一个收获的季节。

"磁浮列车关键技术研究"被国家科委列入国家"八五"攻关计划，让他们欣喜不已。受领任务回来，常文森等立即着手谋划下一步的研制工作，他与团队成员经过深入研究，认为必须瞄准未来实际应用，加强应用牵引技术攻关，最终目标是要让磁浮列车走出实验室，成为真正的新型交通工具。

作为一项复杂的系统工程，磁浮交通涉及自动控制、传感器技术、电力电子技术、直线推进技术、信息技术、机构动力学、交通工程等众多学科，必须实行多学科融合创新，才能实现技术突破。从世界磁浮交通研制情况看，开展此项技术研究的多是科技与工业发达的西方国家，德国、日本、美国，这些国家都具有雄厚的科技实力和先进的工业制造水平，而我国在这方面却受到综合国力、制造能力与工艺水平等方面制约。

军人生来为战胜。面对重重困难，团队成员没有丝毫畏惧，承担国家"八五"攻关计划，对于他们来说，无上荣光，责无旁贷，困难再大也要义无反顾，勇往直前。大家的干劲一如秋天里红枫，激情似火。

有创新的激情，还必须有科学的谋划。经过深入分析和思考，团队认为突破磁浮列车核心关键技术，应该"化整为零，各个击破"，先从列车的最关键基础部件做起，找准创新的技术突破口。就像打仗一样，面对坚固的防御

战线，必须先撕开一条口子，然后才能攻占整个山头。

突破口在哪里？大家对原型电磁铁悬浮控制研究之后，不约而同地将目光聚焦到了磁浮列车单转向架系统。"化整为零，各个击破"就要先攻克这个最关键的基础单元。

英雄所见略同。单转向架系统是磁浮列车最基本单元，列车的悬浮、导向、牵引、制动等功能都集成在转向架上，只要先把转向架子系统技术突破了，其他部件则可以将其相关的成熟技术，融入于磁浮列车系统之中。这个技术难题一旦突破，就奠定了磁浮列车研制的基础，国家"八五"攻关计划也就基本完成了。

于是，他们决定先做一个全尺寸的载人单转向架，瞄准未来实际应用，将单转向架悬浮能力设定为 6 吨以上。如果一个单转向架能够实现悬浮运行，再"照葫芦画瓢"，将一列磁浮列车设计安装 5 个单转向架，就完全可以达到传统轮轨列车的承载能力。

经过半年多的理论研究和结构设计，参考国外磁浮列车试验样车的相关技术指标，课题组初步形成了全尺寸磁浮转向架的研制方案。

研制方案形成了，一系列复杂的技术难题也摆在研制者的前面。转向架是最基础部件也是最复杂的，与轮轨列车转向架不同，它需要实现对列车的悬浮控制，而悬浮系统本身又是一个不稳定的系统，受线路、载荷、环境等影响，悬浮的稳定控制难度极大，该如何实现？

磁浮列车车体与轨道不接触，没有摩擦的反作用力，只能使用直线电机牵引，而用于牵引控制的电机并不是独立的，它将是磁浮控制系统的重要部件，不仅本身需要有很好的性能，其牵引能力、重量体积等，又对悬浮系统提出了很高的要求，悬浮与牵引将如何融入一体？

能够实际应用的磁浮列车，其车体大小、体积、承载能力必须与传统轮轨列车一致。轮轨列车有轮子支撑，而磁浮列车没有轮子，它依靠车体底部的多个悬浮控制器支撑。每个控制点之间存在较强的耦合现象，即相互干扰。各控制点的解耦问题怎样解决？

异步直线感应电机如何控制，以及牵引力与电机法向力的耦合问题又如何解决？

再有，磁浮列车车体是平直的，在转弯时如何与弯曲的轨道相互适应？转弯和乘客上下车时，列车负载会随时变化，怎样实现负载的自动调节，结构如何设计……

啊！需要考虑、解决的问题可谓"多如牛毛"，这是研制之前就摆在大家面前的问题，需要在结构设计中进行综合考虑、预先研究，至于在系统集成及试验中还会冒出什么问题需要解决，研制之前是根本无法预料的。

所有这些问题，汇集起来就一个字：难！

"不难，还叫创新吗？"

"正因为难，才叫攻关啊！"

面对难题，团队成员的态度很明确，搞科研就是攻难题。突破掌握核心关键技术是科技工作者的职责，更是使命。

作为军队科技工作者，他们有攻坚克难的勇气，也有不达目的不罢休的韧劲。然而，大家对于磁浮列车的转向架如何做，怎样才能"浮"起来，仍是"一头雾水"。

没有资料参考、缺少技术积累、加工条件有限，许多东西别说没学过，甚至是前所未闻。

一切都要从零开始，摸着石头过河。常文森知道，搞科研要有信心和勇气，同样也需要底蕴与方法。他和尹力明等人商议后提出：不会就学，先集体"充电"，学习相关专业理论，先学习再实践，边学边干，学以致用。

于是，这些大学教授像研究生们一样，拿起书本刻苦攻读，相互交流。不仅在单位学习研讨，还到相关科研院所考察学习。尹力明还争取到了随国家科委赴俄罗斯磁浮列车研究中心、莫斯科铁道学院考察交流的机会。

经过半年的读书学习和调研，大家开始学以致用了，磁浮列车单转向架的研制工作正式启动。按照"化整为零，各个击破"的研究思路，先从悬浮电磁铁和直流功率斩波器入手。瞄准单转向架 6 吨以上的悬浮能力，课题组

参考国外研制技术参数，设计出悬浮电磁铁的截面尺寸；刚从华中科技大学电气工程系毕业的陈贵荣被委以重任，负责采用有限单元的磁场计算方法，负责磁场分布条件核算；陈顺良工程师电气设备制造和调试经验丰富，负责硬件研制并解决工程问题；其他相关人员发挥专业特长，各自负责一项任务。经过一番努力，一套大功率的电气装置研制成功。

尹力明负责转向架的部件加工，他想出一个既省钱又省料的简易办法：就地取材，先用木板和塑料摸索着做，即便不行，改进也容易，待用木板和塑料板做得有模有样、基本可行了，再进行加工制造。这样虽然省钱省料，但手工制作要增加几倍的工作量不说，精度、强度等性能参数测算也难。唯一的办法就是一遍遍地加工、测算、修改、再加工，凭的就是一种不畏艰难的拼搏精神。

悬浮控制系统的研制也是这样，从过去小型磁浮实验样车的悬浮，跨越到全尺寸单转向架的悬浮，不知经历了多少次试验，也不清楚失败了多少回，在千难万苦的研制、试验、失败、再研制、再试验探索中，最后才将悬浮控制问题解决。

从木板、塑料板结构制作，到正规部件加工，再进行模型试验，他们不断修改设计，一遍遍加工优化。这期间，团队不知经过多少艰难曲折，也不知熬过多少不眠之夜。跌倒了，站起来；失败了，从头再来，摸索着继续前进。

就这样，凭着一股顽强的韧劲，他们经过两年的攻关，终于攻克了多自由度转向架的原理结构设计，弄清了磁浮列车转向架与汽车、轮轨火车转向架的区别，摸清了基本结构特性，在此基础上形成了磁浮列车的转向架机械解耦概念，完成了转向架结构设计与各部件加工图纸，为磁浮列车单转向架系统奠定了坚实的基础。

解决了上述这些问题，就基本扫清了研制道路上的"拦路虎"。然而，加工生产过程反反复复又经历一年多时间，总算把一个几吨重的单转向架系统研制出来。

单转向架系统是磁浮列车的最基本单元，看上去虽然十分简陋，但它的内部结构相当复杂，拥有 4 套独立悬浮控制系统、一套推进系统、相应的二次悬挂系统、两台直线电机和宽 3 米的车厢底板，可承载 40 多人。

单转向架系做好后，要安装长 10 米的轨道，才能做悬浮控制与运行试验。实验室容纳不下，别的大房子又没有。时任系主任的常文森决定，把这套实验装置安装在实验大楼外面的一个旧教室里，他拿着卷尺来前后左右量了量，把脚往水泥地上一跺："正好！咱们的实验装置，就安在这里好了！"

这个旧教室长度是够了，但也得进行改造啊！常文森率领尹力明、徐水红、杨泉林等科研人员拿起工具，平整场地、安装轨道，当时正值夏天，长沙的气温高达 40 摄氏度，他们光着膀子，像干重活的民工一样，干得热火朝天。

长 10 米的轨道铺好了，如何将几吨重的单转向架系统抬到 2 米多高的轨道上呢？租用一次吊车要花上万元，况且场地也不宽敞，吊车不好展开作业。

"我们就将它扛上去！"尹力明说，大家以为他在开玩笑，没想到他却是要动真格的。

"不能用吊车，那不得人工抬啊"。这天，团队人员齐上阵，再安排一些学员，将单转向架拆成几大块，几十个人如群蚁搬骨头，肩扛、手抬、木杠撬，再安排几个人在轨道上用绳子拉，喊着"号子"，使出吃奶的劲头，硬是将几吨重的单转向架系统搬到了 2 米多高的轨道上。

将单转向架搬到了轨道上，大家兴致勃勃地安装调试，想检验一下悬浮控制效果，可是牵引电机还没有安装，于是，大家又找来绳索拉着几吨重的转向架，在坡度为 40‰ 的轨道上来回移动，进行实验。当时正值炎热的夏季，轨道边没有电扇，更没有空调，唯一散热的方式，就是不断地用自来水洗脸擦汗，所以每个人肩上都搭着一条毛巾。这一幕，正好被来校考察科研工作的国防科工委副主任聂力碰上了，她看到这一情景非常感动："没想到未来的交通工具，大家是这样干出来的。"

这天，待一切都准备就绪之后，接通电源一试，效果却让人哭笑不得。

这个让他们费尽了力气的"宝贝"，像是一个动不动就使性子的"调皮小子"，悬浮一会儿就"乱蹦乱跳"，走一段就"歇菜"，甚至"罢工"。不论你如何"调教"，它就是不改"顽皮"的性子。

见大家一筹莫展的窘态，常文森说："别急！必须找到不听使唤的原因。"大家又各就各位，对自己负责的工作进行检查，一遍遍地反复测试，一些小的问题当天就解决了。常文森决定明天再进行综合调试。

第二天一大早，团队成员全都赶到现场，对接下来的试验充满了期待。然而，几番试验之后，问题依旧，磁浮单转向架还像从前一样"乱蹦乱跳"。围绕这个棘手的问题，科研人员先后折腾了半年多，依然束手无策。

问题到底出在哪儿呢？那段时间，大家众说纷纭，莫衷一是。在经过一遍遍地检查和反复调试之后，问题才慢慢地显露出来，大家这才发现，最大的嫌疑就在悬浮控制上。

"这才是问题的根源啊！"常文森说。可是由谁来解决这个问题呢？他一转身，目光投向了博士生李云钢。常文森没有半点犹豫，像是下达战斗命令一样，说："李云钢！"

"到！"李云钢一愣。

"现在，由你牵头把它解决好！"

"我？"李云钢似乎不敢相信自己的耳朵，导师怎么将这么一个难题交给他来牵头呢。

李云钢是常文森的博士生，主攻磁浮控制技术，脑子灵活，创新能力强。经过几年刻苦攻读，他马上就要博士毕业了，此时正忙着撰写博士学位论文。对于一名博士生来说，毕业论文写作是最后是一道重要关口，能否按时毕业拿到学位，关键在此一役。

面对导师信任的目光和不容置疑的语气，李云钢只能像往常一样，点头应允，毅然受领了这一任务。

军人以服从命令为天职。多年军旅生涯和在团队的历练，李云钢已养成了服从命令、勇于担当的军人作风。撰写毕业论文与团队面临的攻关任务，

孰重孰轻，他是分得清楚的。在悬浮控制技术面临"卡壳"的关键时刻，个人的事再大也是小事，何况导师已经"点将"，自己就必须迎难而上，攻克这个难题，决不能让导师失望，更不能使团队攻关受到影响。

李云钢毅然放下毕业论文的写作，一头钻进了实验室。针对单转向架"乱蹦乱跳"的问题，他与团队的老师和队友们密切配合，集智攻关，终于找到了解决问题的思路。接着，他重新制作了悬浮控制系统的斩波器和控制器，对系统部分结构进行了优化，在此基础上编写出了新的悬浮控制算法和软件。

这些工作完成之后，李云钢利用整整一个寒假的时间，对悬浮控制系统进行反复调试、优化和改进。慢慢地，转向架在轨道上"乱蹦乱跳"的现象消失了。经团队反复试验，最终实现了单转向架稳定悬浮控制，彻底搬开了横亘在前进路上的又一只"拦路虎"。

李云钢不负众望，出色完成任务，大家纷纷向他竖起大拇指。"现在，你可以安心地去写你的博士学位论文了。"常文森说，脸上露出了欣慰的笑容。

扫除前进道路上的障碍，研制工作又迈上了"快车道"。

1995 年 5 月 11 日，我国第一台磁浮列车单转向架原型第一次进行载人试验。转向架平台上密密麻麻挤上去了 30 多人。大家兴致高昂，都盼望亲身体验一下"悬浮"运行的感觉。要知道，这可是全国首次试验，他们是我国磁浮列车的第一批乘客。

一切准备就绪。

"启动！"随着常文森一声令下，7 对水泥墩托起的 10 米轨道上，载着 30 多人的单转向架从轨道上轻轻浮起，沿着的轨道缓慢地、平稳地向前"漂移"，30 多名乘客完成了一次特殊的"旅行"。

成功了！现场响起一片热烈掌声。我国第一台载人单转向架磁浮列车从此诞生了！

载人单转向架磁浮列车的研制成功，解决了稳定的悬浮控制技术、转向架设计技术、大功率的斩波器设计技术、牵引控制技术等磁浮列车研制最基础的技术难题，为磁浮列车研制奠定了重要基石，标志着中国成了世界第 3

个掌握磁浮列车研制技术的国家。

当年，该成果获得部委级科技进步一等奖，入选"1995 中国十大科技新闻"。

# 联合打造磁浮列车试验线

载人单转向架磁浮列车的研制成功，在我国磁浮交通技术发展中具有标志性意义。对于国防科技大学磁浮交通技术创新团队来说，只是万里长征迈出了关键的第一步。他们知道，要把载人单转向架磁浮列车开出实验室，并不像把轿车开出工厂那样简单。

因为，单转向架只是磁浮列车的一个基本单元，称不上真正的磁浮列车，何况它还只是在长 10 米的轨道上悬浮运行。让国产磁浮列车开出实验室，必须进行工程化，不仅要研制出全尺寸的工程化样车，还要建设同规格的试验线路，通过试验解决工程化中的一系列技术问题，验证磁浮列车的可行性、可靠性。

这些问题，单靠国防科技大学是无法完成的。院校的优势在于攻克核心关键技术，工程化研发、列车设计、装备制造、系统综合集成等，必须通过相关科研院所和企业的合作来完成。

这么一个庞大的复杂系统工程，下一步的工程化研发如何推进？怎样联合相关单位来做呢？

1999 年年底，北京控股集团旗下的八达岭旅游股份有限公司，为解决八达岭旅游景区停车场外移后的游客输送问题，正考虑采用何种交通方式而展开论证，当他们了解到国防科技大学突破了磁浮列车关键技术，提出以建设八达岭景区磁浮交通为初始目标，愿意出资支持中低速磁浮交通技术研究，与国防科技大学合作推进工程化研发。

2000 年 9 月，双方签订合作协议之后，北京控股集团"送"来一个"大

礼包"：决定出资在国防科技大学校园内建设我国第一条中低速磁浮列车试验线，将其作为磁浮列车中试基地。为此，他们成立北控磁浮交通技术有限公司，与国防科技大学联合国内10多家相关单位进行工程化研发。常文森、尹力明、龙志强、李云钢、曹承侃、罗昆、赵志苏、陈贵荣、刘少克等团队成员全身心地投入研发工作中。

2001年4月，长204米的磁浮列车试验线建成，轨距2米、最大坡度40‰，最小弯道半径100米。试验线路虽然不长，但一切按实际运营轨道设计建造，完全可以满足试验要求。同年7月，试验样车（CMS03）下线，车长15米，宽3米，自重21吨，额定载荷28吨，超载36吨，车辆走行部由4个转向架组成。

"试验线和试验样车完全按照工程化标准设计制造。"尹力明教授说，有了试验线与试验样车，国产磁浮列车就自此开出了实验室，向工程化迈出了关键性的一步。

当试验样车在长沙组装完成开上试验线时，国防科技大学磁浮交通技术创新团队成员别提有多高兴了。大家看着列车流线型的外观设计、美工喷绘的外表，宽敞明亮的车厢，设备齐全的设施，就像看着自己的孩子一样，哪儿都好。

列车组装完毕，曹承侃利用模拟悬浮控制器顺利将列车悬浮起来了，试验样车沿着204米的线路来回往返，我国第一辆磁浮列车实现了试验运行，研制工作向前迈出了关键的一步。为了检验列车与轨道的可靠性、可行性，大家加班加点，忘我工作，问题一个个暴露出来，科研人员用智慧和汗水将一个个问号拉直，将难题一个个解决。

2001年11月25日，我国第一条磁浮列车试验线通过了包括5位院士在内的14位专家的中试评审。专家组认为"试验线和CMS03车辆系统的设计和建造，具有我国自主知识产权。在电磁铁设计、悬浮控制、测速定位和提高系统承载能力等方面有所创新，表明我国已经基本上掌握了中低速磁浮列车的各项关键技术。"

2002 年 4 月 5 日，在磁浮试验样车实现 2000 千米无故障运行。国防科技大学正式对外发布：我国第一条中低速磁浮列车试验线建成通车，中国人乘坐国产磁浮列车已为时不远。

消息一经发布，立即在外界引起强烈反响，外电也纷纷予以报道。此后，科研人员在这条试验线上，又连续开展了 5 年多的试验、测试与技术验证，先后在悬浮控制、直线推进、运行控制、信号检测、车辆结构、轨道设计等关键技术及工程化实现等方面取得了一系列重大突破。

2006 年，唐山机车车辆厂生产的我国第二辆磁浮试验样车，在试验线上进行两车联挂试验，继续开展相关测试和技术验证，取得了一些新的技术突破。但由于线路较短，试验时速最高只能达到 30 千米，与设计时速 100 千米还有很大距离。受试验线长度和时速限制，仍有许多试验无法进行，一些隐性问题特别是时速达到 100 千米时可能面临的问题，不可能暴露出来，也就无从得知和解决。

从未来实际应用出发，204 米的试验线已无法满足磁浮列车各项试验要求。此时，北控磁浮和国防科大等单位申报的"中低速磁浮交通技术及工程化应用研究"项目，成功列入国家"十一五"科技支撑计划。为全面检验和考核中低速磁浮交通综合技术，2008 年，一条长达 1547 米的试验线路在唐山机车车辆厂内建成。

该线路采用一次热轧成型的 F 型钢轨，轨距 2 米，最大坡度 70‰，最小弯道半径 50 米，采用 1500V 直流供电制式。2009 年，实用型中低速磁浮列车（CMS04）问世。车长 15 米，车宽 3 米，走行部由 5 个转向架组成，采用更加先进的悬浮控制技术，最大有效承载能力达到 15 吨。

2009 年 5 月，两辆编组的实用型磁浮列车开始进行线路运行试验，时速达到 105 千米。试验表明，列车爬坡能力、转弯能力、承载能力等都达到了设计指标，运行平稳，车内基本无噪声，车外噪声也很小，电磁辐射等指标都满足相关标准的要求。

试验线和实用型磁浮列车经过 6 万千米试验运行，主要解决了磁浮列车

的批量化、标准化制造问题，车辆高速运行时的悬浮控制稳定性和牵引控制技术，F轨型钢轨一次热轧成型技术。车辆电气系统采用了DC1500V城轨交通新标准，配备了规范的地面供电系统和运行控制系统，车辆、轨道及相关装备完全达到了运营线要求。实现了关键装备的全部国产化，使我国的磁浮交通技术达到了工程应用的水平，具备了工程化、产业化实施能力，其综合技术达到世界先进水平。

历史是公平的，你付出了多少，就会收获多少。从204米的磁浮列车试验线，到1547米的工程化试验线，"磁浮人"用10年的心血和汗水，将我国磁浮交通技术一步步推进到了应用阶段。

## 突破稳定悬浮导向控制

磁浮列车的神奇之处，是它突破传统地面交通工具承载方式，几十吨重的载客列车能悬浮在轨道上行驶。

"其奥秘就在于列车的悬浮导向控制，这是磁浮交通最为核心的关键技术，也是国外严密封锁的技术。"龙志强教授说，中低速磁浮列车是依靠电磁悬浮力，来实现列车与轨道之间的无接触悬浮和导向。1列6辆编组近200吨重的磁浮列车，如何与轨道保持1厘米左右的悬浮间隙并稳定运行？特别是列车在上下坡、拐弯或以不同速度运行时，负载时刻产生变化，而乘客上、下车或在车内行走时，负载也不均衡。这就要求列车有良好的动态调节和自适应能力，否则，列车就跑不起来。

实现磁浮列车稳定可靠的运行必须依赖悬浮导向控制技术。首先要确保有足够的动态调节能力，以适应线路和负载的变化；其次要保证车辆有足够的承载能力。这两个问题如果达不到要求，磁浮列车就不能走向应用。

悬浮导向控制是磁浮列车研制中面临的一大技术瓶颈。然而，困难没有阻挡科研人员的创新思维，经过集智攻关，科研人员从建立车辆系统动力学

模型入手，充分考虑影响负载变化和系统稳定性的各种因素，运用先进的控制理论，在优化轨道和车辆结构的基础上，创造性设计出一种新的悬浮控制算法，从而较好地解决了车辆动态调节能力，使一节车厢的最大有效承载重量达到 15 吨，实现 105 千米时速的平稳可靠运行。

据专家介绍，在同样的轨道条件下，日本一节车厢的最大有效承载能力为 11 吨，而我们团队技术最大有效承载比日本多 4 吨。有效承载能力增加 4 吨，相当于每节车可以多载 66 人。

首战告捷，团队并没有停止创新的步伐。为提高悬浮导向控制的稳定性，从香港科技大学进修回来的李杰教授，在团队突破的模拟悬浮控制技术基础上，提出用非线性解耦算法，将传统线性化方法实现的局部稳定性，扩展到了大范围、全系统的渐进稳定性，提高悬浮系统性能，缩短调试周期。

这种非线性解耦算法，是要将传统模拟悬浮控制一步跨越到数字化，在磁浮界，有人曾提出"数字控制不适合悬浮控制"，甚至被称为经典理论。他们的这一创新思路能否行得通呢？

创新不能墨守成规，不能跟在别人后面亦步亦趋，而是要敢于挑战经典，勇于探索。他们相信，当上帝关上一扇门时，一定会打开另一扇门，或许上帝从未将门关上，只是人们没有找到门罢了。

李杰和团队成员没有被创新的条条框框所羁绊，此后 6 年多时间里，他们凭着锲而不舍的求索精神，从"迷宫"中找到了上帝早已打开或者是从未关上的大门。几经拼搏创新，他们逐步完成了磁浮列车由模拟悬浮控制，到数字悬浮控制的创新突破，继而验证了数字控制在磁浮列车悬浮控制中的可行性，一举打破了"数字控制不适合悬浮控制"这一论断，将悬浮导向控制性能提高到一个更高水平。

经过反复试验，团队突破了悬浮导向控制技术，使磁浮列车的动态调节与有效承载两项技术指标，均达到世界先进水平。

创新的这层"窗户纸"一经捅破，就将核心关键技术掌握在了自己手中。"简单说来，我们这项技术就好比在一节列车下安装了 20 个看不见的'轮

子'，即 20 个悬浮控制点，控制算法让每个控制器每秒进行上千次感应调节，使电磁力与悬浮重力保持动态平稳，一节有 20 个车轮的列车，运行能不平稳吗。"常教授说。

2017 年 12 月 30 日，北京 S1 线开通运营，一辆车的悬浮控制器已减少了一半，只用 10 个悬浮控制器就实现了磁浮列车的平稳运行，减少了造价，实现了列车进一步的轻量化，载重量比原来有所增加，悬浮导向控制技术又实现了新的跨越。

## 驱散随机振动"幽灵"

2001 年 11 月 25 日，我国首条中低速磁浮交通试验线通过中试评审验收，各项试验随即开始，科研人员需要通过运行测试，获取相关试验数据，解决磁浮列车运行中的各种问题，为未来投入运营奠定基础。

这条建在国防科技大学校园内的 204 米试验线，对于李杰教授来说，是世界上最难走、也是问号最多的路。他在这条路上整整走了 3 年！

一条 204 米长试验线为何一走就是 3 年，需要经历无数遍的往返？这是因为他们遇到了一个技术难题——车辆的随机振动，它像"幽灵"一样，纠缠着李杰与团队成员。

这个"幽灵"一直让人捉摸不透。试验运行中，列车转向架时不时产生振动，特别是在爬坡或转弯时，更是振动频发，并伴随着异响声，时隐时现，这一趟运行时出现，下一趟又没有；有时在这里出现，再试又消失；你将这里调试好，不经意间又在另一地方出现，这就是专家们所说的"随机性"故障，毫无规律，最难捉摸，也最难解决。

这个问题让科研人员伤透了脑筋。优化悬浮导向控制、检查车辆结构、重新测量轨道、调整轨道线形、排查技术细节问题、改进二次悬挂系统、重新研究不同转向架的防滚解耦刚度，甚至提出了"空气弹簧均压的理

论"……该想的办法都想了，该优化的都改进了，该测试的都无数遍地测试过了，但是，随机振动问题依旧，"幽灵"始终与大家"捉迷藏"。

大家百思不得其解，莫衷一是，争论也就开始了：搞车辆的说轨道有问题，搞轨道的说悬浮控制有问题；搞车辆结构的认为问题出在转向架；搞转向架的则认为轨道不符合要求……公说公有理、婆说婆有理。总之，自己负责的工作经过反复多次测试、改进，已经没有问题了，那问题不就出在其他人负责的工作中吗？

那段时间，大家讨论、攻关、测试、改进、试验，忙得不亦乐乎，争论、争吵也成了家常便饭，谁也说服不了谁。争完了再改进，改进完进行测试。但无论你怎么改进、测试，也不管大家争吵得不可开交，"幽灵"却躲藏在暗处，好像在看大家的笑话似的，考验着科研人员的智慧与耐心。

这个时候，李杰教授提出用非线性解耦算法对悬浮控制系统进行数字化改造，并筹划着用DSP＋FPGA数字计算结构替换模拟控制器。在曹承侃高工及研究生孙秋明、张锟等的协助下，顺利完成了单点和单转向架的稳定数字悬浮。可是，当他们进行全系统替换试验列车的模拟控制器时，随机振动还是出现了，"幽灵"又纠缠上李杰，成了控制器替换工作的一大难题。

真是遇到"鬼"了。李杰就思考："幽灵"漂浮不定，决不能简单地对待，应该在数字化替换模拟控制器的过程中，一并将随机振动问题解决，搬开前进道路的"绊脚石"。

这个"幽灵"不仅客观存在，它还像只"狡猾的狐狸"。于是，李杰带领博士生洪华杰、王洪坡等人开始了"捉狐狸"的工作。研究、探索、试验，替换不同刚度的防滚吊杆弹簧、调整横向拉杆和纵向牵引拉杆长度、改变空气弹簧高度、修改悬浮控制参数……在一系列的试验、测试对比中，"幽灵"出现的次数虽然在减少，但仍在与他们玩"捉迷藏"的游戏，有时让你防不胜防。

所谓"魔高一尺、道高一丈"。"狐狸"躲藏得再好，也有露出了"尾巴"的时候。在调整横向拉杆长度、在车辆静止悬浮条件下改变振动状态试验时，

李杰想到了过去在机器人控制中"传感器与执行器分离"的振动及稳定性的问题。这时，李杰若隐若现地看到了"狐狸的尾巴"。

"抓住它。"常文森教授听了李杰汇报后，鼓励他顺着这个思路赶快将问题解决。接着，李杰率领几个人查找执行器和传感器的问题。磁浮列车的执行器，即悬浮电磁铁是无法改变的，那么，传感器就是最大的"嫌犯"！

此后，李杰在这条 204 米试验线上，与"嫌犯"斗智斗勇，查找它的"犯罪证据"。

3 年时间里，试验线两旁的树叶绿了又黄，黄了又绿，在试验线上的时间比在办公室还多，来回跑了多少遍，记录数据问题的笔记本用完了一个又一个……

夜以继日的检查、筛查、测试与试验中，李杰终于抓住了"狐狸的尾巴"，找到"嫌犯"的"证据"。他从机器人"传感器与执行器的分离问题"中，发现了造成正反馈振动的信号通路，然后通过技术手段解决了让传感器与执行器有机融合，相互配合的问题，形成了"一体化传感器"的概念。按照这一技术改造方案，最终将随机振动问题解决了，从此车辆运行再也没有出现随机振动现象了。

驱散随机振动这个"幽灵"，就排除了对轨道、车辆、转向架、二次系和悬浮控制等的"嫌疑"，大家终于松了一口气，使研制工作重又回到了正确道路上。常文森教授感慨地说，该问题的解决使磁浮交通技术前进了一大步！

## 标本兼治解决"车轨共振"难题

悬浮导向控制、随机振动等技术瓶颈突破后，扫清了磁浮交通研制道路上的两大"拦路虎"，此后的研制应该不会出现更难的问题了吧。

然而在创新路上，技术难题总是相伴相随，决不以人的意志为转移。这不，随机振动问题刚刚解决，"车轨共振"又接踵而来。

試験線上，当磁浮车辆静止悬浮在某段轨道上，或慢速通过某段轨道时，轨道和磁浮列车的电磁铁会同时出现大幅振动的现象，轻则颠簸，重则"趴窝"。

车轨共振，是国际磁浮交通界公认的世界性难题。美国曾出现过刚建好的线路因车轨共振而无法运行的窘境。我国引进德国技术建造的上海浦东机场磁浮交通线，面对这一难题，只得采取加大水泥梁单位长度质量、加固改造轨道的方法来解决，这就使系统造价高出很多。

当时，国际上提出并普遍采用两种方法解决车轨共振问题：一是增加轨道刚度，这样做会使轨道显得笨重并增加系统造价；二是调节悬浮控制器的参数，但参数调节范围十分有限，有效性不能得到保证。

如何找到一个既能降低轨道造价，又能避免车轨耦合自激振动的方法是磁悬浮交通技术领域的一大难题。

"国产磁浮必须标本兼治，既要解决问题，又不能增加成本。"常教授说。为寻找车轨共振产生的原因和解决办法，团队派人到国外振动控制实验室学习深造。然而，对方却对相关原理守口如瓶，相关实验只许看，不能动也不能问，这算什么事啊！技术封锁嘛，这是西方国家惯用的伎俩。

"封锁吧，封锁七八年，中国什么问题都解决了！"中华人民共和国成立初期，面对西方国家对我实施的封锁与禁运，毛泽东以前所未有的胆识和气魄，告诉世人，已经站起来的中国人，是谁也封锁不了。

悬浮导向控制，是国外严密封锁的技术，我们不是突破掌握了吗？随机振动"幽灵"，不也被我们驱散了吗？车轨共振，我们一样能解决，而且要标本兼治。核心关键技术买不来、引不进，除了自主创新别无他路。

求人不如求自己，一场新的攻关战斗随即打响。

为了找到的"病根"，团队把铺平的轨道拆松，几十个人推着列车在204米的轨道上来回往返，测试、记录、分析、调试……每天吃过早饭就来到试验线，一干就是一整天。夜晚，实验室里灯火通明，大家夜以继日，为解决车轨共振寻找良方。

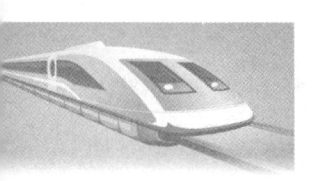

参与攻关的年轻博士周丹峰，从小爱好无线电，他经过仔细观察和分析发现，车轨耦合振动与无线电调谐振荡的原理有相似之处，认为可以作为解决这一难题的思路。他的想法得到常文森教授的鼓励，在李杰、张锟、罗昆等团队专家指导下，尝试着用无线电调谐原理对车轨振动进行"调理"，但效果欠佳。

一天，周丹峰博士的鼻炎犯了，为了不影响攻关，他希望快点好起来，就擅自加大了服药剂量。超剂量的服药效果很明显，鼻炎很快就好了。医生知道后提醒周丹峰，这样做药效是明显，但对身体有副作用。听了医生的话，日夜为车轨共振困扰的周丹峰立刻产生了联想：解决车轨共振难题也可以来一剂"猛药"，只是要尽量避免副作用，既要产生好的疗效，又不能伤了"元气"。他思考一番后决定对悬浮控制系统来一次彻底的"大手术"。

这个"大手术"，就是改变"头疼医头、脚疼医脚"的传统思维方式，运用系统工程理念，对悬浮控制系统及算法进行全面"解剖"，找到症结，切除"病灶"，达到标本兼治的效果。

常文森教授等专家听了周丹峰的想法后，觉得有几分道理，按他提出的思路，集思广益制订出了新技术攻关方案。他们将车辆与轨道看成是一个大系统，在硬件不做大的改变条件下，进一步优化悬浮控制系统，再将抑制振动算法嵌入其中，然后通过试验慢慢进行"调理"，消除车轨共振的"病灶"和"细菌"。

这是典型的"中西医结合疗法"。对悬浮控制系统及算法进行全面"解剖"的"大手术"，可算作西医治疗；嵌入抑制振动算法进行"调理"，类似于中医的服药。

也真是服了这些专家们，为了攻克一项技术难题，连中西医治疗理论都用上了。还别说，经过如此这般的"手术"加"调理"，疗效奇迹般地产生了——车轨共振这一"疑难杂症"，像遇到了"神医"一样，奇迹般"康复"了，不仅开启了解决困扰国际磁浮界世界性难题的新途径，还促进了国产磁浮列车的数字化悬浮控制技术的飞跃。

此后，他们将这一成果运用于上海高速磁悬浮试验线上，效果明显优于德国的改进系统，证明我们抑制车轨共振的方法取得重大突破。

# 首创 F 型钢热轧成型技术

大家知道，列车是在轨道上行驶，磁浮列车也是一样，所不同的是轮轨列车的轨道是"H"型钢轨，磁浮交通轨道则是"F"型钢轨。如果把"F"按顺时针方向旋转 90 度，那么，左半部分就是用于悬浮控制承载，右半部分供磁浮列车以其特殊方式"环抱"在轨道上，以 1 厘米左右的间隙悬浮运行。

我国首条中低速磁浮交通试验线，轨道是采用焊接方式生产出来的，这种传统工艺每天只能生产 12 米轨道，生产效率极低，204 米试验线的轨排，整整用了 3 个月。

2008 年，一条长达 1547 米的试验示范线路在唐山机车车辆厂内完成基础建成。当时，我国中低速磁浮交通产业化只剩最后一个技术难题：热轧生产用于制造轨排的 F 型钢轨。

这是一个怎样的技术难题呢？这是因为着眼产业化要求，必须放弃工艺落后、生产效率低的焊接方式。传统轮轨列车的"H"型钢轨，每天可生产 4 千米，而焊接 F 型钢轨一天只能生产 12 米，两者比较，效率相差几千倍，因此必须解决热轧 F 型钢轨的问题。

北控磁浮的目标不仅是建成一条试验示范线，他们瞄准的是磁浮交通的产业化应用。于是，在国内寻找能生产 F 型钢轨的企业，几番考察调研，最终与莱芜钢铁集团达成合作协议。

莱芜钢铁集团虽然在型钢生产方面具有雄厚的技术与制造实力，但热轧制造 F 型钢轨却是头一回。听说是生产磁浮交通轨道，莱芜钢铁集团却二话没说，表示愿意干。在只从北控磁浮获得了 100 万元的经费支持的情况下，自己投入了近 4000 万元进行技术攻关和热轧试验。

让莱芜钢铁那些"山东汉子"没有想到，热轧制造 F 型钢轨是那样的艰难。一次、两次；半年、1 年，每次从热轧线上制造出来的 F 型钢轨，像一根根扭曲的麻花。

一次热轧制造，型钢车间需要停产一次，损失至少 400 万元。

攻关进退维谷之时，北控磁浮董事长兼总经理刘志明、国防科技大学李杰教授等人，不断给莱芜钢铁的那些"山东汉子"打气、鼓劲：

"你看，这个'麻花'的扭曲程度不是越来越小了么。"

"听说日本建成的世界第一条中低速磁浮交通线，也是热轧的轨排，我们也一定能搞出来。"

"进展缓慢不要紧，唐山试验线可以等。"

这一等，就是整整 2 年。这两年时间里，莱钢又花了上亿元建设了磁浮轨排加工车间，研制了轨排加工专用装备，横下一条心，说什么也要轧出中国的 F 型钢轧。

失败了，重来；不成功，再试。两年里，他们先后经过 16 次实验室实验、10 多次计算机模拟、7 次大工业试验，终于轧制出满足磁浮交通要求的 F 型钢轨，突破掌握了 F 型钢一次热轧成型技术，形成了批量生产能力，至此，我国中低速磁浮交通产业化的所有技术全部攻克。

许多人也许不知道，掌握 F 型钢轨一次热轧成型技术，莱芜钢铁在国内是第一家。直至这个时候，他们才知道日本的中低速磁浮交通线并不是采用热轧成型的 F 型钢轨。当初，刘志明不过是为了给他们鼓劲随口一说。没想到，一句善良"谎言"，竟然激发出无限的创新潜力。

如今，莱芜钢铁拥有 F 型钢热轧轨的技术秘密和发明专利 12 项，成为国内唯一能生产磁浮交通专用 F 型钢轨的企业和唯一供应商。

## 攻克高速磁浮关键技术

众所周知，上海高速磁浮交通运营示范线采用德国技术建造，它是世界

第一条也是目前唯一的高速磁浮商业运营线。作为世界上最早开展磁浮交通研发的国家，德国的高速磁浮技术一直居于国际领先地位，但推广应用却一波三折，至今也未能在国内建成一条磁浮交通运营线。

我国是"第一个吃螃蟹的人"，利用德国技术不仅在上海建造了世界上首条高速磁浮商业运营线，而且还在该项技术的基础上研制成功新型永磁电磁混合悬浮的磁浮列车。这一重大进展，首先得益于我国政府大力支持，另一方面是因为我国有一支自 20 世纪 80 年代以来，一直致力于常导磁浮（EMS）交通技术研制，培养了一批掌握常导磁浮交通技术的人才。

1995 年，国防科技大学在研制成功我国第一台低速磁浮列车的磁浮转向架之后，国家建设高速轨道交通的呼声也开始出现，常文森教授率领他的团队，早在 1998 年就开始探索高速磁浮交通技术，一大批年轻技术骨干参与了高速磁浮交通可行性研究。当我国决定与德国合作建设上海高速磁浮交通运营示范线时，常文森教授及团队成员李云钢、佘龙华博士等应科技部邀请，参与了我国发展高速磁浮交通技术方面前期的论证工作。

2000 年，我国将高速磁浮交通技术研发列入国家"十五"863 重大专项，常文森教授被聘为该重大专项总体专家组副组长、上海国家磁浮中心咨询专家组副组长，龙志强和李云钢教授被聘为该重大专项车辆组专家。该专项主要有两项任务，一是配合开展上海高速磁浮交通示范线建设，二是进行高速磁浮国产化创新研究。

如何在引进消化国外技术的同时，积极推进我国高速磁浮技术国产化和创新研究？863 重大专项专家组决定，组织国内有优势的单位参与高速磁浮悬浮导向、牵引控制、运行控制等关键核心技术进行研发，同时安排两家工厂进行车体的研制，并在上海嘉定建造一段磁浮试验线路，为考核各项关键技术提供试验环境。

悬浮导向是整个系统最为核心的技术，由国防科技大学等两所高校同时承担研制任务。常教授派出一支精干队伍投入攻关战斗，李云钢负责悬浮控制系统研制；吴峻负责悬浮导向传感器及电磁铁研发；佘龙华负责导向控制

系统研发；龙志强、李杰、赵志苏等负责走行机构的分析与设计。龙志强同时承担列车控制与供电网络攻关，还有10多名年轻教师和博士生参与其中。

关键技术攻关同时安排两家单位，即意味着这是一场科技创新的擂台赛。国防科技大学具有研发低速磁浮控制技术的积累，特别是对悬浮控制固有不稳定性和自激振荡等问题的理解比较深刻，他们对此信心满满，决心在这场没有硝烟的战斗中取得好的战果，推进我国高速磁浮交通技术的进一步发展，为团队赢得新的荣誉。

当时，德国生产的磁浮列车吊装到上海高速磁浮轨道上，第一次运行测试即出现了严重的车轨震荡现象，不能稳定悬浮。"看来德国也并未能完全解决车轨自激振荡的问题。"国防科技大学科研人员曾在中低速磁浮交通研制中取得了关键技术突破。现在，他们倒要看看德国人有什么"高招"。

问题出现之后，德国专家也感到十分棘手，一番研究之后，他们采取在库房轨道梁两侧和钢架支墩之间加装钢板的办法，列车倒是可以悬浮起来，却不能长时间停留，否则，还是会产生激烈的震荡。这好办，列车浮起之后就赶快跑就是了。但出车库过道岔时又出现激烈的震荡，德国人又用了另一个"高招"——在道岔箱梁里加装石头、道岔两侧加装阻尼器，这样，列车可以勉强通过道岔，但时速不能低于5千米。

这两个"高招"，顶多只能算权宜之计，治了"标"而未能"治本"，还大大增加了建造成本。上海高速磁浮项目管理单位对此心有余悸，希望在高速磁浮交通研发中能解决好这个问题。

当我们与德国专家探讨这个问题时，对方却讳莫如深，技术是他们明确不转让的。由于工作调整，此时李云钢已经转向其他磁浮创新项目的研发方面，悬浮、导向的控制全面由佘龙华博士负责，经过分析认为，问题可能出在控制器的结构与算法上，解决这个问题必须标本兼治。为此，他率领郝阿明、李晓龙、龙鑫林等人在团队技术积累的基础上，围绕系统总体技术方案、软硬件结构、控制算法等深入钻研，在电磁兼容性、电路板布线、元器件焊接等方面进行优化，经过几年探索与自主创新，终于找到了解决高速磁浮自

激振荡问题的所在，研制出一套全新的悬浮导向控制系统。2005年初，该系统在长春客车厂建造的我国第一辆高速磁浮列车成功应用，经严格测试考核，系统运行平稳，没有出现德国高速磁浮列车那种震荡情况。

当佘龙华带领课题研制的悬浮导向控制系统获得成功之时，另一所高校却未能完成攻关任务。

科研打擂，相互"PK"，这是863重大专项在高速磁浮交通技术研发采取的一种创新模式。悬浮控制所用到的间隙传感器的研制也是采取由两家并行承担的方式，由国防科技大学与另一家单位并行研制，间隙传感器研制完成后，同时拿到上海高速磁浮维修基地的德国设备上测试，谁的性能好用谁的。

这天，吴峻、周文武、李璐等人将研制好的传感器拿到上海，到了现场一看，傻眼了：接口不对，联不上啊！此时，离项目主管单位安排的"PK"时间只有两天了，怎么办？关键时刻，吴峻等人一边派人员买接口器件，一边连夜对传感器进行改造，经过一番努力，解决了接口问题。这次测试考核，他们又一次以优越性能胜出。

此外，用于列车牵引和运行控制的定位测速系统，也采取两家同时并行的研发机制。这种竞争性强的科研打擂，两家中只要有一家完成任务，接下来的研发就可以继续下去了；如果出现两家单位都不能按时交卷，整个项目就无法继续进行了。

这种情况还真出现了，2006年，按原计划各系统要在上海1.5千米高速磁浮试验线上进行联调联试，其他系统都按时完成了研制任务，而承担定位测速系统技术攻关的两家单位经过4年攻关，却没有一家能拿出可用于联试的设备来，没有这个设备，牵引系统和车辆就连不起来。车辆不能被牵引移动，整个863磁浮项目都无法按时完成了！当时在现场主持集成联试工作的常教授急坏了，联调联试不能如期进行，搞不好要全军覆没呀！

情急之下，常教授动员吴峻、李云钢，请他们再牵头来完成这个任务，"救一次火吧"！年轻人突击能力强，善于打硬仗，希望他们能尽快把可用于

联调联试的定位测速设备研制出来。彼时，李云钢、吴峻等刚刚完成高速磁浮车辆自身的悬浮系统的攻关任务，眼下又来了个"火烧眉毛"的任务，留给他们的时间却只有 4 个月。不干，项目进展要"卡壳"；干，4 个月能否完成任务？

面对专家组焦急而信任的目光，吴峻、李云钢他们急项目之所急，毅然接下这个任务，迅速投入到攻关中。天天"白＋黑"，周周"5＋2"，甚至搭上了吃饭和睡觉的时间，一切为了抢时间、赶进度，经过 4 个月苦战，终于交出了一张漂亮的答卷。他们所研制的测速定位系统定位精度达到毫米级，终于使系统集成试验可以继续往前进行了！大家纷纷向他们竖起大拇指："国防科大真不愧是一支能打硬仗的队伍！"

这之后，窦峰山、戴春辉等在"十二五"863 计划支持下，先后攻克了定位测速传感器软硬件接口技术和系统兼容性等工程化难题，为解决传感器备件问题提供了强有力的技术支撑。

攻关要能打硬仗，创新更要善于另辟蹊径。在攻克高速磁浮交通技术中，专家们发现，德国 TR 型磁浮列车的悬浮电磁铁，在低速行驶时发热严重，电能消耗也大。有一天，常教授对李云钢说，如果在电磁铁中加入永磁成分，那么我们或许就能解决这个问题。李云钢听了常教授的话，立即率领程虎、刘恒坤等课题组成员着手研究，集思广益拟定出了永磁电磁混合悬浮控制的技术方案。在团队共同努力下，他们仅用一年多时间，就研制成功了我国第一台永磁电磁混合控制高速磁浮转向架，继而打造出一台双磁浮转向架系统。经测试，24 小时的静止悬浮电磁铁发热大体与室温相当，一举将这个问题彻底解决。

在此基础上，龙志强带领团队的一批年轻骨干和博士生历时 3 年，采用混合悬浮技术对我国已经建造的两辆高速磁浮列车实行了高速磁浮工程化优化改造，这是我国独创的拥有自主知识产权的一项关键核心技术。

经过 10 多年探索与攻关，国防科技大学在高速磁浮领域先后突破掌握了悬浮导向控制、测速定位系统、永磁电磁混合悬浮、长定子同步牵引电机等

一系列关键核心技术，为发展我国高速磁浮交通奠定了坚实技术基础。据介绍，我国制定的"十三五"高速磁浮发展计划中，将采用上述具有我国自主知识产权的高速磁浮交通技术，研制时速 600 千米高速磁浮列车，工程已正式启动。

据统计，国防科技大学磁浮交通技术创新作为一支"国家队"，先后在国家"十五"至"十三五"科技攻关计划中承担数十项攻关课题，培养了 30 多名博士和 50 多名硕士，为我国磁浮交通技术的发展做出了重要的贡献。

# 工程化应用通过可行性评审

2010 年 3 月 2 日，对于北控磁浮和国防科技大学磁浮创新团队来说，是一个值得纪念的日子。

这天，他们领衔承担的"十一五"国家科技支撑计划重点项目——"中低速磁浮交通技术及工程化应用研究"课题，通过了由国家住建部主持召开的技术审查验收。由 5 位"两院"院士和 12 位业内权威专家组成的专家组，经过 2 天实地考察和严格质询，最终做出了"我国已经掌握了中低速磁浮交通系统技术，达到世界先进水平"的结论。

从专家组给出的验收意见中，对我国"中低速磁浮交通技术及工程化应用研究"给予了高度评价：

——掌握了中低速磁浮交通系统的悬浮控制、牵引控制、列车轻量化、轨道梁优化、F 型导轨轧制、道岔系统、运行控制、系统设计与集成等核心和关键技术，掌握了中低速磁浮交通的系统技术。

——编制了中低速磁浮交通系列企业标准 12 项，其中 6 项已被列为国家行业标准，申请和授权专利共 27 项，其中发明专利 15 项，实现了关键装备的国产化，核心技术和关键技术具有自主知识产权。

——打造了工程化研发和实施专业化的产业链条；为实现我国中低速磁

浮交通技术工程化和产业化发展奠定了基础。

——建议尽快研究建设运营示范线，推进该项技术持续进步，促进我国城市轨道交通的发展，形成我国拥有自主知识产权的中低速磁浮交通产业。

验收专家组成员、中国工程院院士、著名轨道交通专家施仲衡在接受记者采访时说："中低速磁浮交通系统具有低噪声、振动小、无污染、线路适应性强、易于实施等一系列特点，是安全可靠、环境友好型的新型城市轨道交通系统"，"是城市轨道交通的一个转折点，是发展方向"。建设部原副部长周干峙院士认为，"中低速磁浮交通是交通技术中带有革命性的发展，具有重大的现实意义和长远意义。"

专家们谈到，随着我国经济发展及城镇化进程的加快，城市交通问题和节能减排问题日益突出，建设以轨道交通为骨干的城市综合交通体系，是解决大中城市交通问题的最终选择。"中低速磁浮交通技术及工程化应用研究"课题的验收，为解决我国城市交通问题提供了新的选择和高性价比的轨道交通工具。要尽快形成世界领先的磁浮交通产业，带动其他相关产业发展，有利于实现发展方式的转变，促进节能减排和实现低碳发展。

专家们预计，未来几年，我国城市陆续建设上百条轨道交通线路，全国城市轨道交通总投资规模将突破9000亿元。这一市场需求为中低速磁浮交通技术产业带来独有的需求和发展机遇，我国应尽快建设运营示范线，促进技术的应用和进一步发展，形成高端民族产业。

专家组给予的客观评价和分析判断，给北控磁浮和国防科技大学专家以极大鼓舞和鞭策。此后一年中，他们在1547米的试验示范线路上，对最新研制的国产磁浮列车进行了6万千米的试验运行。试验结果表明，车辆、轨道及相关装备完全达到了运营线要求，我国已具备中低速磁浮交通工程化、产业化实施能力。

历时10年工程化研发，国产磁浮交通终于修成正果，产业化应用也万事俱备，只欠东风了。

# 第四章

## 磁浮列车，想说爱你不容易

"你是那昨天的云，还是今天淋漓的雨。在告别初恋的爱人，还唱着曾经热恋的歌。在人潮汹涌的都市，寻找内心完美的自我……想说爱你并不是很容易的事，那需要太多的勇气。" 1994 年，新加坡电视剧《勇者无惧》在中国内地热播，片头曲《想说爱你不容易》迅速流行开来。

对于国防科技大学以常文森为代表的磁浮交通技术创新团队，似乎并不关心外面的精彩世界，更没有空闲看电视，在他们想得最多的，还是念兹在兹的磁浮列车。

作为一个人口众多、交通基础设施相对落后的发展中大国，我国城市交通问题日益突出，节假日出行一票难求。交通成为改革开放以来人们最大的期盼。

"有钱没钱，回家过年。" 中国人无论走到哪里，在哪儿打拼，过年回家是他们最大的心愿，不管路途多远，无论流浪或是衣锦，回家过年那是"必

须的"。于是，每年春节期间，南来北往的人流形成一支浩浩荡荡的流动大军，烘托出过年的喜悦与忙碌氛围。

为了一张小小的车票，人们或彻夜排队，或托关系、找门子，或从"黄牛"手中高价购买。即便手中有了火车票，也要经历一次相当艰难的旅程，车站人山人海，车厢拥挤不堪，一段美好的回家团聚旅程，直把人弄得苦不堪言。实在买不到票，就坐几天的长途汽车，或干脆骑摩托车长途奔波，为的就是家庭团聚的那一刻。于是，"春运"成了中国独有的名词；"提速"，"加开车次"，则成为铁路部门的不懈追求。

每年这个时候，国防科技大学的磁浮交通技术专家们就会想，如果有了磁浮交通，就能缓解"春运"压力，民众出行就会多一种选择。他们盼望这一新型交通技术早日应用，发展磁浮交通的紧迫感也更加强烈。

新世纪即将来临之时，发展高速铁路提上了国家重要议事日程，磁浮交通也进入了有关部门视线，尽管世界上还未建成一条磁浮交通运营线，但德国和日本研制的高速磁浮列车试验时速已达到 500 千米，引起了业界的高度关注。一些专家认为，磁浮交通作为一种新技术和新型交通工具，可以在条件成熟时投入应用，城际间可考虑发展高速磁浮交通，城市应用中低速磁浮交通。一幅美丽的轨道交通画卷，唤起了人们对新型交通工具的憧憬。

从美丽愿景走向现实，不仅需要时间，更需要解决一系列技术和工程化难题，还要考虑许多不可预知、难以预料的问题。自从磁浮交通技术应用话题一出，支持、反对、质疑、争论、观望，便在轨道交通领域甚至民众中引起巨大"波澜"，无论是引进国外的高速磁浮交通技术，还是发展国产中低速磁浮交通，都经历着一个"剪不断、理还乱"过程。磁浮列车一如前面歌中所唱："想说爱你并不是很容易的事。"

## 京沪高速铁路论证，引发磁浮列车争议

1999 年，我国决定建设京沪高速铁路，在可行性研究论证过程中，中国

科学院严陆光院士等部分专家提出，要充分运用发展中国家的技术后发效应，率先采用先进科学技术、实现跨越式发展，建议国家在京沪干线上选用高速磁浮交通技术。

一些专家认为，德国高速磁浮交通技术比较成熟，基本具备商业运营条件，如果引进该国技术，不仅可以率先跨入高速磁浮交通时代，有效缓解我国交通问题，还可以通过引进、消化、吸引、再创新，提高我国磁浮交通研制水平，带动相关技术进步和产业发展，促进创新能力和综合国力提升，让后发效应变成后发优势。

严陆光院士等专家的建议立刻引起大家的热议。这一前瞻性的长远谋划，跨越式发展的思路，不失为加快我国高速铁路交通的科学思考。国防科技大学等国内一些从事磁浮交通技术研究的专家对此深表赞同，认为我国磁浮交通研制已突破核心关键技术，缺乏的就是磁浮运营线建设经验，通过技术引进并开展国际合作，对于今后国产磁浮列车研制与运营线路建设，将有积极的促进作用。

京沪两地相距 1350 多千米，如果以高速轮轨列车 300 千米左右的时速，全程约需 5 小时。如果采用高速磁浮列车则仅需约 2 小时，节省近一半时间，几乎与乘坐飞机无异。因为磁浮列车悬浮于轨道，不产生轮轨摩擦，只受空气阻力影响，"快"是高速磁浮交通最大的优势所在。

多数铁路专家则认为，高速轮轨系统技术经过几十年的发展与实践，已经完全成熟，国内对高速轮轨系统的技术研发，已经取得了重大进展，应该采用高速轮轨列车技术，通过京沪高速铁路建设，有利于全面推广，形成我国高速铁路网络。磁浮列车尽管是一项先进交通技术，拥有许多优点，但技术、安全、经济性还需要进一步验证，国际上尚没有建成一条商业化运营线路，也缺乏商业化运行实践，在技术和经济上存在较大风险。

还有一些专家指出，磁浮列车运能低、兼容性差，可能存在电磁辐射风险，等等，国外对此有不少反对声音，致使在磁浮技术先进的国家至今也没有建成实际运营线路，我国发展磁浮列车交通必须慎之又慎，建议现阶段不

宜采用。一位院士甚至大声疾呼："为子孙后代着想，千万不要走上德国常导高速磁浮之路。"

围绕发展我国高速铁路，各领域专家从实际出发，各抒己见，集思广益，在论证中进行了充分的交流探讨。两种意见各有道理，没有谁对谁错，没有谁是谁非，都是为发展我国高速铁路交通建言献策，出发点都是为了实现科学发展，为决策者提供了很好的参考。

幸运的是，中国的磁浮之路没有像德国那样在争论中无限期地搁置下去。有关部门综合专家们在论证中的各种意见，建议京沪之间采用高铁技术，同时支持高速磁浮交通进行试验研究。这样，大家对发展高速磁浮交通达成了一种稳妥的、大家都认可的共识：建议从北京、上海、深圳3个大城市中，先选择其中一个城市，建设一段高速磁浮交通商业化运行示范线，以验证磁浮系统的可用性、安全性和经济性。

仰望星空，又脚踏实地。中国几千年来积淀形成的民族品格再一次彰显其先进性。应该说，专家们在京沪高速铁路可行性研究论证中提出的意见建议，既有前瞻性谋划，又从实践出发，这对发展我国交通事业不无重要指导意义和可操作性。

在北京、上海、深圳3个大城市中，上海最先成为了发展磁浮交通运营线路的试验田。2000年6月，中德两国政府正式签订合作协议，决定建设上海高速磁浮交通运营示范线项目。

2001年3月1日，上海磁浮交通示范运营线工程在浦东新区正式开工。历经22个月紧锣密鼓的建设，世界第一条商业化运营的磁浮交通示范线在上海建成通车。

该线路全长30千米，将上海地铁2号线龙阳路站与浦东国际机场连接在一起，列车最高时速430千米，仅次于飞机飞行速度，由起点至终点站约8分钟。

在上海高速磁浮交通示范运营线的建设与开通之时，京沪高速铁路可行性论证还在进行，是采用高速磁浮交通技术，还是采用高速轮轨列车技术的

讨论仍在继续，两种方案都有人支持，但反对采用高速磁浮列车技术者居多。他们的考虑是，上海磁浮交通示范运营线虽然建成通车，它毕竟引进国外技术，多多少少会受到一些制约，再说30千米线路太短，应用于京沪1200多千米的线路是否可行，还有待进一步验证和考验，考虑到造价和运营成本，在经济性和可行性方面仍然存在一定风险。我国已经突破掌握高速轮轨列车技术，通过京沪高速铁路建设成功后，可在全国全面推广，带动高速铁路和相关行业发展，可形成我国高铁产业和中国高端制造品牌。

2004年1月，国务院常务会议批准京沪高速铁路采用轮轨技术。2007年12月，京沪高速铁路开建，从此，我国进入了高铁建设迅猛发展时期。此后我国高速铁路铁建设又好又快的发展来看，京沪高速铁路采用轮轨技术是正确的。但高速铁路的成功，并不意味着磁浮交通技术的出局或失败，磁浮列车特别是中低速磁浮列车，仍是值得推广的新型交通工具，非常适合于城市轨道交通。

随着京沪高速铁路开始建设，论证中关于采取何种技术已经尘埃落定。2011年6月30日，京沪高速铁路正式通车运营，中国开始进入"高铁"时代。然而，由此引起的对磁浮交通技术发展的争议却没有结束，争论仍在继续。

## 支持与反对

任何事物的发展都具有两面性，人们对一件事物的发展也会有不同看法和理解，支持与反对很正常，是辩证法的体现表现，对磁浮交通技术发展也是一样。

一方面，一些专家和民众赞成发展磁浮交通技术，特别是国防科技大学磁浮交通技术创新团队，他们参与了上海磁浮交通示范运营线的技术引进谈判、方案论证和相关技术工作，对磁浮列车技术有了更深的了解和掌握，上

海磁浮交通示范运营线建成通车，他们倍受鼓舞，更激发了推进国产磁浮交通技术发展和建设的热情。一些城市的政府部门向他们咨询建设磁浮轨道交通，纷纷表达建设意向，使他们看到了推广应用的广阔前景。

另一方面，一些专家对磁浮交通提出质疑，甚至反对。一般民众不明就里，从反对者提出的诸如电磁辐射、安全性等问题中，也认为没有必要建设磁浮交通。最典型的例子是，2007 年，上海市在上海高速磁浮交通示范运营线稳定运行 4 年多后，提出再建设一条从浦东龙阳路站通往虹桥机场的磁浮交通线路。出人意料之外的是消息一出，当地民众并不像 2001 年决定修建浦东机场磁浮交通线那样兴高采烈，反而遭到沿线居民的反对，不少居民为此上访，有关部门对民众的意见给予了充分尊重和理解，上海第二条磁浮交通线路并没有急于推进。

2008 年全国"两会"期间，一位当选全国人大代表的专家，在大会递交了一个反对磁浮交通的提案，引起媒体的广泛报道。后来，他总结出磁浮列车的"八大缺点"，写成文章发表在一家杂志上。专家的结论是具有一定权威性的，这篇文章因此为磁浮交通反对者提供了理论支持。

磁浮交通技术专家看了这篇文章后，同样给予了高度重视，经过分析后认为，文章中提出的有些问题应该加以解决，也是可以解决好的；一些在高速磁浮交通中存在的问题，在中低速磁浮交通中则不存在，没有必须过于担心。

2011 年 2 月 28 日，北京市开工和启动建设 8 条城市轨道交通网络化运营线路，其中西起门头沟石门营站，东至石景山区苹果园站的 S1 线，决定采用磁浮交通技术，建设我国首条中低速磁浮交通运营示范线。

2011 年 3 月，"两会"召开，这位专家听到这一消息后，依然认为："磁悬浮，就是个交通的大玩具！"他在接受记者采访时指出，磁浮列车的轨道上铺设有交流线圈（即直线电机定子），在通电时不仅列车会有辐射，轨道上也会产生电磁辐射。此外，由于国内并没有关于电磁辐射的安全标准，他也并不认同这些检测。德国磁浮列车的预留防护带都是在 300 至 500 米的范围，

而上海和北京的磁浮线路，都不符合这个标准。

对此，时任我国中低速磁浮交通运营示范线总设计师的常文森教授则有不同看法，他认为，高速磁浮列车的速度可达 400 千米以上，而北京 S1 线的最高速度只有 100 千米。速度的不同，在技术上就有差异，因此，对于高速磁浮技术的一些争议，在中低速磁浮这个领域并不存在。

"高速磁浮的轨道上确实有线圈，但低速磁浮由于速度低，直线电机定子只设置在列车上，轨道上只有导电铝板，因此，轨道上是不存在电磁辐射的。"常文森如是说。

关于高速磁浮列车的轨道辐射，上海市环保局发言人也曾对媒体表示，在列车运行的前面约 1 千米处，交流线圈才开始通电产生磁场，而列车过去之后，电就被切断，并不像有人说的那样存在电磁辐射问题。

对于"德国磁浮列车的预留防护带在 300 至 500 米的范围"，常文森明确表示，"这个说法也是完全没有根据的"。德国对高速磁浮并没有这样的明文规定。国际上，磁浮线路的两侧防护带范围，一般参照高速铁路的修建规范，即只需在沿线两边各保留 25 米的距离。"国外对磁浮项目的争议，从来都不是因为电磁辐射的原因。"

还有一些专家提醒，虽然中低速磁浮造价低于高速磁浮，但肯定高于机场快轨，依然造价不菲，运营时耗电量大，运营成本可能更高。中国刚刚有了些钱，千万不可拿来做无谓的试验，以免重蹈德国的覆辙。

常文森认为，在城际交通领域，磁浮交通面对已有的强劲竞争对手——高铁，可能占不到多少优势。但是，从节能方面来考量，高铁未必就比磁浮做得更好。"磁浮列车没有轮子，所以没有磨损，也就大大地节省了维修和监管的成本，从整体上看，要比轮轨列车经济。"

常文森指出，国产中低速磁浮交通每千米工程造价在 3 亿元以内，远低于地铁每千米 6 亿元以上的造价，略高于轻轨，如果考虑维修维护费用低这个因素，其综合性价比要高于轻轨，拥有很好的性价比。另外，由于中低速磁浮交通转弯半径小，爬坡能力强，也可极大降低征地拆迁的成本。

专家的争议，更多地在于技术、成本等方面，而普通民众更关心的是健康与安全。由于担心电磁辐射影响身体健康以及带来的噪声问题，S1 线附近两个小区的业主为此发起了反对 S1 线采用磁浮技术的签名活动，并将签名信寄给了中国铁道科学研究院和北京市相关部门。

对于沿线附近居民们的担心，磁浮交通技术专家表示，S1 线中低速磁浮列车是采用吸力型电磁悬浮技术。在悬浮时，轨道与列车底部的电磁铁之间形成一个异性相吸的封闭磁场。在这个磁场外面，几乎是没有辐射的。

此后，中国铁道科学研究院公布了更新后的 S1 线方案，对附近居民的担心给予了充分考虑。龙志强教授说，国产中低速磁浮列车，现在通过采用吸力型电磁悬浮、低频（小于 100 赫兹）悬浮牵引供电制式、新材料电磁防护等一系列技术创新手段，把电磁辐射减小到最低程度，乘坐磁浮列车不会有任何不良影响。

支持与反对，辩论双方的依据都有道理，一项新生事物的出现，人们有各种担心也属正常，广大磁浮技术专家是理解的。因为，这种争论有助于促进技术进步，把相关问题解决得更好，实现磁浮交通又好又快地发展。当然，他们更希望通过争论让磁浮交通技术深入人心，消除疑虑，推动我国磁浮交通发展。

## 磁浮列车好，为何国外不推广

"磁浮列车国外最早研究，技术成熟，但他们只做展示，基本不用，我们为什么一定要用呢？"

2009 年，当北京 S1 线决定采用中低速磁浮列车交通技术时，S1 线附近的居民向有关部门提出这样的疑问，民众提出的这个问题也是有根据的，因为走在磁浮交通技术前列的德国、美国都没有建成运营线路。日本直至 2005 年才建成了世界上第一条 8.9 千米的中低速磁浮交通运营线。

是啊！磁浮列车既然这样好，为何国外不推广呢？

按理说，磁浮列车车轨不接触，无摩擦，阻力小，具有噪声小、振动小、无污染、转弯半径小、爬坡能力强、易于实施等特点，特别是中低速磁悬浮列车在寸土寸金的城市里，要比轻轨节省更多的土地，修建成本也比地铁低，有着如此优越性的新型交通工具，怎么就不见国外推广应用呢？

难道磁浮列车真是专家戏称的"交通大玩具"，中看不中用？我们的技术并不见得比国外先进，中国有中国的国情，可不能跟着外国人"瞎折腾"呀！

对于"为何国外不推广应用"这个问题，国防科技大学从事磁浮交通技术研发的专家，以及后来投资推进中低速磁浮交通技术工程化、产业化的北京磁浮交通技术有限公司，做过许多调查，当然也一直做着解释工作。

德国作为磁浮技术的诞生地，在磁浮交通技术研究方面一直走在世界前列，在推广应用方面，专家和政府部门一直致力于建成磁浮交通，试验线就建了不下 4 条，列车研制了好几代。先后 3 次启动磁浮交通运营线建设，最后都因各种原因下马了。德国总理默克尔也对诞生这个技术的德国，未能在本土建设一条投入使用的磁悬浮交通线路，感到非常遗憾。

德国尴尬不是政府不重视，也不是技术不成熟。根本原因在于，德国的陆地交通非常发达，现有的铁路网四通八达，境内每隔 20 千米左右就有一条铁路线。即便如此，铁路的运输量，也只占全国货运量的 13％，客运量的 7％。再加上有世界上最好的高速公路网和频繁的空中交通，从实际需求来看，建造磁浮交通在德国并没有多大的需要，而且造价也高。

随着轮轨列车技术的快速发展，更挤压了磁浮列车在德国本来就狭小的生存空间。20 世纪 90 年代决定建设柏林到汉堡磁线时，轮轨火车往返两地需要 4 小时，没过几年，从柏林到汉堡就只需要一小时了。而磁浮交通修建开通后，时间为 1 小时，只能节省半小时，大量的资金投入换来节省半小时，已经没有多大吸引力，工程只好下马。

2008 年 3 月下马的慕尼黑磁浮列车交通线，原因大抵如此。慕尼黑有两条轻轨直达机场，只是所需时间为 40 分钟。如果采用高速轮轨列车不仅花钱

少，运行时间也不比磁浮列车慢多少。巴伐利亚州之所以热衷建设磁浮线，是因为能得到联邦政府和欧盟的资金支持。当时预计造价是 18.5 亿欧元，2007 年由施工承包方计算出来的总造价则为 34 亿欧元，大大超出了此前的预算，最后只好宣布停建。

当时，还有一个原因也引起民众的担忧，在决定建慕尼黑线的关键时刻，设在埃姆斯兰特的磁浮交通试验线，载有 30 多名观光客的磁浮列车因操作失误，撞上停在轨道上的维护机车，造成了 23 人死亡、10 人受重伤的重大事故。这一事故给磁浮交通应用带来了严重负面影响，让不少人提起"贴地飞行"就不寒而栗。

德国情况如此，美国也大致相同。美国磁浮交通技术研究起步较早，但在 1975 年至 1990 年间停止了相关研究，因为美国城市之间的交通主要是"航空＋高速公路"模式，已经形成了较完善的交通网络。从 20 世纪六七十年代开始，美国铁路一直处于萎缩状态，磁浮交通的发展空间自然就小。20 世纪 90 年代末，美国政府通过了"21 世纪运输权益法案"，分别从高速和中低速两个方面设立了相应的磁浮交通发展计划，在此计划的支持下，美国磁浮交通技术迅速发展，出现了多种技术创新方案。

近年来，美国趋于引进德国和日本高速磁浮列车技术，也曾有多条高速磁浮交通商业运营线建设计划，这些项目都由于资金未到位而处于暂停或等待状态。德国和日本也都看好美国市场，德国 TransRapid 公司认为美国是除中国以外第二个可能应用其技术的市场。2014 年，日本政府希望美国华盛顿至马里兰州巴尔的摩之间的高速铁路计划，能够采用日本磁浮交通技术，表示愿意提供一半的资金贷款支持，但尚未获得美国政府批准。美国其他项目也由于资金未到位而处于暂停或等待状态。

日本是磁浮交通技术领先的国家，从 1962 年开始进行基础研究，10 年寒窗迎来了磁浮列车在长度分别为 220 米和 480 米的线路上进行运行试验。此后，日本磁浮列车先后进行过 3000 多次试验，试运行里程约 1 万千米。2005 年，日本建成了世界首条中低速磁浮交通运营线，线路长度为 8.9 千米。

2014年底，日本正式启动了高速磁浮线——磁浮中央新干线工程，2015年，磁浮列车在山梨县试验时创速达603千米的世界纪录。据有关资料介绍，东京至名古屋段预计于2027年开通，名古屋至大阪段则预计于2045年完工。高速磁浮线对于日本民众来说，还需耐心等待一段时间。

对于中国来说，随着高速铁路技术的成熟和建设快速发展，城市之间的高速磁浮交通显得并不迫切，也没有必须重复建设，而中低速磁浮交通，则非常适合城市轨道交通，有着广阔的应用前景，中国与国外的国情不同，人们完全没有必要因为国外没应用，而放慢我们的发展步伐。

有关专家认为，我国应该发挥中低速磁浮列车在城市轨道交通上的优势，建设时速100至200千米的短距离磁浮交通运营线。

## 电磁辐射是个伪命题

"磁浮列车存在电磁辐射。"在反对修建磁浮列车交通的声音中，电磁辐射一直是反对者的一条"最充分"的理由，也是普通民众最关心的问题。

所谓电磁辐射？实际上它是由电荷移动所产生的一种"电子烟雾"，这种电荷移动在空间传送便会产生电能量和磁能量，两种能量叠加便形成了所谓的"电磁辐射"。比如，正在发射讯号的射频天线产生的移动电荷，它便会产生所谓电磁辐射。在我们生活的空间，这种电磁辐射司空见惯。只要不超过一定的值，不会对人体健康产生影响，这是有严格国际标准的。

为什么有人说磁浮列车存在电磁辐射？这个问题的产生，是因为磁浮列车是通过电磁力抵消地球引力，让列车悬浮在轨道上运行。一般普通民众就认为，托起几十吨重的列车，得要产生多大电磁力啊，那磁场能量能不大吗？

在磁浮列车反对者中，一些专家认为，磁浮列车轨道上铺设长定子，通电后，车厢和轨道都会产生电磁辐射。普通民众一听，这怎么行？磁浮列车有电磁辐射，影响人体健康呀！于是，便本能地产生了担忧，也反对建设磁

浮交通线，特别是线路附近的居民，甚至联名写信到有关部门提出反对意见。

磁浮列车有电磁辐射不假，但是否会对乘客和周边居民健康造成危害则是另一回事。磁浮交通技术专家、北京 S1 线总设计师李杰教授指出："电磁辐射就是个伪命题。"

李杰介绍，我国的中低速磁浮列车是采用吸力型电磁悬浮技术。在悬浮时，轨道与列车底部的电磁铁之间形成一个异性相吸的封闭磁场。在这个磁场外面，几乎是没有辐射的。

李杰进一步解释说："磁浮列车的辐射为非电离辐射，对人体没有积累和破坏效应，完全不同于 CT 这样的电离辐射，并不影响健康。我们平时生活中使用的电台、手机、微波炉就都是非电离辐射，属于一种无害辐射。再者，中低速的吸力型磁浮列车两个异性磁极的磁力线构成密闭磁场，漏磁小。悬浮、牵引磁场频率低于 1000 赫兹，电磁波能对外发射的距离有限。建于唐山的中低速磁浮交通试验示范线，车厢磁场与一般家电产生的磁场相当，甚至更低，大家完全可以放心，乘坐磁浮列车不会有任何不良影响。"

"现在，很多人谈辐射色变，这里有一个认识误区。"中国工程院院士刘友梅说，地球本身就是个大磁场，而任何电器只要一通电，也会产生辐射，这种辐射不会对人体健康产生影响。

少数民众依然顾虑重重。"他们是搞磁浮列车的，要将成果推广应用，当然就说磁浮列车好。"那么，专家认为不存在电磁辐射，到底可不可信呢？

北京中低速磁浮 S1 线论证过程中，相关科研机构和人大代表对磁浮列车的电磁辐射组织了 10 多轮的第三方测试，证明不存在对人体产生有害影响的电磁辐射问题。2009 年，北京磁浮又邀请中国科学院电工所、北京市环保局等多家机构进行测试，结果表明，电磁辐射远低于国际非电离辐射防护委员会公布的标准，其直流磁场强度，小于正常看电视时对人体的影响，交流磁场强度小于使用电动剃须刀时对人体的影响。

2011 年 2 月，北京磁浮与国防科技大学在唐山 1.5 千米中低速磁浮交通试验示范线上，经过严格检测，车厢磁场与一般家电产生的磁场相当。10 米

之外，磁浮列车噪声只有 64 分贝，比平常说话的声音还要低，而轻轨的噪声是 94 分贝，两者相比，磁浮列车要优于轻轨。

2012 年 1 月，我国一列名为"追风者"的中低速磁浮列车，在中国中车株洲电力机车公司诞生，仿真运营了 1.3 万千米。根据国内权威机构对它所做的专题研究和检测，如中低速磁浮列车经过，离人群 1 米时，它的辐射值比日常使用的电磁炉表面的辐射值还要低；到了 5 米远，辐射值比使用电动剃须刀还要小；而到了 10 米距离，其辐射量完全淹没在环境背景中，专业的检测仪器都检测不到了。车厢内电磁影响也小于电视、电吹风等普通家用电器对居室内的影响。

"科学测试和实践都可以证明，磁浮列车的电磁辐射影响轻微，完全称得上是一种电磁环境友好、安全可靠、绿色环保的城市轨道交通系统。"李杰说。

现实生活中，有些事情往往是这样：问题一旦提出，不知真相的民众又信以为真时，则需要做十倍甚至几十倍的解释、澄清工作，仍难以消除人们的误解和对问题的担忧。

2007 年，上海计划把浦东高速磁浮交通线延长到虹桥机场，未来可再与沪杭磁浮交通线接轨，以方便旅客转机和发挥沪杭区域优势。沿线居民听到这个消息后，因担心有电磁辐射而上访，反对建设高速磁浮交通线；2010 年 5 月，北京 S1 线进行第一次环评公示时，民众向有关部门写信；2014 年 5 月，湖南省决策修建全长 18.55 千米的长沙黄花机场至长沙火车南站的长沙磁浮快线，仍有民众提出是否存在电磁辐射问题。

长沙磁浮快线工程建设中，为此两次发布环境影响评价信息公告，特别增加了对环境可能造成的影响以及预防和减轻不良环境影响的对策。公告称，长沙中低速磁浮交通电磁环境影响轻微，距轨道 10 米以外的电磁影响已经小于电视、冰箱等普通家用电器对居室内的影响，与普通轮轨列车相比，具有噪声低、震动小、无污染等特点。环境影响报告书提出磁浮项目"可行"。

2016 年 5 月 6 日，长沙磁浮快线建成通车后，对电磁辐射的检测，也证

明了此前的结果，列车车厢内的电磁场强度最大值仅为国际容许值的 10%。

5 月 8 日，中央电视台《焦点访谈》栏目播出长沙磁浮快线建成开通的专题报道。节目中，为了弄清一列磁浮列车从人们身边经过时，它的辐射和噪声值究竟有多大，记者和测试团队来到了距离长沙磁浮快线 5 米的地方，进行了一次现场测试。仪器显示列车经过时的最大辐射值为 1.46 微特。随后，他们对车厢内辐射值进行了测试，结果则为 181 纳特斯拉，仅为车外测试值的 1/8。

1.46 微特是一个什么概念呢？为了便于大家理解，《焦点访谈》记者和测试团队又找了一把电吹风，进行了一次比较测试。

测试仪器显示电吹风的辐射值是 47.03 微特。对比磁浮列车距离人身体 5 米时辐射值为 1.46 微特，电吹风辐射值是磁浮列车的 50 倍左右，也就是说，磁浮列车通过时 5 米外的电磁辐射仅为电吹风的 1/50。车厢内的 181 纳特斯拉辐射值，则完全可以忽略不计。

除了人们担心的电磁辐射，投入运营的中低速磁悬浮列车的噪声值又有如何的影响呢？

乘客和记者通过乘坐体验，都感到磁浮列车车厢内噪声不大。那么，它运行时的外部噪声会不会对周边的居民造成很大影响呢？

记者和测试团队进行的一个噪声测试显示，平均 73 分贝。噪声测试工程师指出：这个测试值看似偏高，其实，在正常情况下，人们不可能站在与磁浮列车相距 5 米的地方。

随后，记者和测试团队又在一个路口测试了一辆普通汽车经过时的噪声值。结果表明，这个噪声值远高于磁浮列车从我们身边经过时产生的噪声。

从理论到实践，从试验线到运营线，都表明磁浮列车交通不存在电磁辐射，也不会产生噪声问题，乘客和沿途民众完全可以放心。成果的推广和运用，需要做到科普和解释工作，消除人民的担忧，解决问题的根本，还是在于科学。

"想说爱你并不是很容易的事，那需要太多的勇气"，磁浮列车就是这样。

不过，事实胜于雄辩，一系列的测试试验已经表明，磁浮交通完全可以称得上是一种电磁环境友好、安全可靠、绿色环保的城市轨道交通。

## 理性的声音

在磁浮交通技术推广应用中，有质疑和争论是正常不过的事情，一些问题的提出，有利于磁浮交通技术专家改进和在工程建设中避免，对磁浮交通技术发展和应用具有重要的推进作用。作为新生事物，磁浮交通技术发展需要给予支持呵护，才能让其茁壮成长，蜕变成造福于民的新型交通工具。

这期间，尽管有许多质疑和反对的声音，但也有很多理性的声音，他们始终给予高度关注和支持，对我国磁浮交通的发展起重要的推动作用，特别是在京沪高速铁路建设中"轮轨派"胜出的情况下，对磁浮交通的客观评价与支持，有效促进了我国磁浮交通的发展。

2000 年，在京沪高速铁路的"轮轨"与"磁浮"之争中，中国科学院院士何祚麻赴欧洲考察时，专门到德国实地考察并乘坐磁浮列车。"磁浮列车乘坐舒适，急转弯时也感觉不到离心力。"他认为，与轮轨列车相比，城市轨道交通采用中低速磁浮列车更加适合，赞成大力发展以直线电机技术为中心的各种中低速城市轨道交通。

2013 年，何祚麻在"科学与中国"院士与专家巡讲团活动中谈道："现在轮轨技术已被广泛应用于高速铁路，如果再搞高速磁浮需要大批资金。中国目前没有力量同时搞两套技术，而且两套技术同时运行，在技术与管理上不好操作。"虽然他并不赞成在高速铁路建设中使用磁浮交通技术，却认为在城市轨道交通建设中使用磁浮技术有很大的优势与应用前景，是不错的选择。"磁浮列车所采用的直线电机技术，也比轮轨驱动技术先进。相对于地铁建设每千米7亿元的造价，磁浮交通每千米的造价相对低得多，比高架轻轨还要便宜很多。1 米磁浮交通线只占地 2 平方米，能有效节省城市用地。"

何祚庥认为，在城市交通以及城市群间需要快速运转的交通中，中低速磁浮列车时速达到 100～200 千米即可满足运力需求，因此更适合城市轨道交通。他希望有关单位尽快将其做成示范体系，加强这方面的应用研究与技术转化。

2001 年 11 月 25 日，北京市科委在长沙组织召开我国首条中低速磁浮列车中试系统评审会，严陆光、姚福生、简水生、饶芳权、刘友梅 5 位"两院"院士及 9 位相关领域专家共 14 人组成评审委员会，分别听取国防科技大学关于"中低速磁浮列车总体研制报告"、北控磁浮关于"八达岭磁浮旅游示范线方案"，考察我国首条中低速磁浮交通试验线和磁浮试验列车，委托测试组对系统性能进行测试，对所有研制资料进行了认真审查，得出的结论是："试验线和试验列车的设计和建造，具有自主知识产权，在电磁铁设计、悬浮控制、测速定位和提高系统承载能力等方面有所创新，已经基本掌握了中低速磁浮列车各项关键技术。"

"该中低速磁浮列车试验系统，是以企业为主体运行的，采用产、学、研合作模式，联合国内铁路、航空、汽车等多个行业和部门共同攻关的成功范例。"

"由于试验线较短，与运行速度有关的系统性能没有得到充分试验认证，但已不存在难以克服的技术问题，建议有关部门尽快批准八达岭磁浮旅游示范线工程项目立项。"

这些评审意见坚持实事求是，客观中肯，体现出院士和专家们对发展我国中低速磁浮交通的支持和期盼，给从事磁浮交通技术研究和推进工程化研发及应用的企业以极大的鼓励和鞭策。

磁浮交通是一项新技术，这些院士和专家多是从事电力工程、结构工程、铁道工程等相关领域的专家，但他们对磁浮交通却给予精心呵护和扶持。被誉为"中国电力机车之父"的刘友梅院士，过去一直从事轮轨电力机车研究，对中低速磁浮交通却情有独钟。他认为，相对于传统的轮轨列车和高速磁浮列车，中低速磁浮列车具有安全、造价低等优点。因为"磁浮列车的车体和

钢轨是连在一起的，列车车体是'抱'在轨道上运行，与路基一体化，绝对不可能脱轨。"刘友梅更指出，磁浮列车是目前唯一可以做到运行中不发生脱轨颠覆事故的轨道交通方式。

中国科学院严陆光院士对于引进德国高速磁浮技术，他认为可以通过引进、消化、吸引和再创新，提高我国磁浮交通研制水平，带动相关技术进步和产业发展，促进国家创新能力和综合国力提升。

严陆光院士也是实地考察长沙和唐山两条中低速磁浮交通试验线及磁浮列车次数最多的专家，每次认真听取研制情况，提出过许多有益的意见和建议，支持磁浮交通技术工程化研发和产业化发展。

2010 年 3 月，国防科技大学与北控磁浮等单位承担的"十一五"国家科技支撑计划重点项目——"中低速磁浮交通技术及工程化应用研究"验收，严陆光担任验收专家组组长，与周干峙、施仲衡、钱清泉、顾国彪等院士和相关专家组成专家组，经过严格质询和实地考察与交流，专家组给出了"我国已突破掌握了中低速磁浮交通的系统技术，打造了工程化研发和实施专业化的产业链条，实现了关键装备的国产化""中低速磁浮交通技术达到国际先进水平"的结论。

验收专家组提出，要尽快研究建设运营示范线，推进该项技术持续进步，促进我国城市轨道交通的发展，形成我国拥有自主知识产权的中低速磁浮交通产业。

严陆光院士告诉在场的记者，验收专家组的专家曾多次对这一项目进行过调研，也不止一次到试验线进行考察，审查考核是严格而细致的，给出这样的评价也是客观公正的。

"中低速磁浮交通技术及工程化应用研究"通过验收后，周干峙、严陆光等专家组成员又参加了深圳市发改委在北京召开的"深圳轨道交通 8 号线中低速磁浮技术方案及安全可靠性、电磁辐射、运行能耗、环境影响研究暨磁浮与轮轨制式比较研究报告"专家咨询会，对研究课题及结论给予肯定，并提出了"进一步完善能耗研究、完善电力品质和全面能耗分析"等 10 条

建议。

在我国中低速磁浮交通发展中，曾任北京市副市长的黄卫院士，对北京采用磁浮交通技术，发展城市轨道交通起到了积极推动作用。作为建筑和交通方面的权威专家，黄卫院士担任建设部副部长时，曾任新型轨道交通产业发展课题组组长，常文森教授是课题专家组成员，两人从此相识。

2009 年 5 月 24 日，担任北京市副市长黄卫赴唐山试验线考察，并与常文森一起试乘中低速磁浮列车。他对国防科技大学与北京磁浮多年来推动中低速磁浮交通工程化研发取得的成果，大为惊讶。3 天后，北京市政府办公厅以"昨日市情"形式刊发《本市中低速磁浮交通技术工程化研发取得重大进展》。第二年，中低速磁浮交通被列入《2010 年北京市社会经济发展纲要》重点支持发展的产业。此后，黄卫院士对北京 S1 线采用中低速磁浮交通技术予以大力支持，并促使北京市最终做出决策。

这些专家对磁浮交通这一新生事物的呵护与客观评价，对磁浮交通技术研制与应用起到了积极的促进作用。

磁浮列车，想说爱你不容易。然而，一大批专家却把"特别的爱"献给了"特别的磁浮列车"，他们的支持、呵护及许多合理化建议，有力推动了我国磁浮交通事业的发展。

# 第五章

## "雅典娜密码"的中国答卷

雅典，欧洲乃至全世界最古老的城市之一。位于雅典卫城山上的雅典娜神庙，是古希腊人为纪念智慧女神雅典娜而修建的一方圣地。在这座神庙的台阶上，有两只巨大的脚印，脚印里满是密密麻麻的文字符号。据说，这是智慧女神雅典娜留下的创造文明社会的密码。

斗转星移，岁月更替。几千年来，不知有多少人想绞尽脑汁，试图破解这些密码，却难觅真谛，"雅典娜密码"至今仍是一个"谜"。

20 世纪 70 年代，美国一位建筑师在设计建造的一座大厦时别出心裁，将雅典娜神庙的前两只巨大的脚印"拷贝"过来，照着原来的大小尺寸复制到这座大厦前的台阶上。

一个建筑师，自然也知无法破译"雅典娜密码"，但他却不愿意让它仍旧是一个"谜"。于是，他将其"翻译"成："科学家离开企业家寸步难行，企业家离开科学家一事无成！"

然而，却有许多人对此提出质疑，认为这绝不是"雅典娜密码"的原意，一些考古学家甚至提出抗议，说这个"翻译"太随意，不严肃也不严谨，有损雅典娜的神圣。这位建筑师却不管那么多，无论别人怎么说，他还是坚持自己的观点，把自己的想法变成了实实在在的两行文字。

随着时间流逝，"雅典娜密码"依然是个"谜"，于是，人们渐渐认可这位建筑师的"翻译"。因为，这两句话道出了文明社会发展与进步的基本规律：没有科学家的发明，企业就失去了发展的原动力；没有企业家的推广应用，科研成果只能永远躺在实验室里。科学家和企业家只有携起手来，将发明创造进行推广应用，才能推进人类社会发展。当然，更重要的原因是，至今没有谁能破译"雅典娜密码"，也没有更好的解释。

在人类迈入 21 世纪之际，拥有东方智慧的古老中国，神州大地再次焕发出勃勃生机，伴随着改革开放的时代大潮，一个崭新的事物出现了，从 20 世纪 80 年代的"军转民"到 21 世纪初的"民参军"，再到军民融合式发展，军民之间的技术成果共享和相互转移，极大地推动了国家经济社会发展，提升了国防科技自主创新和武器装备发展速度。今天，军民融合发展已上升为国家战略，成为兴国之举，强军之策。军民融合、协同创新已大大超越了"雅典娜密码"的内涵，中国，正以前所未有的创举，对"雅典娜密码"进行着全新的解码。

# 百舸争流"红军渡"

"浏阳河，弯过了九道弯，五十里水路到湘江。"词曲优美的《浏阳河》，响彻中华大地半个多世纪，成为经久不衰的民歌经典。

古城长沙，岳麓山下。流过了九道弯的浏阳河在此汇入湘江。1927 年，秋收起义，队伍从这里渡江夺取长沙，"红军渡"因此得名。

新世纪新时代，这里同样发生着一幕幕"渡江"的情景。只不过，今天

所渡的不是兵员战马、辎重粮草，而是军民共享的智力、技术、信息、资源……这是一场走军民融合式发展道路的竞渡。

在这片有着民拥军、军爱民光荣传统的红色土地上，军民融合正向着更高层次、高广领域深度发展。湖南省委、省政府明确提出，要把军民融合作为促进国防现代化建设、辐射带动湖南经济发展的重要引擎，转变经济发展方式、加速推进新型工业化和"两型"社会发展的战略举措。

近年来，湖南相继制定颁布了加快推进军民融合产业发展的若干政策措施，设立军民融合产业发展专项资金，积极支持军民两用高端装备、光电信息、新材料等研发及产业化发展，引导优势民营企业在高端装备、航空航天、工程机械等领域参与武器装备生产与维修、国防重大基础设施建设和战区后勤综合保障。通过与国防科技大学、海军工程大学等单位联合成立产业技术创新研究院，联合组建协同创新平台，推进军队院校、地方科研院所与企事业单位协同创新，着力打造军民融合精品工程。在高性能计算、北斗卫星导航、光电技术、自主可控信息系统等领域取得一大批产业化成果。

过去，湖南没有风力发电场，虽然风电装备制造在国内已有特色，但受制于新材料技术，不能生产风电叶片，风电能源产业链不完整。为此，湖南将研制开发"大功率风电机组及其关键部件"列入重大科技专项，湖南株洲时代新材料科技股份有限公司与国防科技大学"联姻"，共同承担复合材料风电叶片研发，研制大尺寸复合材料风电叶片。

资源共享、优势互补的军民融合式发展机制，换来了科技创新的高速度与高效益。不到两年时间，他们研制出了适合低风速的大功率风电叶片，解决了低速风电叶片自主设计与快速开发等重大行业难题，相关创新成果应用于 15 款风电叶片新产品开发，全面满足了我国主流风力发电机组的迫切需求。产品通过性能考核和国际行业认证，形成了批量生产能力，成果获湖南省科技进步一等奖，产品远销智利和白俄罗斯。

2010 年 5 月 18 日，湖南省首个风电场在郴州市仰天湖建成，22 飓 1.65 兆瓦风机陆续并网发电。从此，湖南有了风电这一清洁能源。

依托新型复合材料技术，株洲电力机车研究所与国防科技大学合作，将其用于我国轨道交通结构的轻量化，其技术与产品在高速列车和多个城市地铁列车上获得成功应用，年产值达 3 亿元。

成立于 2006 年的长沙景嘉微电子股份有限公司，坚持走军民融合自主创新之路，致力于信息探测、信息处理领域的技术研发与综合应用，共产品涵盖图形图像处理系统、小型雷达系统、图传数据链系统、消费类芯片等方向，广泛应用于高可靠性要求的航空、航天、航海、车载等领域，成为国内目前唯一成功自主研发国产图形处理器芯片（GPU）并实现产业化的企业。

"十二五"期间，湖南省军民融合产业总产值突破 1000 亿元，年均增长16.1%，有效带动了全省工业结构优化升级和工业经济快速增长。

位于湘江之畔的国防科技大学，是我军高素质新型军事人才培养和国防科技自主创新高地。经过多年实践，形成了"融入体系、自主创新、发挥优势、促进转化、积极稳妥、军地双赢"的军民融合发展思路，探索出"政府主导、学校研发、企业开发、利益共享"的军民融合发展模式，有力推进军民高新技术共享和相互转移。

国防科技大学先后与天津滨海新区、湖南省、广州市签署科技合作协议，联合建设国家超级计算中心，使我国超级计算机研制与应用水平进入世界先进行列。安装在国家超算长沙中心的"天河"超级计算机，在气象预报、"数字湖南"基础地理信息系统建设、先进机械装备设计、动漫制作、基础研究等领域推广应用，2016 年，中心承担了本年度国家重点研发计划"高性能计算"重点专项的 7 个，支持国家和省市重点科研项目 150 多项，在事关民生的大科学、大工程中起到了重要的推动和支撑作用。

湖南产业技术创新研究院依托国防科技大学突破掌握的激光陀螺研制技术，组建湖南高地光电科技发展公司，形成了多种型号激光陀螺批量生产能力，有效满足了军队先进武器装备发展需求。湖南长城银河科技有限公司承接该校自主可控信息系统技术，生产的系列自主可控计算机整机，已广泛应用在党政军机关及金融、电信等领域，为维护我国信息安全发挥了重要作用。

此外，他们联合优势企业共同成立了高可信操作系统、大型交电装备复合材料、复杂环境光线信息技术 3 个国家级地方联合工程研究中心和实验室，促进国防科技和战略性新兴产业发展，使"麒麟"操作系统等一批高新技术成果实现了产业化。

湖南通过推进军民融合深度发展，形成了以新能源、新材料、军工电子信息技术为先导的军民融合特色产业格局。在国防科技工业军民融合发展"十三五"规划中，湖南省将建设长沙军民融合创新示范区和 7 个军民融合产业基地。

2017 年 6 月 13 日，湖南省召开军民融合深度发展推进会，会议期间，共签约军民融合项目 35 个，总投资达 211 亿元。如此众多的项目和投资金额，将进一步推动军工企业融入地方经济圈、地方企业融入军工产业链，实现更高层次、更广领域、更深程度的军民融合，更好促进国防建设和地方经济发展。

或许，将来的人们会越来越多地记住"红军渡"——这个位于浏阳河与湘江交汇处的渡口，已成为军民融合的崭新地理坐标，续写着新时代的传奇！

# 南北联姻

1995 年 5 月，古城长沙春意盎然，国防科技大学校园一派欣欣向荣景象。我国第一台载人单转向架磁浮列车研制成功后，前来参观考察的专家、军地领导、院校师生络绎不绝，大家对磁浮列车表现出极大兴致，科研人员热情地做着科普讲解和推广应用工作，他们无论走到哪里，自觉地当起磁浮列车的讲解员和"推销员"，介绍国外研制应用情况，展望国产磁浮交通未来发展。

与其他科研成果转化不同，磁浮交通是一个复杂的系统工程，将这一成果转化为人们出行的交通工具，中间还有很长的路要走，打造工程化研发平

台，建立完善的工程化体系，是推广应用的前提和必要条件，即便工程化研发通过可行性论证，线路规划、运营控制、制动系统、车辆减重等必须有政府支持和众多相关企业参与。技术新、周期长、涉及面广、投资回报难以预测等问题，注定了国产磁浮列车交通的推广应用必将是一条"路漫漫"的艰难长征。

于是，一个令人尴尬的情景出现了：参观者络绎不绝，称赞者频频叫好，期盼者问何时可以乘坐……就是没有人提出投资与推广应用，也没有哪个地方将中低速磁浮交通纳入城市轨道建设，甚至有人对磁浮列车提出质疑，认为"中看不中用"。

这个时候，国防科技大学磁浮交通技术创新团队，将国产中低速磁浮交通推广应用的目光，投向了军民融合发展之路。

1998年，随着我国经济的快速发展，小轿车进入了家庭，到旅游景点自驾游随之增多，停车难问题突显，北京八达岭长城旅游就遇到这一问题。其时，拥有八达岭长城景区旅游服务经营权的北京控股集团下属的八达岭旅游股份公司，根据规划将景区外移，决定在距离长城 2.6 千米外的八达岭高速公路出口处，修建一个可容纳万辆车停放的大型停车场，以解决景区交通不畅的问题。

这样一来，从停车场到长城脚下这 2.6 千米距离的游客输送，就只能由大客车进行摆渡或建设一条轨道交通线。他们在比较多种连接方案并研究论证的基础上，认为轨道交通比较理想，因为大客车摆渡在客流高峰时可能应接不暇。此时他们听说国防科技大学突破了中低速磁浮交通关键技术，如果采用这一新型交通工具，不仅能解决大流量的游客输送任务，又能将现代科技与古老文明相结合，游客到八达岭旅游，还要以享受一下高科技成果带来的便利和新奇，丰富八达岭旅游内涵，一举多得。

北京八达岭旅游股份公司迅速与国防科技大学取得联系，提出在八达岭长城景区外修建 2.6 千米中低速磁浮列车旅游示范线的想法。常文森教授一听：好啊！彼时，他们正为国产磁浮列车的推广应用而苦苦寻觅呢。

1999 年元旦刚过，团队尹力明教授便风尘仆仆地赶到北京，与时任北京控股集团总裁助理兼任八达岭旅游公司的副董事长刘志明见面，详细地了解对方需求与合作意向。

刘志明 20 世纪 80 年代初毕业于北京大学经济系，他对磁浮交通这一新技术应用充满了热情，表示公司领导层愿意以建设八达岭旅游示范线为初始目标，投资和组织中低速磁浮列车交通技术工程化研发，公司看好磁浮交通未来发展前景，愿意与国防科技大学共同促进国产磁浮交通系统的发展，做"第一个吃螃蟹者"。

这次见面，双方谈得十分融洽，达成初步合作意向。尹力明回来向领导汇报后，立即组织了两支队伍，开始了磁浮交通线路建设相关工作。团队决定由常文森抓总，龙志强等牵头负责方案设计，尹力明、佘龙华牵头进行实地考察调研，联系磁浮交通轨道及车辆的制造，选择确立了相关研制单位。

"多少事，从来急""一万年太久，只争朝夕。"走军民融合式发展道路，与有实力的企业携手推进国产磁浮交通发展，让团队充满了信心，更激发起时不我待、舍我其谁的紧迫感。

经过一段时间紧张工作，团队很快完成了方案设计、论证等相关工作，列车、轨道等的研制生产工作也在紧锣密鼓地进行之中。北京控股集团被军队院校科研人员的严谨态度和优良作风所感动，认为技术成熟，方案具有可操作性，与相关企业洽谈合作也十分顺利，进一步增强了信心。

2000 年 8 月，北京控股集团总经理白金荣率领相关人员赶赴长沙，与国防科技大学签署合作协议。为此，北京控股集团专门设立了北京控股磁浮交通发展有限公司（2017 年，更名为北京磁浮交通发展有限公司，以下简称北京磁浮），刘志明出任董事长兼总经理，常文森教授担任国防科技大学中低速磁浮交通系统总设计师。由北京磁浮为投资运作主体、国防科技大学负责系统设计与集成、悬浮控制等关键核心技术研发。双方达成协议，北京八达岭旅游磁浮交通线路为初始目标，通过军民融合式发展，推进中低速磁浮交通技术工程化和产业化，为发展民族新兴产业做贡献。

从双方达成的合作协议中可以看出，他们着眼于解决八达岭长城景区交通不畅问题，但眼光并不局限于此，而是将目标设定在国产磁浮交通技术工程化研发和产业化发展上，可谓立意高远，目光非凡。

正因为如此，北京磁浮与国防科技大学的这次南北联姻，开启了中国磁浮交通技术的工程化研发之路，拉开了产业化的序幕，这是一个了不起的举措。

## "融合"的列车如何开

随着新世纪的来临，"跨世纪"成为激励人们谋划事业发展的热词。对于国防科技大学和北京磁浮来说，已迈上了军民融合推进我国中低速磁浮交通技术工程化、产业化的新征程。

如果说，突破掌握核心关键技术可以由一所院校独立完成，那么，磁浮交通工程化、产业化则必须在地方政府支持下，通过多领域、多行业协同创新才能实现。军民融合是推进国产中低速磁浮交通技术发展最佳途径，也是唯一选择。

这列军民融合的"列车"启动了！然而，他们如何"融"，又怎样"合"呢？这是国产磁浮交通技术发展的一篇大文章，更是一个崭新的时代课题。

双方合作的基础是扎实的。北京磁浮与国防科技大学，一方设定了市场和拥有资金，一方掌握核心技术。企业与科研院所牵手，是加快科研成果转化的最佳途径。

如果单纯是一项科技成果转化，企业与科研院所"两个巴掌"可以拍得相当的"响亮"，短期内就能产生"1＋1＞2"的效果，投资回报也是可以预期的。就磁浮交通而言，问题似乎就没有这么简单。磁浮交通技术工程化研发和推广应用，是一个复杂而庞大的系统工程，涉及面非常广。研制与设备制造技术复杂，涉及自动控制、电力电子技术、直线推进技术、机械设计制

造、故障监测与诊断、特种型钢轧制、运行控制系统、工程设计等众多学科领域，需要许多科研院所和企业参与。线路建设审批、线路规划、工程组织实施等，又需要政府的支持与协调，哪一环节少了或是不给力，都寸步难行。

融合，既是北京磁浮与国防科技大学的融合，更是与磁浮交通相关领域、行业的大融合，必须是形成一个融合的体系。否则，仅靠他们两家单位，无异于缘木求鱼。

融合，还必须强强联合，在融合的体系内能实现资源共享、各展所长、优势互补、合作共赢！

推进我国中低速磁浮交通技术工程化，必须走全国大融合发展之路。北京磁浮与国防科技大学通过深入研究、调研和与相关单位洽谈，从全国铁路、航天、汽车等行业中，最终选取了17家单位组成了一个磁浮交通技术工程化体系。

在这个体系中，囊括了国内相关领域最具优势的投资、研究、设计、生产、建设等单位，这个强大阵容是军民融合领域很少见的。

1. 投资及组织实施：

北京磁浮交通发展有限公司。

2. 系统技术集成及核心技术攻关：

国防科技大学。

3. 磁浮列车制造：

中国中车唐山轨道客车有限责任公司。

中国中车株洲时代电气股份有限公司。

上海飞机制造公司。

上海飞机研究所。

中国中车四方车辆研究所。

北京航空制造工程研究所。

南京华氏电子科技有限公司。

天津机辆轨道交通装备有限公司。

4. 工程设计及实施：

铁道部第三勘察设计院集团装备有限公司。

北京全路通信信号研究设计院。

中铁六局集团有限公司。

中铁宝桥股份有限公司。

北京中铁房山桥梁工程有限公司。

莱芜钢铁集团。

中铁电气化局集团有限公司。

上述 17 家单位组成了国产磁浮交通"梦之队"，能满足磁浮列车交通技术工程化、产业化发展所需，具备了投资组织、技术攻关、设计、生产、建设等研发实力。

北京磁浮总工程师王永宁介绍，北京磁浮和国防科大不仅主导研发工作，更重要的是专门集结了一个涉及多学科并具有系统集成能力的技术队伍。因为磁浮交通系统涉及众多学科、不同专业技术，其复杂性不是通过简单组合就能轻易完成系统集成任务的，必须依照一定的专业分工有机融合在一起。

分工合作、有机融合。自此，国产磁浮交通"梦之队"正式扬帆启航，各项工作迅速展开，融合的"列车"拉响汽笛，稳步向前开进。

2000 年 6 月，由西安飞机制造公司设计的工程化试验列车，在常州长江客车集团开始生产。

2001 年 3 月，国防科技大学与上海飞机制造公司、上海飞机研究所、中国中车株洲时代电气股份有限公司密切合作，完成磁浮列车单转向架设计和制造。

2001 年 4 月，双方联合铁道第三勘察设计院、中铁六局集团、中铁宝桥股份有限公司、北京中铁房山桥梁工程有限公司等单位，在国防科技大学校园内建成长 204 米的我国首条中低速磁浮交通试验线。此后，工程化试验列车累计运行 6000 千米，突破解决了一系列工程化技术难题。

2005 年 10 月，以工程化、标准化、模块化为目标，相关单位又设计制造

出第一车辆工程化列车。与此同时，北京市规划局同意将八达岭旅游公路连接方案，调整为中低速磁浮交通旅游示范线方案，项目可行性获得北京市文物局、北京市计划委员会、北京市环保局等单位批准。

2006年11月，结合国家"十一五"科技支撑计划的实施，启动5转向架实用型磁浮列车设计和制造工作，对车体结构、转向架、电气系统、制动系统等方面进行优化升级，进一步体现中低速磁浮列车交通优势，为工程化、产业化奠定基础。

随着工程化研发的推进，204米的试验线已不能满足要求。因为速度等技术指标无法试验和验证，也无法体现示范效应。2006年7月，北京磁浮和国防科技大学在唐山客车厂的支持下，投资和组织了唐山客车厂区内1.5千米工程化试验线的建设。

2008年6月，一条长1.5千米的中低速磁浮列车试验线，在唐山轨道客车有限公司厂区内建造完成。这条2米宽轨距的试验线，设计有70‰的坡度，50米弯道半径，采用两辆编组运行，最高时速达到105千米。

工程化试验列车最大有效承载能力达到15吨，通过6万千米的试验运行表明，车辆、轨道及相关装备完全达到了运营线要求，运行平稳。经测试，距列车10米之外，噪声只有64分贝，比平常说话的声音还要低，在车内几乎感觉不到噪声。

在所有参与单位的密切合作共同努力下，我国中低速磁浮列车准能技术工程化稳步快速推进，打造形成了自主研发创新平台，国产磁浮交通向电磁环境友好、安全可靠、绿色环保的城市轨道交通系统方向，向前跨出了关键性的一步，具备了中低速磁浮交通工程化、产业化实施能力。

## 多赢的格局

推进国产中低速磁浮交通系统工程化，打造产业化体系，是所有参与单

位的共同目标。但谁都清楚，这既是一个崭新的事业，也是一条前途未卜的征途，选择中低速磁浮交通就意味着选择了风险。因为短期内只有投入、没有收益，推广应用近期内也许很难实现。

事非经过不知难。无论是北京磁浮，还是参与的科研院所和企业，都期望投入得到回报，回报期越短越好。但参与磁浮交通的工程化研发和推广应用，显然做不到，这注定是一条漫漫长路。

在这种情况下，如何把10多家单位整合起来干好事、干成事，成为摆在北京磁浮领导面前的一个紧迫而现实的问题。刘志明说，打造国产磁浮交通工程化、产业化体系，公司的指导思想概括起来讲，一是用共同的目标和理念凝聚大家一起干，这就是"实现我国拥有知识产权，世界领先的中低速磁浮交通产业化"；二是依靠利益纽带，坚持"共同投入、知识产权共有、长期排他性合作、产业化收益共享"的运作原则，以此保证了研发的低成本和高效率运行，促进可持续发展。

令刘志明欣慰的是，在打造中低速磁浮交通系统产业体系中，各参与单位以发展民族新兴产业为目标，发挥各自优势，积极投入相关技术研发和产业化实施准备，产业化体系的成员单位就能心往一处想，劲往一处使，全力推进国产磁浮列车驶入"快车道"，一系列工程化技术问题也随之得到解决——

中国第一辆全尺寸中低速磁浮试验样车，解决了从实验室模型到工程模型的论证问题；中国第一辆工程化样车，解决了按照轨道交通标准要求的工业化生产问题。

研制的两辆实用型头车经过在试验上线运行，解决了列车编组、系统控制、轨道交通运用车辆定型问题。

建成的两条磁浮列车试验线，满足了"中试"需要，为商业化运营奠定了基础……

"四代车、两条线"，为中低速磁浮交通技术产业化研发不断提供平台载体，使我国中低速磁浮列车的悬浮控制、线路工程、供电、通信信号、列车

控制和运行控制系统设备等完成了设计定型、工艺定型，可靠性、安全性得到了充分验证，为实现我国中低速磁浮交通技术工程化和产业化发展奠定了基础。

通过长期、大量的研究实验，北京磁浮和国防科技大学掌握了中低速磁浮交通核心技术和系统集成技术，建立了工程化研发和产业化发展并举和专业化的研究、设计、建设、维护体系，并拥有自主知识产权，其中低速磁浮交通技术工程化能力，达到世界先进水平。

军民融合发展的推进，国产磁浮交通技术发展的"雅典娜密码"，在所有参与工程化研发单位锲而不舍的攻关中不断破解，逐步释放出巨大的潜力，融合产生了一系列"核裂变"。

"着眼实现共同的目标，大家在需求牵引下，各展所长，承担相应任务。遇到问题群策群力，相互支持，远比过去'单打独斗'的力量强多了，许多过去没有遇到过或是解决不了的问题，都能在 融合发展中解决。"常文森教授说，磁浮交通的列车、轨道、道岔、运控等装备和设施，在我国都是"破天荒"的，相关单位参与进来，一举突破，自主创新能力随之"水涨船高"，同时带来了"技术溢出"效应。

F 型钢是制造中低速磁浮列车轨排的异型钢，通过传统的焊接工艺完全可以制造。但北京磁浮着眼产业化发展需求，要求承担制造任务的莱芜钢铁集团一定要采用热轧生产，哪怕试验示范线建设延后也要突破这一技术。

莱芜钢铁集团历时两年多，经过 16 次的试验轧制和技术改进，10 多次计算机模拟，7 次大工业试验，终于掌握了 F 型钢轨的一次热轧成型技术。

为什么一定要热轧 F 型钢呢？因为若采用焊接方式，3 个月只能生产 200 多米轨道，而热轧 F 型钢，每小时就可生产 500 米，产品质量还比焊接产品明显提高，生产成本减少 50％以上，生产效率提高了几十倍。很明显，后者才能适应产业化发展的目标。

莱钢技术研发中心副主任、首席研究员董杰说："攻克这一技术难题，莱钢只从北京磁浮获得了 100 万元的经费支持，自己研发投入了近 4000 万元，

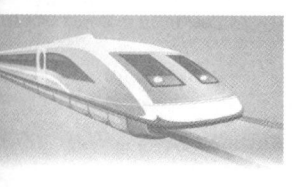

又花了上亿元建设了磁浮轨排加工车间，研制了轨排加工专用装备。我们愿意投入就是看好这一技术的产业化前景，届时莱钢将是中低速磁浮列车轨排的主要供应商，将带来巨大的效益！"

如今，莱芜钢铁集团是国内唯一能生产一次热轧成型 F 型钢轨的单位，形成了批量生产能力。

唐山轨道客车公司在磁浮列车的研发中，原本准备购买空客公司的高速动车的三维流线型司机室，即被称为"子弹头"的司机室。着眼产业化要求和装备国产化，他们决策自主研制，一举突破并掌握了轻量化车体设计、制造与系统集成技术，于 2006 年制造了全国第一台铝合金车体，为全面掌握轮轨高铁设计、制造技术奠定基础，公司由此成为全世界少数能制造这种司机室的企业之一。

过去，我国轨道交通运行控制系统一直依赖进口，2005 年 7 月，北京通信信号研究设计院依托中低速磁浮研发平台，自 2001 年起开始先后在长沙204 米试验线、唐山 1.5 千米试验线对运行控制系统进行反复试验，不断探索攻关，逐步掌握了运行控制系统技术，并在大连轻轨 3 号线、长春轻轨 2 号线获得应用。在基本由国外产品垄断的国内轨道交通运控系统市场上，"北京通号院"成为我国的一大自主品牌。2008 年，北京通号院为中低速磁浮列车开发的自动控制系统，在国内率先通过了欧洲 SIL4 级安全标准认证，这是国际上最高的安全认证。此外，道岔系统、制动系统、间隙传感器等系统也都达到可应用的水平。

融合式发展，协同创新，依托这个产业化体系平台，探索形成以企业为主体、市场为导向、政府支持、产学研相结合的合作模式，实现了优势互补、成果共享、互利双赢、共同发展的创新格局。我国磁浮交通解决了列车轻量化、轨道梁优化、F 型导轨轧制、道岔系统、运行控制等一系列工程化难题，打造形成了工程化研发和实施专业化的产业链条，实现了所有装备的国产化，具备了工程化、产业化实施能力。

中国工程院院士、铁道电气化与自动化专家钱清泉认为，这一模式为产

学研结合闯出了一条新路。对此，国防科技大学教授常文森也深有感触："军队提供技术，军地协同创新，集智攻关。这里体现了一种渡口效应：船家行人双受益。"

"技术溢出""水涨船高"，反映了军民融合"1＋1＞2"的显著效应。在我国磁浮交通技术发展中，军民融合彰显出了巨大推力，也为民族产业发展提供了有益的借鉴和启示。

十多年来，北京磁浮与国防科技大学及相关工程化体系单位合作共同承担了国家"十一五""十二五"科技支撑计划和省部级科研项目 20 余项，其中中低速磁浮列车悬浮控制技术及应用获得 2015 年年度湖南省科技进步一等奖、永磁/电磁混合悬浮项目 2015 年获北京市科技进步二等奖。双方共同拥有磁浮技术及工程化应用成果 20 余项。

在这一过程中，双方着眼产业化要求，编制形成中低速磁浮交通系列企业 12 项标准，制定各类标准 60 余项。其中有 6 项已被列为国家行业标准。

据有关专家测算，国产中低速磁浮交通每千米工程造价在 3 亿元以内，远低于地铁的每千米 6 亿元以上的造价，略高于轻轨，但它的维修维护费用低，如果考虑这个因素，其综合性价比要高于轻轨，具有很好的性价比。另外，由于中低速磁浮交通转弯半径小，爬坡能力强，也极大降低了征地拆迁的成本。

## 向深度融合发展

军民融合，既要有能"融"的技术，又要有"合"的平台，更要有"融"与"合"的机制。技术是前提，平台是途径，机制则是融合的"黏合剂"，有了它，才能把大家凝聚在一个目标下，推动军民融合向深度发展。

在磁浮交通军民融合发展中，依托国防科技大学突破掌握的核心关键技术，在北京磁浮组织下，各参与单位以推进国产磁浮交通技术产业化为目标，

从组织管理、工作运行、政策制度方面系统推进，建立起了工程化研究、设计、生产、建设体系，打造了工程化研发和实施专业化的产业链条，走出了一条军民融合协同创新的工程研发之路，为磁浮交通技术工程化、产业化发展奠定了基础。

2010年3月，国防科大与北京磁浮等单位承担的"中低速磁浮交通技术及工程化应用研究"项目，通过专家评审验收。一年后，以北京磁浮为依托单位，以国防科技大学为共建单位组建的"北京市中低速磁浮交通系统工程技术研究中心"挂牌成立。此举对于进一步加强技术创新体系建设，促进科技成果转化，提高现有科技成果的成熟性、配套性和工程化水平，培养并吸引高层次科技人才具有标志性意义，迈出了军民融合向深度发展的坚实一步。

深度融合的产学研工程化体系模式创新，也引发了中国首创的北京磁浮知识产权体系的创新，这一年，随着北京S1线中低速磁浮交通示范线项目启动，研制的相关装备被有关部门认定为国家自主创新产品首台（套）重大技术装备示范项目，中低速磁浮交通系统通过了国家发展与改革委员会组织的"中低速磁浮产品生产方案及安全评估论证"，被认定为北京市自主创新产品。目前，双方共同拥有磁浮技术及工程化应用成果20余项；申请专利111项，获得授权专利85项。

2014年5月16日，长沙磁浮快线工程正式开工。拥有地缘优势并与湖南有着多年技术合作的国防科技大学，提出要把长沙磁浮快线打造成军民融合发展的示范线，将几十年突破掌握的磁浮交通核心关键技术和工程化研发成果，应用于列车悬浮系统设计制造、线路运行测试等关键环节，以最好的技术、过硬的作风，创造了令人称奇的"科大速度"，再一次显示出军民融合发展的巨大威力，长沙磁浮快线被湖南省领导评价为"堪称军民融合、省校合作的典范"。国防科技大学沈林成教授说："事实证明，国产磁浮交通技术的推广应用，军民融合起到了'催化剂'作用，显示出了强大的推动作用。"

军民融合的"催化剂"作用，推动着军民融合向着更高层次、更深程度迈进。此后，湖南省政府与国防科技大学签署磁浮创新与工程化产业化战略

合作协议，共同组建湖南省磁浮技术研究中心，着眼开拓磁浮产业新市场，建成集磁浮技术研发与项目规划设计、投资建设、运营维护等为一体，具备独立研制磁浮车辆、掌握磁浮交通全套技术能力的军民融合技术经济实体，全力推动磁浮交通核心技术和全套技术的工程化、产业化，为国家实施"中国制造2025""一带一路"战略做出湖南应有的贡献。

以此为新起点，双方还将进一步深化基础研究、产业、科技、教育、社会服务等方面的合作，以国产CPU、无人驾驶、智能制造等领域为重点，共建一批重大技术创新平台，加快形成全要素、多领域、高效益的军民深度融合发展格局。

犹如一首军地协同的创新交响，国产磁浮交通从创意、谱曲、彩排，到成功上演，这曲军民合奏的优美乐章，彰显出军民融合发展的巨大威力，也给出了"雅典娜密码"的中国答卷。

## 第六章

# 艰难跋涉

"物有甘苦，尝之者识；道有夷险，履之者知。"古人的这句话，道出了一个朴素的真理，任何事物都蕴含甘苦，只有尝过才知道其中滋味；道路的平坦与坎坷，走过就知道艰难与否。这是一个实践探索的过程，只有勇敢者才愿意尝试和不畏艰险地跋涉。

磁浮交通从萌芽、创新到工程化研发与推广应用，始终一波三折，倍受质疑，争议不断。在磁浮交通技术领先的德国，技术的进步与质疑、争论相伴相随，导致3条磁浮交通线路建设工程先后被迫下马或停建。德国总理默克尔无可奈何地说："对诞生这项技术的德国，未能在本土建设一条投入使用的磁浮列车线路，感到非常遗憾。"

20世纪80年代初，我国开始进行此项技术研究，一路走来的际遇也大体相似，以至于专家们不得不花很多时间来做科普工作，用证据回应质疑，争取人们的理解和支持。

那么，我国磁浮交通的推广应用经历了怎样的艰难发展历程，又如何在艰难中突出重围呢？

## 十年"嫁女"

2010年3月，古城长沙春光明媚，生机盎然。

刚从北京回到长沙的常文森教授，心境一如长沙的天气，春和景明，令人心旷神怡。"十一五"国家科技支撑计划重点项目——"中低速磁浮交通技术及工程化应用研究"课题顺利通过验收，验收专家组给出的结论，让常文森和所有参与单位领导、专家欣喜不已。

"我国已突破了中低速磁浮交通的系统技术，打造了工程化研发和实施专业化的产业链条，实现了关键装备的国产化。"验收结论还明确提出，要尽快研究建设运营示范线，推进该项技术持续进步，促进我国城市轨道交通的发展，形成我国拥有自主知识产权的中低速磁浮交通产业。

随着我国经济发展及城镇化进程的加快，城市交通问题和节能减排问题日益突出，建设以轨道交通为骨干的城市综合交通体系是解决大中城市交通问题的必然选择，我国城市轨道交通已进入快速发展时期。

验收专家组认为，这一市场需求为中低速磁浮交通技术产业发展带来了在世界范围内独有的需求和市场机遇，我国应尽快建设运营示范线，促进技术应用和进一步发展，形成高端民族产业。其重大意义在于：一是提供高性价比的轨道交通工具，为解决我国城市交通问题提供新的选择；二是形成世界领先的磁浮交通产业，并带动其他相关产业的发展，实现发展方式的转变；三是有利于促进节能减排和实现低碳发展。

孔子曰：三十而立。至此，走过了整整30年艰难创新历程的磁浮列车技术创新团队，在磁浮列车技术领域算是真正"立"起来了，磁浮交通技术工程化推进更是不断取得突破性进展，人们期盼已久的国产磁浮列车似乎也将

迎来"瓜熟蒂落"的时候，团队成员的面庞一如春天般灿烂。

常文森教授把这 30 年分为两个阶段：前 20 年，从"零"起步，突破掌握了核心关键技术；后 10 年，与北京磁浮等单位合作，通过军民融合式发展推进国产磁浮交通工程化、产业化，实现一个漂亮的华丽转身。

按理说，有国防科技大学突破掌握的核心关键技术，有北京磁浮的投资与组织，有国内众多科研院所与优势企业的参与，在工程化不断取得突破性进展的情况下，国产磁浮交通推广应用将会一帆风顺。

然而，现实远比想象的严峻，或许是"好事多磨"吧，此后遇到的困难和挫折，或许可以说上"三天三夜"。

当初，北京磁浮与国防科技大学合作，是以建设八达岭长城旅游示范线为初始目标，投资和组织中低速磁浮交通技术工程化研发，在我国大力推广应用中低速磁浮交通。十多家相关科研院所和企业热情高昂，甚至不计回报，希望早日抢占这个新兴产业制高点。

开始，一切似乎还很顺利。八达岭长城旅游示范线的建设得到北京市政府相关部门批准，车辆、轨道、试验线的设计与制造按计划推进，在首条中低速磁浮交通试验线上进行测试的试验样车上甚至喷绘了"八达岭观光"的字样，试验运行累计超过 3 万千米。

2002 年 11 月，北京磁浮认为八达岭长城旅游示范线项目前期准备工作已经完成，向北京市政府提交"关于八达岭长城旅游示范线项目立项请示"，建议尽快上报国家有关部门批准立项。

然而，立项请求报上去之后，却并没有像他们预想的那样很快得到答复。在我国建磁浮交通旅游运营示范线，是"大姑娘上轿——头一回"，可行性如何？是否适合在八达岭长城下建设？线路到底归哪个部门规划和批准？等等，许多问题需要研究、论证和协调。磁浮交通是一项新技术，国外研制几十年，直至 2005 年，日本才有了世界上第一条 8.9 千米的磁浮列车运营线，我国中低速磁浮交通技术虽已成熟，安全和可靠性却未经过实际运行检验，性价比如何？无法估计判断。正是这些复杂原因，八达岭磁浮交通旅游示范线一直

没有得到批复，最终项目搁浅。

在这种情况下，北京磁浮不得不暂时放弃八达岭磁浮交通项目的申报和建设工作。但他们并未气馁，坚信经过多年工程化研发的国产中低速磁浮交通，一如长大成人的"靓女"，一定能为她找到"婆家"嫁出去，让这一新型交通工具造福民众。

为了开辟新的旅游示范线，刘志明等公司管理层开始走访全国旅游大省的驻京办事处，向国内若干旅游景区推销推介中低速磁浮交通，做了大量联络沟通与推销工作。2005 年，云南省昆明市正在谋划完善昆明世博园设施，打造新亮点，实现世博园持续发展。考虑到世博园参观游客很多，需要解决世博园入口延伸到景区内 2 千米的交通问题。北京磁浮听到这个消息，认为与八达岭磁浮交通旅游示范线十分相似，于是，他们找到昆明世博园，提出建设从世博园入口到旅游核心区 2 千米磁浮旅游示范观光线路。

当时，云南方面态度十分积极，双方迅速达成初步合作协议，确定由北京磁浮负责投资、组织和建设，昆明世博园提供土地和选址。

"东方不亮西方亮"，北京磁浮和国防科技大学似乎看到国产磁浮交通走向应用的曙光。他们迅速完成了项目可行性研究报告、环境影响评估报告和初步设计，将文件提交给昆明世博园。2005 年 12 月，项目获得云南省环保局和昆明规划局批准。

令人沮丧的是，由于昆明世博集团改变发展战略，项目最终未被采纳。

不久，机遇再次出现。处于改革开放前沿的深圳市，正在规划建设罗湖至小梅沙的城市轨道 8 号线，深圳轨道交通部门部分工程技术人员对磁浮交通很感兴趣。

北京磁浮迅速与之开展洽谈，并邀请深圳有关部门和深圳地铁公司到长沙和唐山的两条试验线进行技术考察。一番交流、考察和洽谈，深圳市政府轨道交通办同意，由深圳地铁公司委托北京磁浮进行 8 号线中低速磁浮交通技术方案论证。

2008 年 10 月，深圳轨道交通 8 号线中低速磁浮技术方案基本成型，线路

全长 31 千米，总投资 100 亿元。2009 年 7 月 28 日，深圳市两位副市长、市政府副秘书长率领由深圳市轨道办、发改局、规划局、建设局、环保局、罗湖区、盐田区以及地铁公司等领导组成的调研组，来到北京磁浮唐山工程化试验基地考察。他们乘坐实用型磁浮列车，参观磁浮列车唐山总装车间，听取了北京磁浮工程化研发和深圳市轨道交通 8 号线中低速磁浮交通的可行性报告，所见所闻，令一行人信心倍增，对在深圳这所处于改革开放前沿的城市，未来应用中低速磁浮交通显示出势在必行的态度。

北京磁浮与深圳有关方面不断交流对接，研究落实项目实施有关事宜，进展顺利，一切似乎将要水到渠成。但是，忙忙碌碌一年之后，由于沿线居民担心电磁辐射等各种原因，项目还是没有落地。

再后来，北京磁浮先后找过其他几个城市，希望将中低速磁浮交通技术迅速用于城市轨道交通建设，同样没有取得进展。

2006 年 9 月，他们将目光投向海外，与马来西亚有关部门签署合作框架协议，约定以"交钥匙"的方式承建马来西亚柔佛州 12 千米中低速磁浮交通线，最后也无果而终。

希望一次次燃起，又一次次破灭。一连串挫折和失败，虽然令人沮丧，北京磁浮、国防科技大学等单位却初心不改，在艰难中继续前行。

2010 年，北京中低速磁浮系统在由中科院等 16 家权威机构进行的 110 余项安全性专项测试和检测中，顺利获得通过。同年，中低速磁浮交通被列入《2010 年北京市社会经济发展纲要》重点支持发展的产业。

2011 年，北京市政府和相关部门考虑到我国中低速磁浮交通技术经过十多年工程化研发，相关技术已经成熟，决定在北京市当年启动的 8 条线路中，选择 S1 线采用该项技术，建设我国首条中低速磁浮交通运营示范线，国产中低速磁浮交通技术终于迎来了曙光。

2 月 28 日，北京，初春残雪。8 条城市轨道交通网络化运营线路开工建设，我国首条中低速磁浮交通运营示范线——S1 线随之启动。

站在工程奠基现场，已是古稀之年的常文森欣喜不已："这一天，我等

待、盼望、奋斗了30年!"

这一天,离北京磁浮与国防科技大学携手推进磁浮交通合作研发,整整过去了10年。

10年"嫁女",不是经历过的人,很难体会到其中的艰辛。回顾磁浮交通发展历程,常文森教授曾感慨地说,没有北京磁浮的组织、投资与执着坚守,我国中低速磁浮可能发展不起来,我们不能忘记他们做出的历史性贡献。

## S1 线艰难推进

S1线启动建设,国产磁浮交通迎来了推广应用的第一缕曙光。人们期待着,这条西起门头沟石厂站,东至石景山区苹果园站,全长10.2千米的磁浮交通运营示范线,能够开启国产中低速磁浮交通新纪元,成为我国首条中低速磁浮交通运营示范线。

细心的人们很快发现,与北京其他线路"开工建设"不同,S1线使用的是"启动建设"。

两者有何不同?这不是文字游戏,而是必须面对的现实。启动并不意味着开工,因为国家发展与改革委员会和北京市政府只批准了S1线的规划,对于采用磁浮交通技术,S1线在我国尚属首次,可行性论证报告需要上报国务院批复。2010年7月20日,国务院办公会专门就此进行了研究,提出需要再提供一些论证材料,等下次再研究是否批复。不巧的是,3天后,温岭发生重大轨道交通事故,所有的交通建设项目都需重新审查,这样北京S1线建设的事情就暂时搁置了起来。

S1线工程建设相关单位一边做着可行性论证,一边做着线路建设的前期工作,等待着最终结果。这一等,就是近3年时间,直至审批权下放到省、市后,S1线才最终得到批复。

在S1线等待批复和前期建设中,磁浮交通仍然受到许多质疑,对S1线

是否适合采用磁浮轨道交通，城轨交通业内人士从专业角度对此提出了不少意见和建议，归纳起来主要有以下方面：

建设成本问题。以上海高速磁浮商业运营线为例，每千米造价在 3 亿元以上，速度虽快，票价却不尽如人意。S1 线建设成本和运营成本要多长时间才能收回？考虑到城市建设中的拆迁量及环境保护，每千米平均造价有可能超过上海高速磁浮，造价高，票价就会高，民众是否能接受。这些问题需要慎重考虑。

线路短，性价比不高。S1 线长度仅 10.236 千米，设置了 8 个车站，平均约 1 千米就有一个站台，车站开设太多，磁浮列车的速度优势不能完全体现，就像开汽车，一脚油门下去马上就得踩刹车。再者，这么短的线路，同样需要规划和建设单独的车辆段和联络线，用于磁浮列车停靠、检修、维护，这就增加了占地和建设成本。

换乘不便。苹果园是北京地铁 1 号线的总站，同时也是 S1 线的始发站，两者之间不能兼容，无法在"同一屋檐"下停泊，不能实现"无缝"换乘，给乘客带来不便。

对于上述问题，北京磁浮与有关磁浮专家经过测算认为，中国地铁造价每千米10 亿至 14 亿元，轻轨为 3 亿至 4 亿元，而中低速磁悬浮为 3 亿元左右，低于地铁，与轻轨相当。但它的维修维护费用很低，如果考虑这个因素，其综合性价比要高于轻轨。另外，中低速磁浮交通转弯半径小，爬坡能力强，可以有效降低征地拆迁成本。

S1 线距离短，未来完全可以根据城市轨道交通发展需要，再延长建设，而积累的建设与运营经验，可进一步降低成本，为民众出行带来便利，换乘问题也可通过建设换乘通道，尽可能缩短换乘距离，改善换乘条件，为乘客带来便捷。

上述解释获得有关方面和一些业内人士认可之后，沿线部分居民又担心磁浮交通存在电磁辐射，不明真相的民众上书陈情，甚至出现阻止建设的情况。决策者和建设者们不得不耐心做科普解释工作，同时倾听民众意见、建

议，进一步优化线路设计和开展环境评估，争取得到各方的理解和支持。这就使 S1 线建设不得不放慢速度。

"在大城市中建设轨道交通线，施工难度大也是影响工程进度的一个问题。"S1 线总设计师李杰教授说，S1 线在图纸上呈现出"反 Z"形状，自西向东设有石厂、小园、栗园庄、上岸、桥户营、四道桥、金安桥和苹果园 8 个车站。金安桥站可与地铁 6 号线换乘；苹果园站与地铁 1 号线和 6 号线西延段实现换乘。工程现场环境相当复杂，线路需要跨公路、跨河、跨铁路、通过密集高压电网、穿越隧道，或并行多条规划道路。

跨路、跨河、跨线多，桥墩、桥梁就多，线型复杂，且要兼顾景观，不能设计成一个模式，做到既实用又美观。以桥墩、桥梁为例，工程技术人员就设计建造出"Y"形墩、框架墩、门形墩、"花瓶"形墩等多种式样。线路桥梁则有简支梁、槽型梁、连续箱梁、钢构连续梁、钢拱结合梁、系杆拱桥、T 构等 10 种形式。

在 S1 线的 8 个高架车站中，跨越西峰寺沟、石门营沟、冯村沟等重要景观河道线路，车站如何建设才能既减少对河床防水等原建筑结构影响，又不必在河床中加设临时支撑。线路还需穿越石景山，隧道如何施工才能避免爆破对山体结构及古建筑物造成影响。这些问题都对设计和建造提出了严峻考验。

当然，这些施工中的难题，最终通过巧妙设计与工艺创新都得到了有效解决。比如，通过在站桥结合部位采用"站、桥分离"和"站、桥合一"两种不同形式，以及针对不同施工环境采用多种施工工艺，使这些棘手的问题得到解决。在跨西峰寺沟、石门营沟、冯村沟等重要景观河道，为减少对河床防水等原建筑结构影响，河床中不加设临时支撑，采用大跨径贝雷梁直接跨越搭设施工工艺；跨西六环及阜石路施工采用挂篮施工工艺；跨永定河及跨铁路线大桥采用钢拱结合梁，离岸拼组，顶推过河施工工艺；石景山隧道施工则采用悬臂掘进机工艺，避免了爆破对山体结构及古建筑物的影响。

一系列施工难题的解决，为城市轨道交通建设提供思路和借鉴，却不得

不付出工期的代价。"这也是 S1 进展不如预期的一个因素。"李杰教授说。

作为我国第一条中低速磁浮交通运营示范线，无论是决策者、建设者，还是业内专家和普通民众，都希望把好事办好，这就必须科学决策规划，需要综合考虑各方意见，兼顾各方利益，做到利国又利民，同时探索在大城市中建设轨道交通施工的实用方法，真正提供一种适用、性价比高的新型交通工具。

如同婴儿的呱呱坠地，"十月怀胎"是一段孕育希望的艰辛历程，"一朝分娩"的痛苦同样让人印象深刻。从争取磁浮圆梦的机会到梦想成真，对磁浮人来说，每一步都是考验，每一步都很艰辛，每一步也都充满了希望与激情。

于无路处闯新路，总会伴随着坎坷和艰难，一时进展缓慢也在情理之中。好在，北京市政府和有关部门一直在探索中前行，始终不改初心，决心为发展我国中低速磁浮交通蹚出一条新路子。

阳光总在风雨后，S1 线建设仍受到许多因素制约，一路坎坷中，决策者和工程建设者却从未停下前进的脚步，始终在坚守中艰难推进。

2009 年 3 月，北京市委、市政府主要领导到唐山试验线考察，看到已具备工程化实施条件的中低速磁浮交通技术，当即现场表态：政府采购，做一个工程，形成一个产业。

2011 年，国家发展与改革委员会委托中咨公司对 S1 线工程可行性进行评估认为："中低速磁浮交通系统具有噪声低、振动小、无污染、线路适应性强、易于实施等一系列特点，是经济适用、环境友好的新型城市轨道交通系统。我国已基本掌握各项关键技术，拥有自主知识产权并形成工程化能力……转向架、悬浮导向、牵引系统等关键技术完成了性能试验和运行试验，达到设计安全要求。"

历经多年波折，S1 线工程终于迎来了希望的曙光。国防科技大学再次吹响了 S1 线工程建设的集结号，提出将悬浮控制系统做到国内最好并力争引领国际，只许成功不许失败。

为推进项目建设，他们组成行政指挥线、技术指挥线、质量管理线并行融合的攻关组织结构。行政指挥线由温激鸿任总指挥，蔡兆云、龙志强、王孝恭等为副总指挥；技术指挥线由李杰任总设计师，吴峻、陈荣贵、刘耀宗、张锟、窦峰山、周文武、崔鹏等担任各系统主任设计师；质量管理线由刘少克任总质量师，张锟为质量师。大家各司其职，各负其责，发挥团队优势，完成好 S1 线工程核心技术攻关与研制任务。

再次征战 S1 线，虽不闻号角声声，也不见战旗猎猎，然而，呈现在人们眼前的却是一支阵容强大、技术过硬、作风顽强的拳头部队。他们，向着既定目标又发起了新的一轮冲锋。

# 可贵的坚守力量

中国磁浮交通的推广应用，北京磁浮是"第一个吃螃蟹者"。2000 年组建以来，他们不顾"千淘万漉"的辛苦，不畏"关山重重"的阻挡，以"越是艰险越向前"的精神，与同道者一路纵横捭阖，坚定前行，成为国产磁浮交通的坚定推动者、投资者和组织者。

打开北京磁浮网站主页，可以看到他们独特的公司理念："创造物质财富，实现精神价值，完善治理结构，回报贡献者。"首任董事长兼总经理刘志明谈到北京磁浮的精神价值时，用"四个坚持"进行了精辟概括："坚持民族产业发展；坚持价值创造；坚持所有者心态；坚持理想主义和现实主义结合。"

在推进国产磁浮交通工程化、产业化过程的十多年里，面对各种艰难和挫折，刘志明也曾有过苦闷、失落，每次让他重拾信心、坚毅前行的，是那些不离不弃、精诚合作的伙伴们。2012 年，他在接受《轨道交通》杂志记者采访时，谈到令他感动的那些人和事。

这些令刘志明难以忘怀的人和事，既是激励他和同道者奋力前行的动力，

更是中国"磁浮人"不畏艰难险阻、开拓进取的生动写照——

难忘中低速磁浮交通开拓者常文森教授，从人生的盛年开始研究中低速磁浮交通技术，从拆旧变压器做实验艰难起步，衣带渐宽终不悔，不为浮名绊此生，常教授坚守了30多年。刘志明清楚地记得，"磁浮试验车系统联合调试正赶上2001年的夏天，当时的长沙酷暑难当，常教授和科技人员一起在烈日下，光着膀子一干就是10多小时，背上都晒红了。当时他已66岁了，每天还坚持上班，帮我们把握技术研发的大方向，不要报酬"。刘志明说，常教授始终是中国磁浮交通的一面旗帜，是"磁浮人"的精神风向标。

难忘严陆光、周干峙、施仲衡、顾国彪、刘友梅、钱清泉、简水生、焦桐善、宁斌等著名院士和专家，他们不辞辛劳，多次到试验线实地考察和调研，参加磁浮交通系统技术论证会和验收会，并提出中肯意见和建议，支持磁浮交通技术研发和产业化发展。2004年，在北京交通研究中心举办的"关于磁浮交通产业发展专家论证会"上，形成了一个会议纪要。"我们不能再一次失去一个形成民族产业的机会。"纪要中的这句话，让刘志明深受激励鼓舞，倍感温暖。

难忘胡兆广、范伯元、熊大新、黄卫、黎晓宏等德高望重的领导，他们从企业和国家的长远利益出发，果断决策，给磁浮交通技术研发持续支持，寄予期望。

难忘李杰、龙志强、吴峻、佘龙华、王平、王永宁、刘炜、姚生军……他们承受巨大压力，甘于清贫，守着誓言，胸怀一团火，从未熄灭，将磁浮交通技术工程化推向前进。

难忘莱钢那些山东汉子，他们只从北京磁浮获得了100万元的经费支持，自己研发投入了近4000万元，在近2年的时间里，经过16次实验室实验、10多次计算机模拟、7次大工业试验，花了上亿元建设了磁浮轨排加工厂，研制了轨排加工专用装备。终于破解了F型钢热轧成型这一世界级技术难题。

难忘那些合作体系单位的领导，他们对磁浮交通技术工程化研发和产业化发展信心坚定，对北京磁浮理解、支持甚至宽容，承受了多方面的巨大

压力。

难忘铁三院磁浮项目设计组，从铁道系统转战磁浮交通，在这个新领域从头开始，拼搏奉献，一干就是十多年，任务重且收入少，推广应用却一路坎坷，在屡遭挫折、前景不明的情况下，始终与合作单位密切合作，心无旁骛，推动磁浮交通向前发展。为了争取家人的理解支持，设计组长、总工张佩竹把妻子和孩子从天津带到唐山试验线现场参观，告诉他们：这就是我国未来的新型交通工具，有这么多人为此拼搏奉献，自己也必须坚持干下去。

难忘当年长沙试验线刚刚建成，磁浮单转向架悬浮试验成功，国防科大的一名教授驾驶单转向架时，他眼神里透出的是骄傲和自豪感，令人动容。

难忘 2003 年非典后期，组织工程化体系谈判最为困难的时刻，北京磁浮与一家飞机制造厂在长沙合作谈判遇到障碍，一位我国第一代飞机工程技术人员的恳求，"你们再谈谈吧"。谈判破裂后，他失望的眼泪和在雨中离去的蹒跚背影，深深印在刘志明脑海中。

难忘 2008 年冬天，在唐山试验线工程完工之后，轨排轧制技术研发遭遇停滞不前的困难，北京磁浮面临资金链断裂的风险。在试验线旁放置的磁浮列车、供电轨、电器等设备，在寒风中是那样的孤独无助，这些全是北京磁浮的看家宝贝。为了确保财产安全，一位四川籍的老农民工带着两个孩子，分别在线路的重要位置搭起三个简易窝棚，看守了整整一个冬天。

刘志明动情地说："改造客观世界的同时改造主观世界，经历过磁浮发展，你就会相信。那些年，那些事，那些人，所有的坚守都会沉淀为精神的沃土，赋予了磁浮交通产业发展的终极意义。"

从刘志明谈及的这些人和事中，人们也可以看到他自己的影子。刘志明1983 年毕业于北京大学经济系，4 年后被派到香港一家中资企业工作，1997年北京控股集团在香港上市后，刘志明先后任总裁助理、副总裁。之后他还兼任多家企业的董事长、副董事长。凭着对企业和产业的深入理解，他为国产磁浮交通注入了全新的发展理念和运作模式，为此艰难跋涉十多年，直至2016 年离开北京磁浮走向新的工作岗位，刘志明把 17 年最美好的岁月献给了

中国磁浮交通事业，与同道者开拓出磁浮交通工程化研发、产业化应用的新天地，奠定了良好的磁浮交通发展基础。

在北京磁浮组建时调入的常务副总经理王平，2016 年从刘志明手中接过董事长兼总经理的重任后，承前启后又开始新的长征，继续推动磁浮交通事业发展，担任北京 S1 线工程建设总指挥，与他的前任一样，始终坚信国产磁浮交通技术一定会迎来推广应用的美好明天，坚信经过近 20 年孕育的中低速磁浮交通技术工程化成果，终将迎来了它的"成人礼"。

可贵的坚守，是一种信念，是一种力量。那些堪称"感天动地"的人和事，留在了刘志明的脑海深处，也镌刻在了中国磁浮事业艰难发展的历史中。

## 湖南果断决策

长沙，古称"潭州"，别名星城，我国首批历史文化名城。长沙拥有 3000 年古城文明史，是楚汉文明与湖湘文化的始源地，有"屈贾之乡""楚汉名城""伟人故里"之称。

长沙城山水环抱。岳麓山、天心阁、橘子洲、湘江、浏阳河、捞刀河，构成了一幅山水洲城的美丽画卷。"惟楚有才，于斯为盛。"坐落于岳麓山茂林山涧之中的千年学府——岳麓书院，蕴藏着一段学术繁荣、人才济济的历史，孕育了千年不衰的湖湘文化。中华人民共和国成立后特别是改革开放以来，长沙这座古城作为湖南省政治、经济、文化、科教和商贸中心，环长株潭城市群龙头城市，两型社会试验区，更加生机勃勃，风采迷人。

2013 年 3 月，时任黑龙江省委副书记的杜家毫，从北国冰城来到湘江之畔，出任湖南省委副书记、代省长，两个月后当选为省长。同年 4 月 19 日，履新湖南刚刚"满月"的杜家毫来到株洲调研，在考察中国中车株洲电力机车有限公司时，一辆停放在试验线上的磁浮列车引起了他的注意。

"哟！这不是磁浮列车吗？"

"这是一条长1.5千米的中低速磁浮列车试验线，建成后已试验运行了近2万千米。"企业负责人向杜家毫介绍。

杜家毫曾长期在上海工作，先后担任过市委、市政府副秘书长，上海杨浦区区委书记、上海市委常委兼浦东新区区委书记。这段经历，让他见证了上海高速磁浮交通运营示范线的建设与通车运行，也曾多次陪同贵宾去参观和体验时速达430千米的高速磁浮列车。

对于磁浮列车，杜家毫并不陌生，对磁浮交通技术也略有所知。上海高速磁浮交通运营线通车运行后，上海市政府曾计划再建一条磁浮线，将浦东机场与虹桥机场连接起来。时任上海市委常委兼浦东新区区委书记，曾奉命启动浦东地区的动迁准备工作，然而，由于另一个区的沿线已经新建了不少高档社区，其中的居民担心噪声和电磁辐射而集体阻工，这一计划未能实现。

连接浦东机场与虹桥机场的磁浮交通线虽未实施，杜家毫似乎有了"磁浮情结"。来湖南工作首次调研，"磁浮"再次进入他的视野，也许就是一种"缘分"吧。

杜家毫知道，磁浮交通技术先进，绿色环保，但以上海的情况看，这一新型交通工具造价不低，中低速磁浮交通"性价比"如何？或者说商业前景怎样？他了解的并不多。

这天，杜家毫随即登上这辆自主研发的中低速磁浮列车，了解车辆性能指标、技术研发、市场应用等情况。勉励企业发挥磁浮列车优势，提升产品核心竞争力，抢抓各地大力发展城市公共交通的机遇，在激烈的市场竞争中赢得主动。

2013年11月5日，中共中央总书记、国家主席、中央军委主席习近平视察国防科技大学，学校向习主席展示了他们突破掌握的中低速磁浮交通技术。陪同习主席视察的杜家毫了解到，2010年7月17日，时任中共中央政治局常委、中央书记处书记、国家副主席的习近平同志在河北唐山视察时，曾参观过具有我国完全自主知识产权的中低速磁浮列车，称赞他们做了一件很有意义的工作。

在国防科技大学，杜家毫进一步了解了中低速磁浮交通的更多情况。他认为，湖南发展磁浮交通有着十分有利的条件：株洲电力机车有限公司有强大的设备制造能力，国防科技大学拥有核心关键技术，发展中低速磁浮交通，湖南完全可以率先干起来。

此时，杜家毫似乎决心已定。他指示省发改委会同长沙市委、市政府就建设中低速磁浮交通运营线进行调研论证。很快，在各方共同努力下，一个建设长沙火车南站至黄花国际机场的中低速磁浮交通的方案随即形成，工程建设被列入重要议事日程。

2014年1月7日，在习主席视察国防科技大学两个月后，杜家毫主持召开省政府常务会议，专门听取省发改委关于长沙中低速磁浮轨道交通建设的情况汇报。会议一致认为，建设长沙火车南站至黄花国际机场的中低速磁浮轨道交通，是打造中部地区最大综合立体交通枢纽、挖掘和放大湖南"一带一路"区位优势的重大举措。政府及相关部门要大力支持并加快推进中低速磁浮轨道交通在湖南率先运用，将技术优势转化为产业优势，积极探索多元投入、建设、管理和运营的新机制。

这年春节，杜家毫去看望一位倍受尊崇的老领导，谈了准备建设长沙磁浮交通运营线设想。这位老领导面露喜色，表达支持。随口问道："你是学工科的吗?"

"不，我是学中文的。"听了杜家毫回答，老领导便不再往下问了。他或许在想，不是理工科出身，怎么会想到要搞"磁浮"还津津乐道呢。

这位老领导也许不知道，杜家毫在上海工作时就与磁浮交通打过交道，来湖南工作后，在株洲、国防科技大学对磁浮交通又有了更多的了解，他看好磁浮这一新型城市轨道工具。

杜家毫认为，上海高速磁浮是引进德国技术，建成的世界上第一条高速磁浮示范运营线，我国的中低速磁浮交通经过几十年的发展，已经突破掌握核心关键技术，应该走向应用，再先进的技术如果不走出实验室，不推广应用，其对社会的价值就难以体现，政府有责任给予大力支持，湖南应该率先

推广。

建设长沙火车南站至黄花国际机场的中低速磁浮轨道交通，既可以形成机场与高铁一体化的交通枢纽，又能推动国产磁浮交通技术产业化。然而，杜家毫又想到了另一个问题：磁浮交通发展几十年，推广应用在国内外备受质疑，反对者不少。国外至今只有日本和韩国拥有 10 千米左右的线路。国产中低速磁浮交通应用也是一波三折，技术到底怎样？性价比如何？仍是一个未知数。

杜家毫一次次听取相关部门汇报，多次主持召开省政府的专题会和常务会，集思广益进行研讨论证，最后达成了共识：采用磁浮交通技术将长沙火车南站与长沙机场连接起来，打造"空铁联运"和中部交通枢纽的思路是对的，发展国产磁浮交通技术，发挥湖南优势推进产业化的方向不会有错。有风险也要干，"不干，半点马克思主义思想都没有。"

"经世致用，敢为人先。"作为一名新湖南人，杜家毫感觉到自己越来越融入湖湘文化的氛围中。建设国产中低速磁浮交通是一项探索性的开创工作，他当然知道有一定的风险，但湖南拥有得天独厚的条件，值得大胆地去试，万一磁浮交通不能成功就改为轻轨，也要将"空铁联运"的构想变成现实，这是他设定的"底线思维"。

长沙市委、市政府将该项目纳入全市重点工程，将其作为改善民生的重大基础设施项目，在资金、要素、人员上给予充分保障。

经过几个月紧锣密鼓的方案设计、论证、评审，长沙磁浮快线的工程建设方案经湖南省委、省政府决策通过，上报国家发展与改革委员会后迅速得到批复。国家发展与改革委员会特别提醒，在国内磁浮控制技术方面，国防科技大学技术最为雄厚，要发挥好他们的技术优势。

2014 年 5 月 16 日，长沙磁浮快线工程正式开工。在我国磁浮交通技术的发源地，人们已然看到了中国磁浮交通推广应用的希望。

# 05 号 "神车"

"把长沙磁浮快线打造成军民融合的示范线。" 2015 年 5 月，国防科技大学磁浮技术创新团队龙志强、李晓龙等专家带着学校领导嘱托，来到长沙磁浮快线高铁南站建设工地，眼前的场景让他们颇感兴奋——

18.55 千米磁浮轨道宛如一条钢铁长龙，气势如虹；前期到达的 4 列磁浮列车，正在线上开展运行测试，线上线下一片忙碌。

眼前的场景令人欣喜，想到自己将要承担的任务，龙志强、李晓龙等团队成员又感到 "压力山大"。此时，他们负责的 05 号车还没有完成最终设计。

时间对国防科技大学攻关团队来说，已相当紧迫。不过，有着长期从事磁浮交通技术研究掌握的核心关键技术，有十多年与北京磁浮开展工程化研发的经验，与负责列车制造的株洲电力机车有限公司有多年合作的良好关系，对于建设工期内完成 05 号车的研制并提供核心技术支撑，他们心里还是有底的，关键是如何科学统筹组织，怎样集中优势兵力打好这场 "歼灭战"。

"发挥团队优势，争取后来居上。" 时任学院院长沈林成教授对团队提出要求，务必打赢这场事关地方经济发展和团队荣誉的攻坚战。

军人生来为战胜。一支精干的技术队伍随即组成：龙志强为项目负责人同时兼任长沙磁浮快线省政府咨询顾问，李晓龙为悬浮控制技术负责人，郝阿明、曾杰伟、周丹峰、杨鑫等技术骨干参加的技术团队，迅速投入与时间赛跑的工程创新战斗中。

要在短时间内完成任务，必须稳扎稳打、万无一失。李晓龙多次与团队召开 "诸葛亮会"，要求把所有可能出现的问题解决在上线测试之前，决不能因为技术细节疏忽而影响工程进度。在 05 号车研制过程中，他们与株洲机车厂通力合作，对每一处细节严格把关，仅用 3 个月时间完成了悬浮控制器这一核心设备的研制和出厂前测试，紧接着，他们又在 1.5 千米的试验线上组

装、测试和调试优化，各项工作一如预期的顺利。株洲机车厂的工程技术人员说："测试性能比前面4辆车要好，之前调试出现的问题这次都没有出现。"这时，团队成员总算松了一口气。

在团队紧锣密鼓地进行05号车研制测试时，前期形制的列车在线上的运行测试却没有预想的顺利，悬浮控制的稳定性问题遇到许多技术障碍，长时间没有得到很好解决，十分棘手。这也在所难免，毕竟这是18.55千米长的商业运营线，与过去只在1.5千米长的试验线上运行不同，弯道、岔道、轨道接口、上下坡等实际运行环境，使磁浮列车面临更加复杂的严峻考验，特别是悬浮控制系统，对环境敏感性强，受影响的因素多，出现问题也正常。

磁浮列车运行调试有问题并不可怕，把它解决了就不称其为问题了。然而，工程技术人员经过近一年的调试、改进，那些棘手的问题像是与科研人员"躲猫猫"似的，始终未能找到症结所在，把大家搞得焦头烂额。

是列车本身的问题，还是轨道和线路问题？是列车的设计问题，还是生产制造问题？是硬件问题，还是软件问题？大家众说纷纭，莫衷一是。

面对一堆"剪不断，理还乱"的复杂技术问题，有人开始气馁了，对解决问题显得信心不足；有人认为国产磁浮交通技术还不成熟，建商业运营线太超前了；有人说实在不行，就干脆改轻轨好了，决策时不是也有此考虑吗？

工程建设受阻，惊动了省里的领导。一天，分管工程建设的省政府领导来到现场，实地考察运行测试情况。当他了解到这些技术难题将影响建设进度和工程成败时，急了：若再搞不好，领导就地免职。

工程面临进退两难之时，这位领导使出"激将法"，既给工程指挥者和实施单位领导施加点压力，也是为了鼓舞斗志。还真是这样，工程组织指挥者和参与者经省政府领导这一"激"，再次振奋起精神，他们把压力变动力，加班加点投入列车和线路的测试、调试工作中。

面对不知道问题出在何处的窘境，大家期待着05号车尽快上线测试，也许能尽快找到问题，早日将其解决。

2016年1月26日，组装和调试完成的05号车运抵长沙磁浮快线。经过4

天的紧张工作，列车主体部件组装完毕，决定第二天上线进行运行测试。30日傍晚，李晓龙和团队成员完成了05号车上线运行的准备工作，期待着明天的测试能交出一份优秀的答卷。

这天半夜，刚刚入睡的李晓龙接到湖南磁浮总工程师李拥军的电话，他几乎是用命令的口吻对李晓龙说："立即赶来现场，马上进行05号车运行测试。"

军令如山。李晓龙一边起床穿衣，一边给团队成员打电话，几个人冒着冬天深夜的寒风，以最快的速度赶到了现场。此时，李拥军总工正在焦急地等待着他们。

原来，在当天进行的前4辆车运行测试中，问题依旧，大家为此争论不休。李拥军没辙，只好临时叫来李晓龙等人，要求05号车立即进行测试，看看问题到底出现在什么地方。

凌晨2点，高铁南站。白天刚刚组装的05号车启动、出库，大家紧张地忙碌着，氛围却有些压抑，谁都不说话。

05号车上线后，以92千米时速向着机场站方向驶去。这条线，李拥军乘坐之前的4辆车不知走了多少遍。今天一个来回跑下来，列车运行十分平稳，没有出现异响、颠簸、振动等问题。

李拥军舒缓之前烦躁的情绪，静心倾听，仔细观察，当他确信没有发生之前遇到的问题时，脸上的疲倦和焦急一扫而光，顿时来了精神。列车返回高铁站后，尽管已快凌晨3点，李拥军拿出手机，随即下达紧急通知："明天上午，31日，所有参研单位相关人员参加05号车乘车体验。"李拥军可能还未意识到，此时，已是31日当天了。

这天上午8点多，各路人马悉数到齐。大家抱着好奇和将信将疑的心态登上05号车，所有人都屏气凝神，车厢内安静异常。05号车启动后，大家竖起耳朵仔细听，看有没有异响，车辆运行是否平稳。

05号车从高铁站一路向机场站行驶，走道岔、过接头、拐弯、上下坡，一切如行云流水，十分平稳。

当车辆平稳运行到机场站时，整个车厢瞬间沸腾了，有人情不自禁地鼓起掌来，发出一阵阵欢呼声。

"真是神了！过去屡屡出现的问题，这次没有了。"

"说明轨道没有问题，可以排除了。"

"这是一辆神车啊！"

大家纷纷向国防科技大学科研人员投去赞许的目光。李拥军说："这是一次重振信心、坚定信念的运行，今后的所有试验，要优先保障 05 号车。"

湖南磁浮公司领导将 05 号车运行测试情况，报告给省政府主管领导，对方当即表示第二天就要来乘坐，他要实地了解问题是否真的解决了。

省里领导要来，大家又忙开了。车厢里空空荡荡，连坐的椅子也没有；05 号车只进行了两次成功的测试，是否还会存在问题？能否在省领导面前交出合格答卷？大家心里有些忐忑。现在是"箭在弦上"，只能加班加点了。工程技术人员连忙找来 6 把座椅安装在车厢内，李晓龙和团队成员则再次对系统进行了调试优化。

第 3 天，省领导来了。上车前，湖南磁浮公司领导和技术人员向他汇报了关于解决磁浮控制等情况，这位领导表情严肃，并不说话，气氛有些凝重。相比听汇报，可能他更想知道实际效果吧。作为省里主管领导，长沙磁浮快线开工后，他每隔一段时间就会来现场参加协调会，检查工程进展情况，及时解决工程中的问题。这一次，他听了湖南磁浮领导报告，决定要坐上 05 号车上线跑一趟，看看问题是否如汇报所说，真的解决了吗？

一个来回跑下来，这位领导严肃的表情开始变得轻松起来，渐渐面露喜色。困扰工程建设进展的棘手问题，这次终于解决了。

"大家都说这是一辆'神车'呢。"湖南磁浮公司领导说，省领导点头表示认同，称赞国防科技大学技术人员搬开了工程建设的"拦路虎"，现在他对按计划开通运行有信心了。

不久，湖南省政府领导带着相关部门负责人，专程到国防科技大学表示感谢，同时希望学校进一步发挥技术优势，做好开通运行前的各项调试工作。

发挥人才与技术优势为驻地经济建设和社会发展服务，是国防科技大学的优良传统，把长沙磁浮快线打造成军民融合示范线是学校领导提出的要求。此后，团队进一步加强技术力量，全力投入列车的运行测试中，所负责的列车增加至5列，相继解决了一系列技术问题，创造了长沙磁浮快线的"科大速度"，为开通运营立下汗马功劳。

湖南省领导评价说："长沙磁浮快线的建设，国防科技大学提供了核心技术支撑，堪称军民融合、省校合作的典范。"

# 捷足先登

长沙火车南站，是京广高速铁路位于湖南省省会长沙的一个交通枢纽。在车站东广场的北侧，一条与众不同的轨道向东延伸，望不到尽头。这就是我国首条中低速磁浮交通商业运营线——长沙磁浮快线，它将长沙的高铁与机场两大交通枢纽紧密连接在一起，让"空铁联运"成为现实。

2016年5月6日，第一列磁浮列车从长沙南站驶向黄花机场，我国首条中低速磁浮交通商业运营示范线正式开通运营。此刻，距工程开工过去了340天，速度之快，令人惊讶。

3个月完成工程拆迁、11个月完成轨道铺设、16个月第一辆磁浮列车上线、17个月开始运行测试、不到两年开通运行……长沙磁浮快线将一个个速度奇迹写在中国磁浮交通建设发展史上。

决定了的事情，立马就干，干就争分夺秒，只争朝夕。改革开放以来，长沙这座古老而年轻的城市，似乎总是在创造和刷新着一个又一个"中国速度"。

速度之于湖南，似乎总是相伴相随。位于湘江之畔的国防科技大学，1983年研制出我国首台"银河"亿次巨型计算机。进入新世纪，他们又先后研制出"天河一号""天河二号"系列超级计算机，以每秒千亿次、万亿次的

计算速度，先后 7 次位居世界超算 500 强榜首，一次次在国际超算领域创造和刷新令人震惊的"中国速度"。同一时期，由该校贺汉根教授领衔的无人驾驶技术创新团队，在"红旗"轿车平台上研发的无人驾驶系统，2003 年创造了时速 170 千米的世界第一速度。2011 年，首次完成了从长沙到武汉 286 千米的高速全程无人驾驶实验，创造了我国自主研制的无人车在复杂交通状况下自主驾驶的新纪录。

中国中车株洲电力机车有限公司制造的多型高速列车，一次次刷新中国轨道交通速度的新纪录。袁隆平院士发明的杂交水稻，其品种的开发与推广速度，更是令人叹为观止。

如今，湖南在长沙磁浮快线工程建设中，又以神奇般的建设速度载入轨道交通史册。那么，他们又是凭什么创造出这一奇迹的呢？

科学巧妙的线路规划。该工程线路自长沙火车南站东广场北侧高架引出，沿劳动路南侧至黄兴大道交叉，转向北上跨过劳动路，下穿沪昆客运专线，再沿黄兴大道西侧铺设高架，至机场高速公路南侧向东，接入黄花机场航站楼。18.55 千米线路，全程多采用高架，这样的线路设计，充分发挥了磁浮列车转弯半径小、爬坡能力强的优势，极大减少了用地，节约了征地拆迁费用，使线路设计与建造实现了最优化。

全局"一盘棋"的精心统筹。2014 年年初，当湖南省领导着眼打造"空铁联运"和中部交通枢纽，决定发展磁浮交通时，省发改委等部门与长沙市委、市政府迅速落实省委、省政府指示，迅速拿出可行性报告和建设方案。

工程上马后，全线组织动员拆迁，线路建设与列车设计制造同步进行，车与轨同步推进，紧密衔接，工程组织者与参与建设者胸中"一盘棋"，工程进度细化到"小时"，遇到问题随时报告，协调解决。各系统各负其责，既分工又合作，相互协调，在进度上谁也不耽误谁，谁也不能影响谁。

桥梁是整个磁浮快线工程建设中的基础和先导，湖南磁浮多次组织专家评审并优化梁型设计，从基坑位置确定、打桩、稳固承台、墩身竖立、轨道梁制作和架设，一系列工作统筹推进，齐头并进。通过采用单孔箱梁与横系

梁连接的梁型方案、研制全自动曲线梁模板控制系统、梁场张拉采用预应力同步控制系统和"应力""应变"的"智能化双控"工艺，使墩身的沉降控制达到毫米级，实现了造价、刚度和美观的统一，有效提高了施工质量和速度。

这边线路建设、列车研制如火如荼，那边运行管理人员培训紧锣密鼓，做到了"线路通、车上线，运行测试连轴转，运营管理随时可上岗"。所有这些，虽然千头万绪，却是有条不紊、全面推进，没有科学统筹的组织指挥，"十个手指弹钢琴"的默契配合，难以做到。然而，长沙磁浮快线工程做到了，做得令人不可思议。这背后的艰辛和付出，没有经历过的人是无法想象的。

充分发挥创新驱动引领作用。党的十九大报告指出："创新是引领发展的第一动力，是建设现代化经济体系的战略支撑。"湖南是我国磁浮交通技术发源地和轨道交通装备制造强省。国防科技大学历经 38 年理论探索与技术攻关，突破掌握了中低速磁浮交通系统技术，为发展我国磁浮交通工程化、产业化奠定了深厚的技术基础。中国中车株洲电力机车有限公司长期从事电力机车研究与制造，20 世纪 90 年代开始，与国防科技大学在科技创新与装备制造方面多有合作与交流，2012 年，他们与西南交大合作，在厂内修了一条长1.5 千米的中低速磁浮列车试验线，累计进行过近 2 万千米的试验运行，积累了丰富的列车制造与运行经验。在长沙磁浮快线动工时，同济大学主动"请缨"，希望把参与上海磁浮建设的经验用于长沙磁浮线建设，为长沙磁浮快线建设提供技术支撑。相关装备制造与工程施工单位得知长沙磁浮快线建设，争先恐后来争取参与建设。湖南正是利用了国家科技发展的成果积淀，充分发挥政府主导优势、专业公司的技术承接与系统集成优势，使长沙磁浮快线建设搭上科技发展的快车，用创新驱动创造了工程建设的高速度、高质量与高效益。

军民融合式发展的巨大威力。湖南是一片有着军爱民、民拥军光荣传统的热土，长沙曾获得全国拥军爱民模范城市称号。着眼富国与强军的统一，长沙市与当地驻军不断完善军民融合机制，拓展融合范围，推动军民融合发展迈向更高层次。长沙磁浮快线开工后，国防科技大学对驻地建设磁浮交通积极参与，不讲条件、不计得失，全力支持并参与建设，用最好的技术、过硬的作风，为地方经济建设服务，把长沙磁浮快线打造成军民融合发展的示范线。他们把经过长期探索与创新获得的中低速磁浮交通技术应用到工程建设中，在军地双方的密切协同配合下，仅用两个月时间就完成了磁浮列车悬浮系统的设计制造，一天完成静态调试，第一次全线调试就取得成功，虽然受领任务最晚，但完成任务最好，综合性能最优，解决了其他几列车没有解决的问题，"科大速度"，引起了业内震动。地方领导和专家感叹，军队科技工作者技术过硬、作风更过硬。长沙磁浮快线建设再一次显示出军民融合发展的巨大威力，谱写出一曲美妙的军民融合、军地协同的创新乐章。

湖南人"吃得苦、霸得蛮、耐得烦"的执着精神。十多年前，一位在北京工作的湖南人，写了一本《湖南人凭什么》的书，对近代以来湖南人在中国发展进程中的影响力和贡献，进行了梳理、归纳和分析，其中一条结论就是湖南人有一股"吃得苦、霸得蛮、耐得烦"的精神，这种质朴的性格造就了湖南人"心忧天下""敢为人先"的精神品格。在长沙磁浮快线建设中，这种精神得到了充分体现，磁浮交通作为一项新生事物，在国外磁浮交通推广应用挫折不断、国内等待观望、北京 S1 线建设进展缓慢的情况下，湖南人敢为人先，果断决策，在长沙先行先试，迅速动工建设。省、市两级党委和政府全力支持，工程指挥部和所有参与者群策群力，不畏艰难，集智攻关，加班加点。工程开工后，他们周周"5＋2"、天天"白＋黑"，两眼一睁，忙到熄灯，有时半夜一个电话，相关人员从床上爬起来就往工地跑。2015 年冬季试运行阶段，春节只放假 3 天，大年三十，湖南磁浮总经理周晓明、常务副总经理冯钢、副总经理梁潇等领导与工程技术人员，依然在线上进行调试，渴了，就喝矿泉水，饿了，就在车上吃盒饭。当天测试没完成，大年初一又接着干。领导做出表率，在工程建设中，员工们自觉向他们看齐，有的爱人生小孩顾不上陪护，有的主动推迟了婚期，有的轻伤不下火线，涌现出一大批"拼命三郎"式的优秀管理者和建设者。湖南磁浮常务副总经理冯钢说，

工程建设者感人事迹数不胜数，如果能整理出来，可以出一本书。

"要么不干，要干就要干得最好。"2016年1月15日，省领导杜家毫现场考察磁浮快线建设情况，抵达机场站后，发现换乘通道行程太长、空间太过狭窄，旅客通行不便。两个月后，机场站至T2航站楼新连廊便拓宽至12米，增设了4组共8条双向人行步道，以及3台客梯，2台货梯。正是这种"吃得苦、霸得蛮、耐得烦"的精神，他们将各种难以想象的困难踩在脚下，创造了工程建设的高速度与高质量。

湖南磁浮总经理周晓明说，湖南省委书记杜家毫作为磁浮交通的推动者和决策者，始终支持和关注着工程建设，省政府主管领导几乎每周都到施工现场了解情况，协调解决问题。"没有省委、省政府领导的亲自推动、果断决策和大力支持，长沙磁浮快线不可能这么快启动，更不会有如此快的建设进度。"

惊人的建设速度，使长沙磁浮快线后来居上，捷足先登，探索出一条中低速磁浮交通建设高速度、高质量、高效益之路，在中国轨道交通发展史上书写了浓墨重彩一笔。

# 第七章

## 梦想成真

梦想是什么？

心理学家弗洛伊德说："梦是愿望的达成。"

梦想存在的意义何在？

伟大的思想家马克思说："每个人眼前都有一个目标，这个目标至少在他本人看来是伟大的……"

名人名言之所以备受尊崇，是因为它们总是能给人启迪，预示着未来。

"让国产磁浮列车驰骋华夏大地，是我一生的梦想。"20世纪70年代末，当常文森了解到德国和日本正在研制磁浮列车时，他就有了人生中这样一个美丽的梦想。

从44岁的人生壮年，到迈入80岁高龄，走过36年激情燃烧的岁月，常文森率领团队从"零"起步，一步步推动着国产磁浮交通事业向前发展，突破掌握中低速磁浮交通核心关键技术，与北京磁浮等单位军民融合进行工程

化研发，在全国许多城市推广应用中低速磁浮交通技术……他和团队的梦想，如今已变成了现实。

# 国产磁浮列车来了

初夏，春天的脚步还未远去，炎热的夏季尚未到来，这是古城长沙一年中最美好的季节。山水洲城草长莺飞，到处鲜花簇放，人们尽情享受着明媚的春色。

2016 年 5 月 6 日，是一个必将载入我国轨道交通发展史册的日子。

这天，红白相间的 3 列编组磁浮列车，静静地停靠在长沙磁浮快线高铁站一端，极富现代感的车厢在阳光照射下发出柔和的光泽。轨道的另一端，是长沙黄花机场，这条 18.55 千米的长沙磁浮快线，将高铁与机场两个现代化交通枢纽紧密衔接起来。

"发车！"上午 10 时，随着控制中心工作人员一声令下，磁浮列车在首批乘客不知不觉中"浮起"，悄无声息地向前驶出，以 100 千米的时速，向长沙机场站奔驰，全程运行仅仅 18 分钟。

历史长河寂寥无声。车上的 363 名乘客或许意识不到，这一趟普通的出行，开启了中国磁浮交通的新纪元，成为我国现代交通史发展上的里程碑。中国从此成为世界上第二个拥有完全自主知识产权的中低速磁浮交通商业运营线的国家，长沙磁浮快线也成为目前世界上最长的中低速磁浮交通线。

这一天，距长沙磁浮快线破土动工不到两年时间。

两年，弹指一挥间；两年，湖南干成了一件举世瞩目的大工程。这是中华儿女用智慧与汗水创造的又一个"中国速度"。

当国产磁浮列车驰骋华夏大地，人们享受着这一绿色交通工具带来的舒适便捷时，或许想象不到，国产磁浮交通的梦想，曾经是那样的遥远。

为了这个梦想，常文森和团队为此艰难跋涉、拼搏奋斗。他几乎耗费了

大半辈子的精力。技术突破之难，成果孵化时间之长，参与协作的单位和人员之多，推广应用经历的挫折坎坷……这是常教授当初没有预料到的。

36年，团队历经5个研发阶段，研制出5代车辆、建成两条试验线路，17家科研院所和企业参与其中、数千名工程技术人员集智攻关……

36年，只争朝夕，常文森率领团队从"零"起步，一步步推动着国产磁浮交通事业向前发展，突破掌握了悬浮导向控制、电机电磁铁设计、转向架和二次系技术、测速技术和系统总体设计与集成等一系列核心关键技术，将中低速磁浮交通核心关键技术掌握在自己手中。

36年，产学研结合，与北京磁浮等单位军民融合、协同创新，使我国具备了中低速磁浮交通技术产业化实施能力。

这组数据在常文森教授眼里，是国产磁浮走过的艰难历程，更是一幅自主创新、军民融合，推进国产磁浮交通技术发展的路线图。

"千淘万漉虽辛苦，吹尽黄沙始到金。"2016年5月6日，长沙磁浮快线正式通车那天，当常文森看到一列列国产磁浮列车来回奔驰时，竟不敢相信自己的眼睛，仿佛在梦中。

然而，眼前的一幕告诉他：曾经遥远的梦想，已经变成了的现实！

"磁浮列车来了！"这天，在云南工作的湖南邵阳籍谢先生一家人从昆明飞来长沙，准备再坐高铁回老家探亲。走出机场，从出口右拐，步行至长沙磁浮快线机场站，几分钟后，一列磁浮列车徐徐驶进机场站。

登上窗明几净的列车，谢先生和家人有些迫不及待，一同上车的乘客也和他们一样，充满了好奇与兴奋。

"啊！好漂亮。"

"列车真的是浮起来了吗？"

"哇，怎么一点感觉没有就开了呀！"

在大家的议论声中，列车悄无声息地、毫无感觉地向前"漂移"出了站台，加速着向前奔驰了起来。

"无振动、没噪声，真是安静又舒适。"谢先生和家人谈论着乘坐感受。

"列车真的没有轮子，贴着轨道飞么?"这时，旁边的一个小姑娘的提问，又引起了乘客们对磁浮列车的好奇。小姑娘的父亲大概对磁浮列车的原理有些了解，他耐心地给女儿做着讲解，周围迅速安静了许多，许多人都在旁听。

真没有想到，坐一趟磁浮列车，车厢里竟然成了科普的课堂。谢先生一边听着大家对磁浮列车的介绍和议论，一边欣赏着沿途的景色。

谈笑间，列车不知不觉已驶入长沙高铁南站。

"还没有韵够味呢，就到了!"许多人似乎都在说着同样的话。

对于走南闯北的谢先生来说，平时最看重的就是旅途的时间。"这要是在以前，从机场到高铁站，经市内转车要花近两小时，现在有了磁浮快线，真是方便多了。"

与谢先生一样感到方便的莫过于家住长沙河西的唐女士，经常出差的她，每次总是先乘地铁到高铁站，再乘磁浮快线到机场，路上要节省的一小时，还不用担心堵车。"我越来越喜欢长沙这座城市了。"如今，长沙磁浮快线不仅极大地方便了当地百姓的出行，更成为往来湖南各界人士的交通优选，赢得广大乘客的一片点赞。

不同于其他轨道交通，磁浮列车提供了更加安静、舒适、安全的乘坐体验。由于没有轨道摩擦，磁浮列车运行时的噪声明显小于高铁、地铁，高速运行时噪声等级仅相当于普通人对话，低速时则几乎悄无声息。同时，"环抱式"设计让长沙磁浮有"永不出轨"的安全性保证。在辐射方面，列车车厢内的电磁场强度最大值仅为国际容许值的10%。

据湖南磁浮总经理周晓明介绍，项目总概算为 46.04 亿元，总投资为 42.9 亿元，其中包含 6.7 亿元拆迁费，如果把拆迁费计算在内，每千米投资为 2.31 亿元。除去拆迁费，折算每千米投资为 1.95 亿元，这个数字与轻轨相差无几。

2016 年 5 月 25 日，长沙磁浮快线开通 20 天后，"中国城市轨道交通机电设备与信息化创新应用峰会"在长沙召开。周晓明在会上做了《长沙磁浮快线关键设备与技术创新》的主题发言，与近 500 名代表分享了长沙磁浮快线

建设的经验，为城市公共轨道交通创新发展提供借鉴和参考。

当国产磁浮列车驰骋华夏大地时，人们没有忘记常文森这位为中国磁浮交通拼搏奉献了大半辈子的老人。2017年5月，在长沙磁浮快线通车一周年之时，"中低速磁浮列车悬浮控制技术及应用"获得湖南省首届科技创新奖一等奖。在湖南省举办的盛大颁奖晚会上，当82岁高龄的常文森教授被主办单位请上舞台时，现场响起一片热烈掌声。

主持人让常文森对中国磁浮交通发表感言，他接过话筒，稍加思考后说道："发展磁浮交通，一是需要技术，二是需要有实力的企业牵头，三是需要政府强有力的支持。幸运的是，现在我们这三条都具备！"这三句话，道出了发展磁浮交通的必备条件，也是常文森率领团队与各合作单位走军民融合发展道路的高度概括。

精辟简洁的话语，再次赢得阵阵掌声。这掌声，表达出人们对常文森的敬仰，道出了磁浮交通在中国成功的奥秘，更说出了他多年追求的期盼和心声。

晚会进行到最后，主持人请常文森作为见证人，让湖南磁浮公司、中车株洲机车公司等单位代表走到舞台中央，对发展湖南磁浮交通向全省人民做出庄重承诺："我们将一如既往，攻坚克难，让磁浮技术更新，让列车质量更好，让系统集成能力更强，共同推动磁浮产业立足湖南，辐射全国，走向世界。"

这一幕，感动着全场和电视机前的每一位观众，仿佛让人看到了中国磁浮交通的美好未来。

光阴似箭。转眼间，长沙磁浮快线已安全运行两周年。两年斗转星移，它将下列一组亮丽的数字写在了中国磁浮交通发展史上——

截至2018年5月5日，长沙磁浮快线迎来安全运营两周年的日子，两年中，共计开行列车89450列次，运行图计划兑现率为99.95%，列车正点率99.85%。总运营里程168.37万千米，累计发送旅客559.48万人次，全线单日最高客流达12759人次。同时，长沙磁浮快线共获得了230余项专利。

数字是枯燥的，而它背后蕴含的，却是"中国智造"的高品质与高可

靠性。

2017 年 5 月 18 日，湖南省科技奖励暨创新奖励大会在长沙举行，"长沙磁浮快线科技工程成套系统技术研发与工程化应用"荣获湖南省科技创新奖。

# 首都一道亮丽风景线

长沙的"钢铁巨龙"不知疲倦地欢快奔驰。好消息又从首都北京传来——

2017 年 12 月 30 日，采用国防科技大学磁浮交通技术建设的北京首条中低速磁浮交通示范线——S1 线正式开通运营。这是继长沙磁浮快线之后，我国建成的第二条具有自主知识产权的中低速磁浮交通示范线，是军民融合协同创新取得的又一项标志性成果。

在此前的试运营综合评审会上，评审专家组分专业对 S1 线工程进行了认真审查，专家评审意见认为，S1 线是北京首条自主知识产权的中低速磁浮交通线路。磁浮系统车辆、轨排、道岔等设备采用了新技术、新产品和新工艺，经各方努力，主体工程、关键技术可靠，核心设备运行稳定，一致同意开通运营。

S1 线西起门头沟，东至石景山区苹果园，全长 10.236 千米，其中高架段 9.953 千米，隧道段 0.283 千米。在地图上看，S1 线呈现出"反 Z"形状，设石厂、小园、栗园庄、上岸、桥户营、四道桥、金安桥、苹果园 8 个高架站。车辆段设在石厂站北侧，控制中心接入北京市轨道交通指挥中心。金安桥站可与地铁 6 号线换乘；苹果园站与地铁 1 号线和 6 号线西延段实现换乘。S1 线共征地约 14.5 公顷，房屋拆迁面积约 9.68 万平方米，工程投资总额为 64.2 亿元。

S1 线采用 6 车编组，额定载客数为 1032 人，设计时速为 100 千米，实际运行时速最高为 80 千米。按照正常运行安排，每天载客量可达 16 万人次，

全年客运量约为 5000 多万人次，它是目前世界上运能最大的中低速磁浮交通商业运营线。

北京 S1 线是我国最早启动建设的中低速磁浮交通运营示范线，北京也是最早支持发展磁浮交通的城市。历时 7 年建设，S1 线作为首都这样一个特大城市建设的第一条中低速磁浮交通运营线，具有开创性和标志性意义。

S1 线总设计师李杰教授介绍，S1 线距离虽然不长，但线路复杂、车站多、行车间隔小，投入运营的车辆多达 60 辆，实现了许多技术与运营管理方面的一系列突破。特别是 S1 线采用了新型悬浮控制技术和轻量化设计，一辆车只有 10 个控制器，比长沙磁浮快线运行的列车减少了一半，载重量则有所增加。2017 年 9 月 20 日，北京 S1 线开始空载试运行，所有列车一次调试成功，技术上实现了新的飞跃。

S1 线贯穿东西，是门头沟连接市内的唯一一条轨道交通线路。门头沟位于北京"两轴、两带、多中心"的西部发展带上，是北京西部地区的重要近郊新城。在此之前，门头沟新城与中心城区的联系主要依靠阜石路、京原路地面交通连接，交通方式单一，没有轨道交通线支持。随着 S1 线开通运营，有效缓解了京西交通压力，沿线居民出行更加便利。

S1 线采用中低速磁浮交通技术，凭借其振动小、噪声低、无污染、环境友好等天然优势，对潭柘寺、妙峰山、西山森林公园等生态环境优美、历史文化深厚的沿途区域，起到了保护生态环境、造福百姓的社会重任，成了一条绿色生态交通线。

永定河大桥是 S1 线的标志性景观工程。从四道桥站至金安桥站，S1 线需要同时跨越永定河及紧邻河东岸的丰沙铁路。既不能影响永定河自然景观，又要减少对丰沙铁路运营的影响，建设者对永定河大桥的设计颇费了一番心思。他们巧妙地对桥梁采用简支钢拱桥，桥墩采用"门"形设计，在降低梁高的同时，将承重梁与承轨梁合二为一。大桥整体则采用连拱钢梁桥的设计，形成了长桥卧波、桥与河交相辉映、相得益彰的美丽景观，"秋水共长天一色"在这里得到完美呈现。

曾经一波三折的 S1 线，如今已成了首都一道亮丽的城市风景线。作为北京门头沟地区连接市内唯一的一条轨道交通线，S1 线极大方便了门头沟地区及沿线居民出行，对石景山地区产业结构调整起到积极的推动作用，为促进城市建设"两个战略转移"、支持产业结构调整发挥着重要推动作用。

至此，一南一北两条磁浮交通运营线交相辉映，向世人展示着中国磁浮的风采。

# 东方"巨龙"吸引着世界目光

"钢铁巨龙"贴地飞行。长沙磁浮快线、北京 S1 磁浮线相继建成投入运营，将我国历经 38 年创新拼搏掌握的磁浮交通技术创新成果推向了商业化，创造了两条分别是目前世界上运营线路最长、运能最大的中低速磁浮交通运营线。

38 年过去，弹指一挥间。38 载年轮，印下了中国磁浮交通事业所经历的坎坷与辉煌，记载着一个民族在历史跨越中的自强、自信与自豪。

它突破了一系列关键核心技术，使我国成为世界上少数掌握磁浮交通技术的国家，为民众提供了一种绿色低碳的新型交通工具；它带动了一批相关产业发展，促进国民经济和社会进步；它培养、造就了一支勇于创新、能打胜仗的科技人才和工程技术队伍。

中国磁浮交通，走进了人们的生活，也吸引着世界的目光。

2015 年 4 月 24 日，正在紧张施工的长沙磁浮快线，迎来了第一个国外参观考察团——新加坡贸易工业部兼国家发展部的高级政务部长李奕贤一行，实地调研长沙磁浮快线工程，探讨中低速磁浮交通在新加坡的可行性，这是我国磁浮交通建设的首批国外考察者。

2016 年 4 月，在长沙磁浮快线即将开通之际，马来西亚交通部部长廖中莱、菲律宾总统经济及投资顾问，便迫不及待地率团队前来考察交流。当时，

磁浮快线还在进行运行调试，两个国家的参观者恳求进行乘坐体验，湖南磁浮公司满足了他们的要求。登上磁浮列车，体验着"贴地飞行"的舒适、快捷，这两个国家主管交通的政府官员，连连称赞，问这问那，表示要引进中国的磁浮交通技术，争取自己的国家能早日拥有这一新型交通工具。

2016年夏季奥运会在巴西里约热内卢召开，当世界目光投向里约热内卢时，为解决城市交通寻找新的技术方案的巴西，得知中国长沙磁浮快线开通运营的消息，他们立即组成由巴西里约热内卢联邦大学技术专家为主的参访团，风尘仆仆地来到长沙实地考察，与中方技术专家和湖南磁浮公司领导探讨在巴西里约热内卢建设磁浮交通系统的可能性，希望分享长沙磁浮快线的建设与运营管理经验。

在世界磁浮交通技术的发祥地德国，一直为自己国家没有建成一条磁浮交通运营线而遗憾和尴尬。长沙磁浮快线的开通运营，又一次引起德国对发展中低速磁浮交通的极大兴趣。

2016年8月中旬，德国蒂森克虏伯磁浮列车公司总经理弗里德里希·雷瑟博士，及高级技术经理郑清华博士一行来到长沙，与中方共同探讨中低速磁浮交通技术应用于城市轨道交通的问题，他们希望能从长沙磁浮快线建设中得到一些可供参考借鉴的成果。

说起蒂森克虏伯磁浮列车公司，那可是世界磁浮交通的鼻祖，该公司既是德国最早开发TR高速磁浮列车技术与系统的单位，也是我国上海高速磁浮交通运营示范线的技术输出方。上海高速磁浮的线路轨道技术就是采用该公司的技术，弗里德里希·雷瑟博士作为上海磁浮项目德国技术负责人，曾亲自指导和协调了上海磁浮项目的供货、安装、调试和维护工作，他对中国人的办事果断、说干就干的作风十分钦佩且记忆犹新，这次让他没有想到的是，自己似乎"打了个盹"，中国人在磁浮交通领域就走在了世界的前面。

在两天的实地考察与交流中，弗里德里希·雷瑟博士一行看得认真，问得仔细，他认为中国中低速磁浮交通不仅技术有独到之处，更有广阔的应用前景，特别是长沙磁浮快线开启机场和高铁站之间"空铁联运"模式，对世

界各国都有重要启示，希望与中国开展时速160千米左右的磁浮交通技术合作，将中国经验向世界推广。

弗里德里希·雷瑟博士刚刚离开，韩国铁路研究院金顺姬博士一行接踵而至。韩国在仁川建有一条6.1千米的中低速磁浮交通线，免费提供乘坐。拥有线路建设经验的韩方，此次主要是考察桥墩承台基础沉降技术，他们希望从长沙磁浮快线建设中得到借鉴。金顺姬博士认为，韩国虽已建成了一条中低速磁浮交通线，还有许多技术问题没有得到有效解决，而中国为他们提供了一个很好的参照系。

北京S1线同样吸引了世界的关注，德国、巴西等国家的磁浮技术专家和政府官员多次来这里实地考察交流，他们认为，对于在大城市内建设中低速磁浮交通运营线，北京做出了许多有益探索。2017年12月6日，马来西亚沙捞越州首席州长阿帮邦佐哈里博士率领州经济发展集团公司、信息技术与资源委员会、经济发展集团公司等州政府官员和企业界人士来到北京，实地考察了S1线的规划、线路、高架站、车辆段建设，与北京磁浮董事长兼总经理王平、副总经理武学诗多次进行技术交流，探讨在马来西亚沙捞越州建设磁浮轨道交通的线路规划、装备制造、运营管理等问题，希望纳入"一带一路"倡议与北京磁浮开展合作。

2018年3月2日，由孟加拉国财政部官员和世界银行驻孟加拉达卡公共部首席专家组成的访华团一行来到长沙，考虑长沙磁浮快线，他们对中低速磁浮交通展现出优越性能交口称赞，表达了希望在孟加拉国首都达卡建设磁浮交通线的美好愿望。

据不完全统计，近年来，长沙磁浮快线和北京S1线，共迎来了新加坡、德国、巴西、韩国、美国、奥地利等30多个国家的政府官员、技术专家、经济学者前来考察交流。中国俨然成为中低速磁浮交通技术的国际交流平台，引领着世界磁浮交通技术的创新与发展。

# 磁浮效应

伴随着改革开放时代步伐，中国磁浮交通技术走过了38年艰辛而漫长的奋斗历程，"贴地飞行"的梦想变成了现实，一切艰难困苦、一路坎坷挫折都走进了历史烟雨，所有质疑和争论也被眼前的事实做出了回答。一切似乎尘埃落定，但神州大地卷起的磁浮"浪潮"，又以前所未有的声势席卷而来。

2016年9月，长沙磁浮快线开通4个月后，本年度国际磁浮大会在德国柏林召开。湖南磁浮作为新面孔首次亮相，应邀在大会上做长沙磁浮快线工程建设的报告。在这个历来西方面孔居多的国际学术会议上，中国第一次引起了国际同行的高度关注，他们对中国磁浮交通技术创新与工程建设表现出极大兴趣。3天会议结束时，大会组委会一致同意将2017年国际磁浮论坛移师湖南，同时决定2020年国际磁浮大会在长沙举办。

过去，有关磁浮交通技术的国际会议多在欧洲和美国、日本举办，这次，国际磁浮界将两个重要会议移师中国，说明中国在这一领域的研究与应用成果得到了国际上的认可。一年多后，2017年国际磁浮论坛如期而至，同年12月8日，来自巴西、德国、韩国、俄罗斯、日本的国际磁浮领域的专家陆续赶往湖南，到达长沙后，便迫不及待地来到长沙磁浮快线考察，体验中国这一拥有完全自主知识产权的磁浮交通系统。在本届论坛上，龙志强教授做了《中国磁浮交通技术的发展、应用及技术创新》的报告，引起与会者很大反响。

曾几何时，中国在国际相关学术领域当"听众"的时候多，没有多少话语权，一向带有偏见与傲慢的西方学术权威，很多时候也不屑于与中国学者交流。今天，在国际磁浮交通领域，他们却十分愿意分享中国的经验，更愿意让中国成为国际学术会议的承办者，到中国来实地考察体验磁浮交通应用成果，愿意倾听中国的声音。

如果说，上海高速磁浮交通线是引进德国技术，在中国落地开花不足为

奇的话，这一次，中国拥有完全自主知识产权的长沙、北京两条中低速磁浮交通商业运营线，则证明中国成了这一领域的"带头大哥"。有消息指出，现在德国、美国、日本等国家受到中国鼓舞，也准备上马磁浮交通商业运营线项目，并期望分享中国的技术创新、工程建设与运营管理经验。

在我国，已有 30 多个城市开始筹划建设中低速磁浮交通。在湖南省张家界市召开的国际磁浮论坛上，有关部门透露，拥有"先行先试"经验的湖南，已初步规划有长沙－株洲、张家界武陵园景区等 8 条磁浮交通线路项目。

据有关方面介绍，正在论证的张家界旅游观光磁浮交通专线，线路全长约 30.1 千米，连接天门山、森林公园等景区及高铁站、机场，拟设 7 个车站，时速为 100 千米。2015 年，来张家界旅游的游客人数已超过 6000 万人次，这条线路如果建成，将为游客带来极大便利，创造可观的经济效益和社会效益。

2017 年 12 月 29 日，我国第三条中低速磁浮交通线——广东省清远市磁浮旅游专线正式动工。由中国铁建股份有限公司和清远城际轨道有限公司共同投资建设的这条线路，全线 8.1 千米，设银盏、长隆大道、长隆主题公园 3 个车站，设计时速为 100 千米，预计 2019 年 10 月开通运营，旨在将"长隆"与"磁浮"相结合，开启"中低速磁浮＋旅游"的发展模式，为清远建成世界级旅游城市奠定基础。

2017 年 12 月 29 日，在山西省发改委公示《2018 年省重点工程前期项目建议名单》中，将"山西转型综改示范区磁浮 Z3 线"列入其中。有关报道显示，武汉、天津、定州、成都、乌鲁木齐、青岛等城市正着手开展磁浮交通线建设，北京开始了第二条、第三条磁浮交通线路的建设准备工作。

有关专家预计，到 2020 年，我国有望建成 5 条以上中低速磁浮交通运营线路，随着各地磁浮交通线的建设与开通运营，"磁浮效应"将造就我国磁浮交通创新发展的"满园春色"。

"梦是愿望的达成"，今天，中国人的磁浮梦想，将比常文森当初的梦想更加宏伟和高远。

# 广阔的产业化前景

　　着眼发展民族高端产业，推进国产磁浮交通技术研发与应用，始终是"磁浮人"的不懈追求。随着长沙、北京两条中低速磁浮交通运营线的相继开通，更多城市开始将磁浮用于城市轨道交通建设，磁浮交通产业化如旭日东升，照亮着华夏大地。

　　"2000年，我们与国防科技大学联合全国17家相关单位打造中低速磁浮交通工程化体系，瞄准的就是产业化目标。"北京磁浮董事长兼总经理王平说，在长达18年的军民融合、协同创新中，建立了集研究、设计、建设、维护于一体的工程化体系，先后研制了4代列车、两条试验线，通过长期和大量的研究实验，突破掌握了中低速磁浮交通核心技术和系统集成技术，形成了"企业为主体、市场为导向、产学研相结合"的产业化发展模式。

　　在此过程中，这个工程化体系先后承担完成了国家"十一五""十二五"和省部级科研项目20余项，其中中低速磁浮列车悬浮控制技术及应用获得湖南省科技进步一等奖、永磁/电磁混合悬浮项目获得北京市科技进步奖，共同拥有磁浮交通技术及工程化应用成果20余项，申请专利111项，获得授权专利85项。受建设部委托，2006年组织制定中低速磁浮交通国家行业标准，主导编制了磁浮交通行业标准9项，其中《中低速磁浮交通车辆通用技术条件》《中低速磁浮交通车辆电气系统技术条件》等4项已经颁布实施。同时完成了北京市科委委托编制的《中低速磁浮交通车辆运用检测技术条件》《中低速磁浮交通车辆总装备技术条件》《中低速磁浮交通工程项目建设暂行规定》《中低速磁浮交通运行控制系统维护规程》等10多项标准制定，自主编制制定的《中低速磁浮车辆》《中低速磁浮交通悬浮控制器》《中低速磁浮交通设计规范》等12项企业标准已发布实施。初步建立和形成了中低速磁浮交通系统技术标准体系，实现了"自主知识产权、装备国产化、世界领先的中低速磁浮

交通系统产业化"的战略目标。

2008年,"中低速磁浮列车"获得我国"轨道交通产业榜十大科技创新产品"称号,"中低速磁悬浮交通系统"荣获"轨道交通企业榜自主创新2009年度杰出产品奖";北京磁浮连续多年被评为"中国经济发展最具潜力企业"和"中国自主创新百强企业"荣誉称号。

湖南磁浮在长沙磁浮快线建成通车后,着眼推进产业化发展,组织编制了《中低速磁浮交通设计规范》《中低速磁浮交通施工质量验收规范》等地方标准。《湖南省中低速磁浮交通工程质量验收标准》《湖南省中低速磁浮交通设计标准》自2018年3月1日起在全省范围内实施。《中低速磁浮交通运营行业标准》也在第一轮专家认证中获得通过。这意味着继长沙磁浮快线建设通车后,湖南将率先推出中低速磁浮交通的地方标准,进一步巩固湖南省在磁浮交通领域的"先发优势"。

随着长沙磁浮快线的建成与相关标准的编制实施,把磁浮交通产业打造成湖南新的支柱产业、产业链和产业集群,培育成新的经济增长点,成为湖南追求的新目标。为此,湖南省政府与国防科技大学签署磁浮创新与工程化产业化战略合作协议,共同组建湖南省磁浮技术研究中心,致力开拓磁浮产业新市场,不断扩大磁浮技术和产业的影响力、美誉度,力图保持湖南在磁浮领域的整体领先优势,全面彰显推广价值,吸引国内外更多城市、景区发展中低速磁浮轨道交通,积极抢占国际国内市场。

"十三五"期间,湖南磁浮将加强研究平台建设,联合省内十余家参建企业以及国内外磁浮研究院机构和企业开展磁浮产业上下游配套项目的技术研究和建设实施,加大技术输出,大力实施"走出去"战略,让磁浮交通从湖南驶向世界。

如今,磁浮交通产业发展呈现出方兴未艾的发展势头,许多有实力的优势企业开始布局磁浮交通。2016年8月,中国铁建在武汉挂牌成立中铁磁浮交通投资建设有限公司,主要从事磁浮交通、单轨交通及其他新型轨道交通项目的投资、研发、规划、建设、运营管理、咨询和技术服务等,标志着中

国铁建正式进军磁浮交通产业。

　　一年后，中国铁建重工集团有限公司与长沙经开区管委会签署合作协议，决定投资 100 亿元在湖南建设全球领先、品种齐全的新型轨道交通装备产业园。主要产品包括磁浮列车、磁浮货运系统、悬挂式单轨列车、跨座式单轨列车、有轨电车，以及上述各种交通制式的轨道系统装备，建设 8 条新型轨道交通综合试验线，包括时速 200 千米左右的磁浮试验线、货运磁浮试验线、时速 600 千米以上超高速磁浮试验线等，为新型轨道交通的跨越式发展提供技术和装备支持。据介绍，该项目的车辆生产线后来被中国铁建叫停，主要原因是担心产能过剩。

　　同一时间，河北省定州市政府与中国中车唐山机车车辆有限公司签署战略合作意向书，双方就定州中低速磁浮项目、上下游产业链建设（暂定）合作事宜达成一致，共同推进中低速磁浮轨道交通试验线建设、基础设施、机车及配套设施、运营服务的上下游产业链建设。

　　随后，四川省成都市新筑路桥机械公司与德国马克斯·博格公司在成都正式签署协议，就新一代中低速磁浮交通系统达成合作意向。德国马克斯·博格公司是德国铁路基础设施领军企业、全球最早的磁浮交通倡导者和实践者之一，公司汇聚了在磁浮交通方面的顶级专家，成功研发出包括轨道、车辆、信号、控制等在内的新一代中低速磁浮交通系统，拥有整套系统方案成熟、技术先进、性价比高等优势。

　　成都市新筑路桥机械公司通过对国内外磁浮交通系统技术的研究分析，将从德国马克斯·博格公司引进新一代中低速磁浮交通系统，他们将通过合作，全面掌握车辆、轨道及系统集成技术，带动 100% 的本地产业化，搭建中低速磁浮交通系统研发创新和推广应用平台。

　　据了解，成都市轨道交通建设将按照"全面支撑东进、加密中部线网、发展西部旅游线、稳妥推进北改和南拓轨道交通建设"总体思路，以实施轨道交通加速成网建设计划为总体目标，加快建设步伐。中低速磁浮试验线和示范线项目将结合成都市"东进"战略、国内外新型中低速磁浮系统技术和

产业本地化发展前景，从政府引导、项目引领、技术整合等层面谋划，逐步构建成都磁浮轨道交通技术产业中低速－中高速－高速－超高速的发展路径。

2017年12月，中国中铁旗下的中铁工业宣布正式布局新型轨道交通整车产业，致力于研发制造跨座式单轨、悬挂式单轨、磁浮等新制式轨道交通车辆。据了解，正在研发制造的首个新制式轨道交通车辆样车将于近期面世，并被命名为"新时代号"。

更令人振奋的是，发展磁浮交通技术和产业化推进，已经上升为国家战略。2017年11月20日，国家发改委关于印发《增强制造业核心竞争力三年行动计划（2018－2020年）》的通知，制订出轨道交通装备等9个重点领域关键技术产业化实施方案。将研制时速600千米高速磁浮列车、时速160千米中速磁浮列车列入重点工程。由行业龙头企业牵头、联合有关单位，开展中、高速磁浮列车及关键装备研发试验，突破高速磁悬浮列车及核心部件设计、制造技术，掌握调试、试验评估方法，力求提升产业核心竞争力，以满足多样化市场需求。

几度风雨几度春秋。38年拼搏奋斗、风雨兼程，我国已突破掌握了磁浮交通核心关键技术，形成了具有自主知识产权的产业标准、专利技术、工程建设与运营管理示范，为发展这一民族高端产业奠定了基础。随着国家、地方政府和相关企业的重视和共同发力，不久的将来，我国将形成自主并具有国际普遍适应性的新一代中、高速磁浮交通系统核心技术体系、标准规范体系，使我国具备中、高速磁浮交通系统和装备的完全自主化与产业化能力。

中国磁浮，正在向着更高的目标全方位挺进！

# 第八章

## "磁浮人"风采

　　有人说，历史是通过具体的人和事体现的。历史因事件而深刻，事件因人物而精彩。中国磁浮交通技术的研发与应用，是一批批"磁浮人"凭着锲而不舍的执着追求，经过几十年顽强拼搏和不懈奋斗，在我国轨道交通领域创造的重大成果。他们痴心造梦，也敢于圆梦；他们见证历史，也被历史所见证。

　　当我国磁浮交通成为"中国智造"亮丽名片时，当人们享受着磁浮交通舒适便捷、绿色低碳出行时，当一个新兴、高端民族产业站上世界新高地时，人们不会忘记那些开拓创新、披肝沥胆、顽强拼搏的"磁浮人"。是他们，用坚定的信念、顽强的意志和不懈的奋斗推动着中国磁浮交通技术发展；是他们，以追求卓越的创新品质、不畏质疑和反对的坚守，走出了一条磁浮交通技术工程化、产业化之路；是他们，用智慧和汗水，以"不破楼兰终不还"的决心，让中国磁浮列车驰骋于华夏大地，使"中国磁浮"迈入世界先进

行列。

　　磁浮人物，群星灿烂。粗略统计，磁浮交通技术创新与工程化研发，集中了我国相关技术和装备设计制造领域近百家科研院所、5000 多名科技专家和工程技术人员。长沙磁浮快线、北京 S1 线工程建设与运营管理，数以千计的建设者和工作人员付出了辛勤汗水。他们的创造、拼搏与付出，成就了今天的"中国磁浮"。从以下几位"磁浮人"的身上，人们或许能领略整个团队的风采。

## 中国磁浮交通开拓者

　　身材魁梧，面容坚毅，如今已过 80 岁高龄的常文森教授，依然身板硬朗，声音洪亮，举手投足间，透露出军人特有的气质和素养。

　　几年前，常文森前往北京参加一个学术会议。刚出机场口，一名年轻人立刻迎上来说："您是常文森教授吧。"

　　"是的。"常文森回答，"你是怎么认出我的？"

　　"我从专家名单里知道有一位国防科技大学的教授，是军人。"

　　"你眼力不错呀！我又没穿军装。"

　　"因为您走路的姿势和气质与众不同，我一下就判断出来了。"年轻人说。

　　军人自有军人的气质。在半个多世纪的军人职业生涯中，常文森以强军报国的情怀，数十年如一日探索科学奥秘，推进科技创新，将梦想一步一步变成了现实。

　　1954 年，常文森高中毕业，风华正茂的他，以优异成绩考入刚刚组建一年的新中国第一所高等军事工程院校——位于哈尔滨的军事工程学院（简称"哈军工"），进入海军工程系学习。沐浴着新中国的阳光，常文森踌躇满志，如饥似渴地学习新知识，梦想着驾驶军舰驰骋海洋，守卫祖国蓝色的海疆。

　　4 年后，"哈军工"组建我国第一个导弹工程系，开启为新中国培养导弹

工程技术人才之先河。学校决定从全院选拔两个班的学员转入导弹工程系学习，常文森是其中之一。这次转系，又为常文森打开了一扇新的知识大门——弹道导弹自动控制专业。常文森成了新中国最早一批导弹工程技术人才。这样他的本科阶段整整花了 6 年 8 个月时间，直至 1961 年毕业。如果按现在的有关规定，他可以获得"双学士"学位了。

毕业后，常文森留校任教，从事导弹工程教学与研究工作。当时，我国导弹事业正处于起步阶段，一切都摸索着前行，许多工作都是在苏联专家指导下开展。不久，因中苏关系恶化，苏联撤走了全部在华专家，给我国的导弹研究造成了很大困难。

别人靠不住，中国导弹事业必须由中国人自己来干。时任国防部导弹研究院副院长的钱学森提议，从"哈军工"选送一批年青教师到研究院来学习深造，推进中国的导弹事业发展。常文森有幸入选，被分配到控制系统研究所，开展导弹姿态控制稳定性研究。

在今天，导弹姿态控制早已不是什么问题，而那时却是一个"天大的难题"，曾导致我国首次弹道导弹试射失败。钱学森建议常文森所在的研究所成立一个研讨小组，每周进行一次集中研讨，钱老也偶尔参加，这使得常文森有机会聆听钱老教诲，得到他的当面指导。在导弹研究院的 3 年时间里，常文森对导弹姿态控制有了较深的技术积淀，其研究工作为提高导弹精度做出了贡献，也为他之后从事自动控制领域的研究奠定了扎实的基础。

"党叫干啥就干啥，干啥都是工作需要。"常文森说，重要的是把每一项工作干好，增长才干，掌握服务军队建设的本领。1969 年，"哈军工"计算机系主任、后来成为"中国巨型机之父"的慈云桂教授，受命领衔为导弹测量船研制配套的计算机，常文森又被借调到计算机系，从事导弹测量船惯性导航方面的研究。在这里，常文森第一次学会了用晶体管计算机进行编程和计算。新的科研手段，让他对科学研究更加痴迷和执着。在边学边干中，常文森取得了惯性导航研究和计算机应用的双丰收。

1970 年，"哈军工"南迁长沙。受"文化大革命"影响，当时学院的教学

科研工作几乎陷入停滞状态。对科研有着执着追求的常文森，却没有放下自己的研究工作。在条件十分简陋的情况下，他与同事一道研制成功了"用于陀螺精度测试的角度数字编码系统"，发表了《感应同步器理论与误差分析》论文，撰写了10万字的《大型运载火箭动力学与姿态控制》讲义。这些成果在当时产生了较大反响，特别是那份手工刻写、油印的讲义，一时"洛阳纸贵"，供不应求。

这期间，世界范围的一场科技革命悄然兴起，苏联和美国先后发射了人造地球卫星，并将宇航员送上了太空。面对国外科技迅速发展和我国科技水平落后的局面，常文森产生了一种前所未有的紧迫感。落后就要挨打，深刻的历史教训让他更加专注于自动控制领域学科发展与科学研究，在老一代专家张良起教授的指导下，常文森与同事们发奋学习，拼命追赶，夜以继日地做实验、攻难题、写论文……辛勤的劳动换来丰硕的回报，学校自动控制学科得到了长足进步，被国务院列入我国首批具有博士授予权的学科点之一。此后，他作为控制科学与工程领域的专家，成为了国务院第三届和第四届学科评议组成员。

在自动控制领域的研究与探索中，常文森发现，机器人技术在国际上备受青睐且发展迅速。他决定开展机器人技术研究，根据国外技术发展趋势和我国现有条件，常文森向张良起教授提出，可以从研制电动型两足步行机器人入手，推进我国机器人技术发展与进步。经过近两年的努力，由常文森领衔的课题组，于1986年研制成功我国第一代两足步行机器人，这项成果一经发布，立刻在国内外引起广泛关注，学校自动控制系也由此列入国家863计划机器人主题首批重点支持的单位。

首战告捷，再接再厉。已担任自动控制系主任的常文森率领团队在自动控制技术领域纵横捭阖、开拓进取，用智慧与汗水浇灌出一朵朵"创新之花"：研制成功核化侦查机器人系统，在北京某靶场进行汇报演示受到军委领导的表扬；主持完成"八五"国防预研重点项目"地面军用智能机器人系统"研制，获得国家科技进步奖；类人型机器人创新成果，入选中国十大科技进

展新闻……

　　瞄准国际前沿，勇立科技潮头，始终是常文森的创新追求。20 世纪 70 年代末，他从一则科技简讯中发现，德国和日本正在开展磁浮列车研制。不用轮子，利用电磁力抵消地球引力，使列车悬浮在轨道上行驶。常文森被这一匪夷所思的创新设计吸引住了。

　　磁浮列车轮轨不接触、无机械摩擦，具有噪声低、振动小、能耗少、无污染、线路适应性强，与轮轨列车相比具有不可比拟的优势。对新技术有着灵敏嗅觉的常文森，立刻产生了一种创新的冲动。我国是一个人口众多、交通问题突出的国家，应该研制自己的磁浮列车，跟上世界科技发展步伐。

　　然而，当常文森提出要研制磁浮列车时，许多人对此并不看好：列车是一个笨重的"铁疙瘩"，靠电磁力怎么能"悬浮"起来行驶呢？列车不用轮子岂不多此一举？

　　当时，世界上最早开展此项研究的德国和日本，经过几十年的研究，仍处于探索和试验阶段，更没有建成任何一条用于商业运营的磁浮交通线，质疑和反对者不少。改革开放之初，我国技术落后，国力有限，许多人对研究磁浮列车大多持反对态度，特别是轮轨列车技术专家，几乎一致反对发展磁浮列车，有的专家甚至认为，磁浮列车就是一个交通大玩具。还有人断言：磁浮列车电磁污染严重，距磁浮轨道 300 米内不能住人。凡此种种，不一而足。

　　作为一项新生事物，磁浮列车突破了人们对于陆地交通工具的认知，而世界上又没有成功应用的先例，难免会有人提出质疑和反对。作为自动控制技术专家，常文森感到，新技术一旦开始萌芽，如果不给予充分关注和抓紧研究，就会给国家留下空白，等将来别人技术成熟了，我们就只能仰人鼻息、受制于人。

　　随着国外磁浮交通技术研发的进步，常文森毅然从机器人技术研究中逐步转向磁浮列车研究，他清楚地知道，要改变一些专家对磁浮列车研制的态度，要让人信服，必须让事实去说话，事实胜于雄辩。但是，磁浮列车研制

是一项复杂的系统工程，要在短期内拿出成果，绝非易事。

常文森想出了一个妙招：从自动控制学科建设和培养人才的角度开始研究，先在课程实验、课程设计等实践性环节，把一些有趣的磁悬浮实验带进课堂，让学生们去拆卸废旧变压器，获得磁悬浮实验所必需的铁芯，又以课程教学需要，领取研究所需的电阻电容、晶体管、电路板等材料，以此为基础开展磁浮原理实验与演示。

这个过程，既可加深学生对自动控制理论的理解，又可培养学生的动手能力，同时开展磁浮列车原理的研究，一举多得。

谈起最初的研究，常文森感慨万千："磁铁、线圈都是从废旧仓库中找出来的……"第一次做实验的场景，至今清晰地印在他脑海里。为了给大家鼓劲，常文森说："我们现在干的，将来也许就是一桩大事业。"

在一穷二白的基础上干一桩大事业谈何容易？然而，对于有梦想的人来说，困难却阻挡不住他们前进的步伐。于无路处闯新路，越是艰险越向前，常文森率领课题组从研制磁浮衔铁、磁悬浮小球，到磁浮实验装置，一步步将研究向前推进，在多年夜以继日的探索与拼搏中，他们逐步弄清了磁浮列车的悬浮控制原理。

1985 年春天，国际科技博览会在日本筑波举行。常文森作为国家科委参观团成员，亲眼见到了日本研制的磁浮试验列车。虽然这列展示列车只能乘坐 12 人，仅能在长 300 米的轨道上运行，但他还是感到十分满足，更坚定了他要研制国产磁浮列车的信心。

回国后，常文森率领团队心无旁骛地投身磁浮列车研究中，让国产磁浮列车驰骋华夏大地，成了常文森和团队成员的一个梦想。

顽强拼搏，奋力攻关，常文森率领团队将中国磁浮列车技术不断推进前进——

1989 年，一辆重 80 千克的小型磁浮实验样车研制成功，初步具备悬浮、导向和牵引等功能，验证了磁浮列车原理的可行性，引起了国家有关部门高度关注。

3 年后，"中低速磁悬浮列车关键技术研究"列入"八五"国家重点攻关计划。

1995 年 5 月 11 日，我国第一台载人单转向架磁悬浮列车研制成功，实现了悬浮、导向、牵引等功能，初步掌握了常导、异步牵引等核心关键技术。该成果获得部委级科技进步一等奖，并入选"1995 中国十大科技新闻"。

此后几年，常文森率领团队又相继突破掌握了悬浮导向控制、悬浮传感器、定位测速、转向架、车轨耦合共振、系统总体设计与集成等一系列悬浮列车核心关键技术，为国产磁浮交通发展奠定了坚实的技术基础。

成绩绝不是满意的理由，让国产磁浮列车驰骋华夏大地，还有很长的路要走。这一点，常文森比谁都清楚。让磁浮列车超出实验室，绝不是研制一辆汽车开出工厂那么简单，它的设计制造、综合集成、试验线建设、运行测试、线路规划等一系列问题，仅仅依靠国防科技大学的技术力量无法让成果走向应用，必须坚持产学研相结合，走军民融合式发展道路，推进国产磁浮交通的工程化研发和产业化应用。

2000 年 8 月，国防科技大学与北京磁浮联姻，联合国内航空、铁路、汽车等相关领域最具优势的 17 家科研院所和企业打造中低速磁浮交通研发平台，合力推进中低速磁浮交通技术工程化和产业化。作为国家"十一五"科技支撑计划"中低速磁浮列车的工程化应用"总设计师，常文森率领团队推动着我国磁浮交通技术不断向前发展。

"这些年，我们就围着'四和二'转了"。常文森说的"四"，就是先后研制成功试验样车、工程化样车、实用型头车、实用型中车；"二"则是分别在长沙和唐山建成两条中低速磁浮交通试验线，解决了列车轻量化、轨道梁优化、F 型导轨轧制、道岔系统、运行控制等一系列工程化难题，实现了所有装备国产化，培养出一大批能担当重任的磁浮交通技术创新人才。

在这一过程中，年近古稀的常文森始终奋战在科研试验一线，不辞辛劳地挥洒自己的心血与汗水。2001 年夏天，长沙试验线磁浮列车系统联调时，他冒着高温酷暑，光着膀子一干就是 10 多小时；为了磁浮交通的推广应用，

他不断为磁浮交通鼓与呼，争取各方支持；为了回应外界质疑，他一边做着科普工作，一边率领团队攻关，用事实化解民众对磁浮列车安全与电磁辐射的担忧……

在推进中低速磁浮交通创新发展的同时，常文森还担任了中国高速磁浮铁路可行性研究专家组副组长、国家"十五"863高速磁浮交通技术重大专项专家组副组长，率领团队参与上海高速磁浮交通国产化研究，直接负责车辆的总体技术方案、悬浮、导向以及走行机构等核心技术攻关，主持研制了国家863重大专项的2辆高速磁浮列车的悬浮导向系统，为我国发展高速磁浮交通奠定了基础。

老骥伏枥，创新不止。这些年来，常文森始终奋战在科技创新一线，先后承担完成国家863重大专项、国家科技支撑计划、国家自然科学基金等课题10多项，获得国家发明专利11项，发表科技论文100多篇，SCI和EI检索30篇，多项成果获得国家和部委级科技进步奖。

走过30多年的科研岁月，常文森和团队的拼搏奋斗与辛勤付出，终于迎来了瓜熟蒂落的时候。2016年5月6日，我国首条拥有完全自主知识产权的中低速磁浮列车交通运营线——长沙磁浮快线正式通车。2017年12月30日北京首条中低速磁浮交通示范线——S1线正式开通运营。

当曾经遥远的梦想，已经变成现实之时，常文森已经整整80岁高龄了。他将人生最美好的年华献给了中国磁浮交通事业。作为中国磁浮交通技术的开拓者和领头人，人们常把常文森誉为"中国中低速磁浮列车之父"。对此，常文森只是淡淡一笑：我这大半辈子，就干了这一件事，幸运的是，在团队共同努力、企业积极参与和政府大力支持下，干成了，此生无憾！

2017年5月，"中低速磁浮列车悬浮控制技术及其应用"获湖南省首届科技创新奖一等奖。在颁奖晚会上，主持人将80岁高龄的常文森请上舞台，全场用最热烈的掌声向这位为磁浮交通倾注毕生精力的老专家表达敬意。

"莫道桑榆晚，微霞尚满天。"如今，已经退休的常文森仍关注着磁浮交通技术进步和产业化发展。让他倍感欣慰的是，他带出的团队如今已是我国

磁浮交通领域响当当的"国家队"，指导培养的近百名博士、硕士，大多成了磁浮交通技术领域的专家教授和主管领导，继续编织着新的"磁浮梦"。

# 结缘磁浮闯新路

龙志强与磁浮列车似乎有着不解之缘。

1988年，20出头的龙志强从华中科技大学毕业，考入哈尔滨工业大学攻读航天控制专业硕士学位，研究方向是卫星姿态控制。

按理说，卫星姿态控制与磁浮列车，一个在太空遨游，一个在地上奔驰，两者"八竿子也打不着"。那么，龙志强又是怎么"坐"上磁浮列车了呢？

"这既是学科交叉性使然，也是一种缘分。"龙志强回忆起进入磁浮交通领域的经历，更相信这是人生幸运。1988年，从华中理工大学来到哈工大读研，龙志强的导师就将基于卫星姿态控制用的磁浮飞轮，确定为他的研究方向。血气方刚的龙志强摩拳擦掌，跃跃欲试，很想在这个全新的领域搞出点"名堂"来。但是在磁浮控制研究方面却遇到很多困难。

一天，龙志强从新闻报道中，了解到国防科技大学研制出我国第一辆磁浮列车实验样车，在磁浮控制技术方面有独特优势。他萌生出要去国防科技大学学习调研的想法，以便为磁浮飞轮研究提供了借鉴指导。这年暑假，龙志强买了一张从哈尔滨到长沙的火车票，只身一人来到了国防科技大学。

怎么才能找到搞磁浮列车研究的专家呢？人家能接待他这样一名学生吗？龙志强没有把握。"既然来了，就不能白跑。"他转念一想，学生找老师不是很正常吗？

跟门卫说明情况，打电话联系。经过一番周折，龙志强不仅进了学校，还找到了要找的人，更让他没有想到的是，接待他的田兰俊老师、曹承侃工程师既热情又平易近人，耐心地给他介绍磁浮列车研究情况，领着他参观，还找出一些资料让他参考。龙志强颇有"受宠若惊"之感，十分感动。离开

时，他试探着询问能否把一些相关技术资料带回去？田兰俊老师、曹承侃工程师爽快地答应了，亲自复印一份送到龙志强手中。

"这里的老师真好啊！"在学校的几天学习参观，龙志强如沐春风，收获多多。回到哈尔滨，他将调研的学习成果应用到磁浮飞轮研制中，经过一番努力，课题研究取得突破——磁浮飞轮浮起来了！再接再厉，在导师指导下，又经过一番夜以继日的攻关，成功研制出单轴主动控制型和两轴主动控制型永磁磁浮飞轮。他作为主要完成人，这一创新成果获得航天部科技进步二等奖。

一个硕士研究生能获得这样的成果，在当时的哈尔滨工业大学算得上是出类拔萃了。他因此成为学校的金牌毕业生，而获得这一荣誉的学生仅占应届毕业生的5%，时任系主任马兴瑞教授专门找龙志强谈话，提出保送他读博士。但龙志强始终没有忘记，自己的研究得益于国防科技大学老师的指导和帮助。1991年3月硕士毕业时，龙志强毅然做出决定，到国防科技大学去，从事磁浮列车研究。

这所军事高等学府张开双臂，特招了这位携笔从戎、立志投身磁浮事业的年轻人。就这样，龙志强加入到磁浮列车研制队伍行列，根据常教授安排，首先从负责磁浮隔振课题研究开始，边学边干中，他渐入佳境，开始崭露头角。

两年后，磁浮隔振研制成功，成果申报部委级科技进步奖时，龙志强又一次"没想到"：自己作为一个刚入道的年轻人，报奖名单上不仅赫然写着自己的名字，而且还排名第一。"这里的创新环境和氛围真好，不论资排辈。"这事激励了他多年。

从此，龙志强在这个有着良好团结协作精神的团队如鱼得水，创新的劲头更足了，研究工作不断取得进展，得到领导和同事的称赞。1995年，刚过而立之年的龙志强被命任为磁浮方向的课题负责人，1999年担任磁浮技术工程研究中心主任。2003年后，又先后出任自动化研究所副所长、机电工程研究所所长。2000年，龙志强作为八达岭项目副总师，协助常文森、尹力明教

授具体组织我国首条中低速磁浮交通试验线的筹建和磁浮实验室建设工作。2005 年后，牵头主持"十一五"科技支撑计划项目——中低速磁浮技术攻关的立项论证和集成测试、系统评估和验收工作，主持完成了中咨公司组织的北京中低速磁浮工程安全可靠性评审，为北京 S1 线立项奠定基础。2010 年，应北京磁浮邀请和常教授安排，担任北京 S1 线车辆专家组组长，组织相关参研单位完成了北京 S1 线磁浮车辆前期研发、总体技术要求制订和技术方案设计工作及集成测试组织工作。2011 年年底，在上述工作基础上，又被邀请担任北京 S1 线磁浮核心装备的总体组组长，负责包括磁浮车辆在内的磁浮核心装备研发、设计和工程化前期工作。由于各参研单位大部分在北京、唐山等地，且又要兼顾上海高速磁浮项目，在完成学校教学科研工作同时，几乎常年在北京、上海、长沙三地跑，很少休过周末和节假日。

30 年来心无旁骛地投身于磁浮交通技术研究，龙志强先后主持或参研国家 863 科技支撑计划重点研发项目和国家自然科学基金项目 20 多项，在高速磁浮系统总体、新型中速磁浮、永磁混合悬浮控制、电磁隔振以及列车监测、诊断与容错控制方面，取得多项开创性工作和关键技术突破，先后被聘请为国家"十五"863 高速磁浮交通重大专项车辆专家组成员，"十一五"建设部"新型城市轨道技术研究"实施专家组成员，"十一五"和"十二五"国家科技支撑计划重点课题——中低速磁浮项目课题组副组长，北京 S1 线核心装备总体组组长，长沙磁浮快线省政府咨询顾问，相关成果获省部级科技进步一等奖 2 次，湖南省科技创新奖 1 次，获发明专利 60 多项，发表论文 100 多篇，出版专著 3 本。为推进国产磁浮交通工程化、产业化做出了重要贡献。

作为技术专家和室、所领导，龙志强在参与技术攻关的同时，还承担着大量的组织管理和协调任务，而他总能把千头万绪的工作安排得井井有条，大家称他是"最善于组织协调的技术专家"。

在教学方面，龙志强也投入很大的精力，先后主讲了 4 门本科生课程、5 门研究生课程，是学院的优秀主讲教师，曾获得学校教学优秀奖，2007 年获得全军优秀教师荣誉。在学生眼中，龙志强是一个可亲可敬的好老师。"学生

如同我的孩子一样，他们不断成长进步，这是我最大的快乐。"在"传道、授业、解惑"的同时，龙志强乐于跟学员交朋友，更能于细微之处发现学员的思想变化。一次，一名研究生做实验时心不在焉，心事重重。他主动找其谈心，了解到这名研究生父亲患病卧床多年，家庭经济困难影响后续治疗，他立即解囊相助，并组织大家捐款，帮助这名学员家里渡过难关。

繁忙的工作让龙志强忙得像一个高速运转的陀螺，但无论工作多么繁忙，他总是保持着乐观开朗的心态并感染着身边的每一个人。

# 年轻的总设计师

在国防科技大学一号院西南角，一条长 204 米的轨道静卧其间。这就是我国首条中低速磁浮列车试验线。

204 米，或许是世界上最短的列车轨道线了吧。但是，对于国防科技大学磁浮交通技术创新团队李杰教授来说，这是世界上问号最多、最难走的路。这条路，他曾整整走了 3 年！

2001 年 5 月，我国首条中低速磁浮列车试验线建成，这是国产磁浮交通发展史的标志性创新成果。两个月后，按照工程化标准设计制造试验样车，开始上线路试验运行。然而，成功的喜悦刚刚过去，试验运行中遇到的一个个技术问题，又像一瓢瓢"冷水"浇在大家的心头。最让大家头疼的是，列车运行中出现随机振动问题。

随机振动，问题出在哪里？应该从哪里着手解决？大家莫衷一是：有人说是结构问题；有人说是悬浮控制问题；还有人说是轨道问题……该找的故障都找了，该想的办法也想了，可大家折腾了一年多，但问题依旧，列车振动频繁，成了工程化推进中的一个技术瓶颈。

其时，从香港科技大学完成博士后研究后的李杰投入攻关中。他认为，列车运行中出现的随机振动问题，关键是没有找到"病根"，既然想了很多办

法不能根除，说明"病根"隐藏得很深，难以捉摸。

那么，怎样才能找到病因呢？李杰用了一个最原始也是最烦琐的办法，就是一次次运行试验中仔细观察，详细记录每次试验数据，再进行分析处理，从"蛛丝马迹"找到问题所在。

这是一项十分艰巨的工作。每天，李杰早早地来到试验线上，跟着列车一趟趟地走，车上车下一遍遍地听，仔细记录每次试验的数据。晚上，打开电脑，一遍遍分析、验证、思考，再列出第二天要试验的内容。

时间一天天过去，又一月月消逝，但问题依旧，不露"尊容"。李杰没有气馁，他像一个技术侦探，依旧车上车下地反复试验、观察、记录、分析，每天工作到深夜。那时，李杰住在学校西门外，西门每天晚上 11 点关闭。他必须从学校南门或者北门出去，围着校园绕一大圈才能回家。时间长了，两个门口的警卫都已经认识他。

3 年时间里，车窗外的树叶绿了又黄，黄了又绿，李杰记录数据问题的笔记本用完了一本又一本……

3 年里，李杰和同事一遍遍跟着列车来回往返，反复调试，待在车上的时间比在家里还多。

3 年里，李杰指导的博士生崔鹏毕业了，他在博士学位论文最后写道："深夜，李老师办公室的灯光是我不断前进的动力。"这句话，是李杰攻关的真实写照，也体现了他为人师表的感染力。

历经 3 年苦行僧似的探索与拼搏，幸运之神终于出现：那一天，列车在试验线上来回奔跑，困扰李杰和团队成员的列车随机振动问题突然消失了！大家居然不敢相信，再次组织试验、多次往返运行，列车像一只温驯的"绵羊"，再也不"调皮捣蛋"了。

那一刻，李杰却高兴得像孩子一样又蹦又跳。这一天，这 204 米线路第一次变得安静而短暂。从此，困扰列车研制应用的随机振动问题终于得到彻底解决，围绕车辆结构、悬浮控制、线路轨道等争论多年的问题随之烟消云散，我国磁浮列车研制与应用向前迈出了一大步。

"创新就好比举重比赛，到了最后如果不坚韧，就是增加半千克，你也很难举起来。"李杰说。20多年致力于我国中低速磁浮列车交通研究，李杰的身后留下了一串闪光的足迹——

先后完成国家自然科学基金、霍英东教育基金、国家科技支撑计划、国家863等项目近20项。承担磁浮交通悬浮控制技术和系统集成技术的技术攻关，在国内率先实现了数字化的悬浮控制，主持研制了磁浮试验样车、工程化样车、实用型列车和S1线磁浮车的悬浮控制器，负责研制了3代磁浮试验车。作为技术负责人指导F型钢轨轧制和唐山1.5千米试验线的建设和系统调试工作，相继解决了磁浮交通技术从中试到工程化应用中的一系列关键技术问题，相关成果获湖南省科技进步一等奖（排名第1）。主编和参编国家磁浮行业标准5项，授权发明专利20余项，发表学术论文120余篇，其中SCI检索30余篇。2014年7月，40出头的李杰，被任命为北京S1线中低速磁浮交通运营线的总设计师。

在掌握中低速磁浮交通技术的同时，李杰现在又带领队伍投入到时速200千米的中速磁浮交通和超高速磁浮交通技术的研究中。

在国防科技大学，李杰与妻子黄健被称为"攻关伉俪"，聚少离多是他们生活的常态。黄健教授曾是军用仿真研究室主任，也承担着繁重的科研任务。平日里，两人都是上午一早上班，中午在实验室吃盒饭，午夜才回家。因此，他俩笑称自己是"半夜夫妻"。虽然，夫妻俩都在同一个单位工作，十天半个月见不到面是家常便饭。儿子刚够半岁就交给了老人，难得见父母一面的儿子，3岁时就嚷嚷着要爸爸妈妈一起带他去离学校不到500米的烈士公园坐碰碰车。几年过去了，儿子这一小小的愿望，他俩还没有满足。

有一次，李杰老师到北京出差，飞机落地后才得知黄健老师也在北京出差，那个时候，他们两人已经有几星期没有见面了。为了和丈夫见上一面，商量一下孩子的上学问题，黄老师晚上从所住的宾馆打车来到李杰老师住的地方。为了不耽误白天的工作，第二天天还没亮又打车往回赶。还有一次，李杰从北京出差回来，飞机着地，赶忙给妻子打电话却关机了，1小时后，接

到妻子短信：刚到北京。李杰回答：刚回长沙。夫妻俩在空中擦肩而过。工作永远是他们生活的主旋律，这些年，夫妻俩就这样在相互理解和支持中携手前行。也许这就是事业的力量，因为彼此都有对事业的热爱，才有了对对方最深层的理解与支持。

攻关伉俪，比翼齐飞。2007年，36岁的李杰晋升为教授，两年后，遴选为博士生导师，成为国家"十一五"国家科技支撑计划"新型城市轨道交通"专家。妻子黄健教授被表彰为"全国三八红旗手"，"全军拔尖创新人才"，荣立二等功一次，他们的家庭也被评为全国"五好家庭"。

# 科研打擂竞风流

"你们如果拿不下来，就把国防科技大学的牌子给砸了。"

"如果我们拿下来了呢。"

"那就把没完成任务的那两家单位给得罪了。"

真是干也难，不干也难。两头为难的事，干还是不干呢？

"我们当然要干，这是国家863重大专项，总不能眼瞧着'卡壳'了，站在一旁看吧。"事情过去10多年，吴峻回忆起来，还是这句话。

让我们把时光拉回到2006年。彼时，国家863高速磁浮交通技术国产化创新研究重大专项，经过上海磁浮交通发展有限公司、国防科技大学等单位历时4年奋力攻关，准备结题验收。

验收之前，必须在上海1.5千米高速磁浮试验线上对各系统进行测试和联调联试，"是骡子是马，拉出来遛一遛"。

眼看大系统闭合联调验收日期一天天临近，承担测速定位系统技术攻关的两家单位，却未能按时完成攻关任务。"溜"不成了，国家863重大项目结题验收要"卡壳"了。

这可把主管部门急坏了。怎么办呢？看来这两家单位是很难在短时间内

完成任务，要不怎么 4 年也没拿下来呢。项目专家组组长、上海磁浮总经理吴祥明提出，把这项攻关任务交给国防科技大学来完成。他的理由是，国防科技大学从事磁浮技术研究几十年，技术实力雄厚；军队科技工作者善于打硬仗，突击能力强；再者，常文森教授是专家组副组长，也是团队的领军人物，有号召力。

面对结题验收受阻，作为专家组副组长的常文森教授也着急。尽管希望自己的团队拿下这个难题，但他麾下的几员干将——吴峻、李云钢、佘龙华等刚刚完成高速磁浮悬浮导向及涡流制动系统的攻关任务，现在又要他们承担这个"火烧眉毛"的攻关任务，又有点于心不忍。

虽然这几名年轻人一向敢于打硬仗、攻难题，但这一次情况不同，于是就出现了开头这样一个"两难"境地：拿不下来，砸自己的牌子；拿下来，让那两家单位面子往哪搁，得罪同行呀。

其实，这"两难"还不是最难的。最难的是，这项任务技术难度大，要不怎么人家 4 年也没拿下来呢，且时间只有 4 个月了。

但是，不干，国家重大专项不能按时完成，这么多人在等着，匹夫有责呀！吴峻、李云钢与常教授和几位同事商量后，毫不犹豫地站出来："我们干，争取按时完成任务！"他不敢把话说得太死，说"争取"却不讲"保证"，在科研攻关中，吴峻第一次玩了"文字游戏"，毕竟任务压头啊！

话虽说得灵活，但是活干起来必须绝不含糊。开弓没有回头箭，军人生来为战胜。在接下来的日子里，吴峻带领课题小组一头钻进了项目研究中，不分白天黑夜地干，也没有节假日，甚至把吃饭和睡觉的时间都用上了。为了赶进度抢时间，系统测试与联调多数都必须在试验线现场，在其他众多参与单位的众目睽睽下开展进行，稍有失误或者攻关失败，就可能随时被传播和放大，特别是国家科技部对此项目十分重视，时任国家科技部部长徐冠华不久要来现场考察。压力之下，吴峻与李云钢两员干将带领李璐、周文武、刘恒坤、程虎、罗宏浩、孙玉绘、张晓等课题组成员，决心背水一战。他们冒着冬季的严寒连续奋战，忘我工作，不敢有丝毫懈怠。

4个月没日没夜的攻关，他们到底经历了哪些坎坷和挫折，连自己也"记不清了"，留给大家的只有一张漂亮的答卷：历经夜以继日的顽强拼搏，测速定位系统一举攻克，位置、速度、相位信号等各种功能完美地实现，系统定位精度达到2毫米以下。

任务如期完成，既没砸自己的牌子，也没有得罪同行，皆大欢喜，赢得一片称赞。

"别人几年都搞不定的事，你们4个月就搞成了，到底是当兵的，战斗力超强啊！"项目通过验收的那天，专家组和在场的人都向吴峻他们竖起大拇指。

在高速磁浮列车技术国产化攻关中，这样的故事，吴峻和他的同伴还干过一次。那是2005年，他们这个课题小组在国家863高速磁浮国产化与创新研究一期工程中，承担了悬浮导向及涡流制动系统的电磁铁和传感器的研制任务。项目进行过程中，项目主管单位将他们的传感器，与另一家单位研制的传感器，同时拿到德国设备上测试进行"PK"，看看谁的性能好，有比较才有鉴别嘛，这在项目研制中的常事。面对挑战，吴峻、周文武、李璐等不辱使命，经过多次"打擂"测试，他们研制的传感器性能出色，顺利通过德国测试设备的性能测试，并与德国悬浮控制器配合通过了地面悬浮系统的测试，而另一家的传感器表现不够出色，被比了下去。

关键时刻冲得上、拿得下、打得赢！吴峻、李云钢、佘龙华在上海磁浮公司被人誉为"国防科大磁浮三剑客"。其实，作为"三剑客"之一的吴峻读博士时，研究方向并不是磁浮交通技术，他学的是电动汽车和机械电子工程，曾参与研制出湖南省第一台交流驱动纯电动汽车。2000年博士毕业后，吴峻才加入到磁浮交通技术创新团队，曾担任常文森教授的助理，这使得他有更多的机会与这个磁浮界泰斗级人物交流，得到更多的指导和教诲，特别是从常教授身上学习到了"思路清晰、决断迅速、敢于迎接挑战"优秀科研素质，受益终身。

投身磁浮交通事业，吴峻先后参与承担直线电机设计与控制、悬浮传感

器及其自动检测系统、磁浮轨道自动检测、电磁仿真与控制等方面的研究，凭着扎实的理论功底和顽强拼搏的韧劲，逐渐在磁浮列车技术研究上崭露头角。先后主持或负责国防预研基金、国家 863、国家科技支撑计划、国家重大专项及各类预研基金等项目 15 项，获授权国家发明专利 25 项（第一发明人15 项），第一作者发表论文 20 篇，EI、SCI 收录 15 篇，荣立三等功 1 次。2015 年，获湖南省科技进步一等奖 1 项（排名 2）。

师道传承，生生不息。近年来，吴峻带领周文武、李璐、樊树江、赵宏涛、曾晓荣、翟毅涛、李中秀、周波、张红梅等一批年轻博士和研究生，在磁浮交通技术创新道路留下一串闪光的足迹：提出多约束条件的电涡流传感器设计与优化方法，解决了悬浮传感器在复杂电磁环境和恶劣气候环境下应用的传感信号稳定性问题；提出了解耦的刚性测量台架结构和消除悬浮间隙波动影响的滤波方法，可利用搭载运营车辆方式实现磁浮 F 轨几何参数快速检测，主持研制了国内第一台中低速磁浮交通轨检仪和动态轨检系统；负责参与研制了国内第一辆国产化高速磁浮车辆悬浮导向和涡流制动系统、第一辆中低速电磁永磁混合型磁浮列车、第一辆高速电磁永磁混合型磁浮列车、制定了国内第一个悬浮传感器标准；主持并负责 S1 线核心工艺工装设备的研制及其标准制定……

多年来，吴峻在参与长沙磁浮快线、北京 S1 线工程建设的同时，瞄准军事应用需求，将磁浮技术向军事领域拓展，积极开展电磁悬浮与电磁发射技术研究，研制完成无人机高功率密度电磁弹射系统，展现出良好的军事应用前景。

# 小将出马

在国防科技大学磁浮交通技术创新团队，1979 年出生的李晓龙博士只能算是"小字辈"。2015 年，30 岁出头的他却被任命为长沙磁浮快线国防科技

大学技术团队负责人，承担起我国首条中低速磁浮交通运营线建设的列车悬浮控制与运行试验的重任。

"机遇，我赶上了一个好机遇。"李晓龙说。2014 年，湖南省决定建设长沙磁浮快线，最先进入工程建设的技术团队是西南交大和同济大学，国防科技大学因正在参与北京 S1 线建设等原因，直至 2015 年 4 月，才决定参与长沙磁浮快线工程建设。当时，团队主力已投入到了 S1 线工程建设中，于是，学校决定另外组织一支技术团队，人员不与 S1 线人员重叠。领导经过慎重考虑，决定让李晓龙牵头这项工作，担当起列车悬浮控制核心技术的重任。

"机遇"把李晓龙从幕后推到了台前。得知这个消息时，李晓龙既为领导的信任受宠若惊，又为任务重、时间紧感到"压力山大"。

小将出马，能否担当重任？不少人为此"捏着一把汗"："李晓龙毕竟太年轻啊！"

但年轻人自有年轻人的优势，精力旺盛、冲劲十足，后生可畏。再说，领导把这个任务交给李晓龙，也不是拍脑袋做决策。李晓龙从本科时就参与磁浮列车研制，硕博连读阶段，重点研究悬浮控制技术，在高速磁浮列车悬浮、导向和涡流制动等关键技术方面有着相当的技术积累，参与国家高速磁浮国产化的研究，作为课题组的主要成员长期驻守在上海嘉定的 1.5 千米高速磁浮试验线，为实现我国第一辆国产化高速磁浮列车全线稳定运行做出了重要贡献。

2010 年博士毕业留校后，李晓龙参与和主持永磁电磁新型混合型磁浮技术的相关研究，他与课题组团结协作，集智攻关，解决了悬浮能耗、设备发热等多项技术难题，使我国第一辆永磁电磁混合型中低速磁浮列车实现稳定运行，为新型磁浮技术的探索迈出了坚实的一步。

这一次，李晓龙又被领导委以重任。有领导的信任和团队的技术依托，他满怀信心地走马上任了。

尽管此前对这项任务有着充分的思想准备，然而，当他受领任务到达现场时，眼前的情况还是大大超乎了他的想象。

其他两家单位负责研制的列车早已下线，已经在线上进行了半年多时间的运行测试，自己负责的列车还没有完成设计，留给他的时间已相当紧迫，特别是他们在运行中遇到的许多技术问题，因没有得到有效解决，科研人员与工程建设者已是焦头烂额。

李晓龙所在团队是国内最早开展磁浮列车研究的单位之一，虽然有着深厚的技术积累，但列车毕竟只在唐山 1.5 千米的试验线上运行过，现在要在 18.55 千米的线路实现载客运营，会不会遇到同样的技术问题，自己能不能解决？一向十分自信的李晓龙，心里也有些底气不足。

此时，已经退休的常文森教授，知道李晓龙的境遇就使出"激将法"，对李晓龙说："我们要么不参加，要参加就要做到最好！可不能砸了学校的牌子！"

作为团队创始人和国产磁浮交通开拓者，常教授是了解自己这支团队的，他相信团队的年轻一代也能像老一辈那样，从来没有攻克不了的难题，也没有拿不下的任务。李晓龙也深深地知道，这次任务是背水一战，只能成功，不准失败！

从此，李晓龙率领团队开始和时间赛跑。为确保万无一失，他确定了"外紧内细"的工程推进方法。外紧，就是抓紧一切时间和总成厂在最短的时间内完成设备设计、定型、测试等一系列繁重工作，尽一切可能追赶并超越。内细，就是再次梳理以前所有的研究成果，特别是过去经历失败的经验教训，不断进行优化和改进，把可能遇到的问题解决在上线测试之前。

经过 3 个月的连续奋战，他们与株洲机车厂通力合作，短时间内完成了悬浮控制器这一核心设备的研制工作和厂内测试。

2016 年 1 月 26 日，当国防科技大学负责的第 5 辆列车运抵长沙磁浮快线时，另两家单位仍在进行调试，问题依旧。对此，大家众说纷纭，莫衷一是。

现在，大家都在等着看李晓龙他们的了。1 月 30 日，列车组装完毕开始上线运行试验。这一试，奇迹产生了：全线平稳运行，时速达 92 千米。之前遇到的技术问题全都没有发生。

湖南磁浮公司的李拥军总工欣喜异常。当晚，李拥军总工紧急下达通知：所有参研单位相关人员 31 日上午参加国防科技大学磁浮列车乘车体验。

这天早上，大家抱着好奇和将信将疑的心态登上列车，所有人都屏气凝神，仔细体会着车辆的运行效果，竖起耳朵不放过任何异响，整个车厢异常安静。

列车从长沙磁浮快线火车南站开出，过接头、过道岔，拐弯、上下坡，一切如行云流水，十分平稳。

当车辆最终平稳运行到机场站时，整个车厢瞬间沸腾了，大家一扫往日试验的担心与困惑，发出一阵阵掌声、欢呼声。

"真是神了！过去屡屡发生的问题，这次没有了，看来轨道没有问题。""你们这是一辆神车啊！"大家纷纷向李晓龙和团队成员投去赞许的目光。

李晓龙第一时间想到了将情况向上级汇报，电话拨通后，他竟说不出一句完整的话语，泪水盈眶，所有压力随着泪水瞬间得到释放。

湖南省政府领导得知这一消息，给湖南磁浮公司下达指示：5 月开通运营！大家伸出指头一算，满打满算只有 3 个月时间，所有参与者的心又一次紧张起来。李拥军总工对李晓龙说，省领导的决策，是以你们团队的技术优势为依据，现在就看你们的了。

在接下来的 3 个月时间里，李晓龙和团队 7 名成员没日没夜奔波在线上，整个团队高速运行着。他深知，线路正式开通运营，就不能出现任何问题，这关系到国产磁浮列车的声誉和成败。

工夫不负有心人。在这 3 个月中，国防科技大学负责的列车在李晓龙和团队成员"驯服"下，始终表现出优异性能，一些"随机性"技术问题也得到解决，他们负责的车辆也由一列增加到 3 列。

2016 年 5 月 6 日，我国首条拥有完全自主知识产权的中低速磁浮商业运营线——长沙磁浮快线如期开通运行，05 号车作为头车，牵引着我国首列投入运营的磁浮列车，在首条中低速磁浮交通线上向前奔驰，向世人报告着胜利的喜讯。湖南省领导专程到国防科技大学表示感谢，评价说：长沙磁浮快

线的开通运行，国防科技大学提供了核心技术支撑。

小将出马，不负众望。李晓龙和团队为长沙磁浮快线立下汗马功劳，他因此被记三等功1次。

如今，长沙磁浮快线已安全运行两年多，列车编组由5列增加到7列，其中国防科技大学负责完成5列。看着一列列浸透了自己和团队成员智慧和汗水的列车在线上来回奔跑，李晓龙欣慰地笑了，笑得那样的自信。

"得益于老师们指导与培养，得益于10多年在团队的熏陶和锻炼，才使我有了施展才干的平台和机遇，唯有懂得感恩，不忘初心，才能继续奋力前行。"李晓龙说。

## 创新猛士

"李云钢，由你牵头把这个问题解决好！"

常文森教授的这句话，让李云钢心头一愣：我正在赶写博士学位论文呢，再说，由一个博士生来解决这个棘手的技术难题，万一完不成任务，常教授您作为导师也脸上无光啊！

"论文的事往后推一推，先完成这个任务再说。"常教授的话犹如"军令"，李云钢只能在所不辞了，军人以服从命令为天职。

这是一个什么样的技术难题呢，话还得从3年前说起。

1992年，"磁浮列车关键技术研究"被列入国家"八五"攻关计划，常文森教授决定从磁浮列车最基本的单元——单转向架系统入手，突破悬浮、导向、牵引、制动等核心关键技术。

此时，李云钢正好师从常教授攻读博士学位，便参与全尺寸载人单转向架的攻关战斗中，"真枪实弹"的科研实践历练，使李云钢创新能力得到充分发挥，常教授对这位学生也是赞赏有加。

1994年年底，团队经过3年奋战，终于完成了我国第一台磁浮列车载人

单转向架在研制任务，在接下来的调试运行试验时，一个意想不到的问题出现了：单转向架无法实现稳定悬浮，要么在轨道上"乱蹦乱跳"，要么就干脆"罢工"，不论你如何"调教"，也不能将其"驯服"，科研人员折腾了半年多，也没能解决问题。

情急之下，常教授就给李云钢下了这道"军令"，面对导师"点将"，他只好暂时放下博士论文写作，毅然投入到这场迫在眉睫的攻关中。

李云钢知道，现在摆在他面前的是一场硬仗。要打赢它，必须心无旁骛，全身心投入。

针对单转向架不能稳定悬浮的问题，李云钢经过反复分析后，决定重新制作斩波器和控制器，对系统进行了优化设计，根据重新设计制作的部分结构与设计的系统，编写出了新的悬浮控制算法和软件，两个多月没日没夜的连续奋战，他终于架起了一座通向彼岸的桥梁。

"桥梁"建造好了，"承载"能力如何？还要通过试验才能给出答案。此时春节临近，学校已经放寒假了。李云钢重任在身，也顾不上回家团聚，又紧锣密鼓地投入悬浮运行试验中。

对于李云钢来说，春节加班并不算什么大事，问题是之前与热恋中的女友约好在春节假期商谈一下婚姻大事，这个计划看来要"泡汤"了。

让李云钢没有想到的是，女友得知情况后，十分理解和支持他的工作，决定来到学校陪他过年。李云钢喜出望外，攻关、恋爱两不误，而且男女搭配，干活不累。

放寒假后，校园里比平时安静了许多，在那个有些简陋的车库里，却在上演着一个现代版的"男耕女织"场景，李云钢每天围着磁浮转向架进行测试和试验，女友在一旁给他打下手，忙得不亦乐乎。转眼到了农历小年，食堂已经放假，俩人就自己动手做饭，颇像过上了小日子。虽然少了点情调，却也很浪漫。

爱情的动力是无穷的。在女友的理解支持下，李云钢的试验终于取得了突破性进展，磁浮列车单转向架悬浮导向控制难题终于攻克了。1995 年 5 月

11 日，我国第一台磁浮列车单转向架第一次进行载人试验取得成功，此项成果也被列入了 1995 年国内十大科技进展之一，也引起了国内各界对国防科大磁浮控制技术能力的密切关注。大家对李云钢纷纷竖起大拇指，常教授对李云钢这个学生更是赞赏有加，称他为"创新猛士"。

对于李云钢来说，"创新猛士"可谓名副其实。2000 年，我国准备引进德国技术建设上海高速磁浮交通运营线，李云钢和吴峻等投入高速磁浮交通可行性研究中。此后，高速磁浮国产化创新研究列入国家"十五"863 重大专项支持，国防科技大学负责悬浮导向控制、转向架行走机构等核心关键技术攻关，团队组织李云钢和吴峻、李杰、佘龙华等几名年轻技术骨干承担攻关任务。

在学习消化德国高速磁浮交通技术时，他们发现德国 TR 型的悬浮电磁铁在低速行驶时，发热问题过于严重，电能消耗较大。常教授告诉李云钢，如果在电磁铁中加入永磁成分，那么在国产化研究中或许就能解决这个问题，改善电磁悬浮性能。李云钢经导师这么一点拨，率领课题组立即着手研究，经过反复分析、计算、对比，设计出了一套新颖的永磁电磁混合结构，很快拟定了一套永磁电磁混合悬浮控制技术方案。

一年后，我国第一台永磁电磁混合控制的高速磁浮转向架研制成功。之后，又快马加鞭研制出双磁浮转向架系统。经严格测试，该系统 24 小时静止悬浮电磁铁发热与室温大体相当，表明我国高速磁浮列车在悬浮导向电磁铁设计与控制上，已取得优于国外的技术突破。2008 年，李云钢领衔的课题组研制成功永磁式高速磁浮列车的双转向架原型样机，不仅能与德国系统兼容，而且比德国现有系统相比，悬浮能耗减小 50%，承载能力提高 20%，掌握了具有完全自主知识产权的核心技术。李云钢再次交出了一张亮丽的创新答卷，也为中低速磁浮交通推广应用提供了有力支撑。

20 世纪物理学大师、哥本哈根学派领袖玻尔曾说："科学扎根于讨论。"在团队中，讨论交流是大家相互启发、思想碰撞，产生创新"火花"的一种氛围和习惯。

一次，常教授与李云钢交流时提到，我国自主研发的中低速磁浮列车，虽然具有结构简单、造价低廉、易于产业化实施等诸多优势，但采用短定子异步牵引方式，存在速度和牵引效率低的不足，如果采用长定子同步牵引技术，取代现在的短定子异步牵引技术，则可把中低速磁浮列车时速提高到300千米左右。

李云钢等人听后茅塞顿开，认为常教授这个创新设想好，值得去干。然而，解决这个问题却是一场硬仗，对于自动控制专业领域人员来说，从事长定子同步牵引技术设计与构造，知识储备相对不足，技术难度很大。李云钢却没有被困难所吓倒，他与刘恒坤、程虎、张晓等团队成员从学习电机原理开始，经过两年多时间"充电"，终于沿着常教授的创新思路，设计出同步电机长定子和车载 Halbach 结构的永磁体。

当李云钢拿到工厂生产时，工人师傅一看却被难住了。这是一全新结构的直线长定子同步牵引电机，与常规技术完全不同，他们干了几十年电机，这种结构还是第一次见到，对于是否可行或能否实现，都说没有把握。相反，李云钢和同事们却十分自信，认为只要"按图施工"，新的"大厦"就一定能建成。

为了能生产出这一全新电机，李云钢和同事索性住进工厂，指导和帮助工人师傅生产，及时解决相关技术难题。2014年年初，这台长定子同步牵引的磁浮转向架，在长20米的轨道上实现平稳运行。这一创新成果，有望将我国中低速磁浮列车时速从100千米提高300千米，标志着我国具有自主知识产权的中低速磁浮列车将拥有更广阔的应用前景。

李云钢自1991年开始从事磁浮控制技术研究，曾任国防科技大学磁浮技术工程研究中心研究员、副总工程师，科技部高速磁浮铁路预可行研究组专家，"十五"国家863磁浮交通重大专项车辆专家组专家及管理办公室专家，国家磁浮中心技术咨询专家，高速磁浮集成试验联调副组长，立三等功1次。20多年投身磁浮交通技术创新，他把最美好的青春年华献给了"中国磁浮"。

攻关不止，奉献如歌。一项项创新成果背后是李云钢的艰辛付出，长期

从事国产磁浮交通技术研究，期间在上海工作多年，使他很难有时间照顾家庭。一次，女儿不小心摔伤住院，李云钢因在上海攻关无法抽空回家，懂事的女儿在电话中说："爸爸，受伤的地方虽然很疼，但我不会哭，我会听妈妈的话，你放心工作吧。"听到女儿暖心的话语，这位敢打硬仗的硬汉，禁不住流下了眼泪。

这些年来，家人的理解和支持，使李云钢能心无旁骛投身科技事业，在磁浮交通技术创新中屡创佳绩。他在悬浮控制、永磁电磁混合悬浮系统及其控制、长定子同步牵引等方面做出的突出贡献，已镌刻在中国磁浮交通的发展史上。

# 中国磁浮列车首位"驾驶员"

2001年4月，我国首条中低速磁浮交通试验线在国防科技大学校园内建成。当第一辆全尺寸试验样车准备上线试验运行时，由谁来担任首次试验的驾驶员呢？

"我来开！"正当常文森教授有些犹豫不决的时候，佘龙华博士勇敢地站了出来。

当时，主动请缨承担这一任务是要面临一定的风险的。线路只有204米长，20多吨重的列车是我国第一试验样车，系统几千个参数如何协调？性能如何？制动怎样？都还是未知数。

这天，佘龙华观察各种参数，小心翼翼地把列车从车库中开了出来，悬浮稳定，缓缓前行，大家激动得鼓起了掌来。我国第一辆全尺寸载人磁浮列车运行试验正式开始了！

列车平稳地向前行驶，沿着100米半径弯道、40‰的坡度驶向线路的另一端，一切正常。稍做停留后，开始返回入库。正当大家为首次运行成功而欢呼时，一个意外情况发生了：由于下坡产生的惯性作用，列车速度加快，

佘龙华迅速进行制动减速，还没等他反应过来，"咚"的一声巨响，列车与车库后面的防挡发生了严重的碰撞。

现场的人被这一突发情况惊呆了。常教授和其他试验人员迅速爬上列车，关切地询问佘龙华伤着了没有。因碰撞险些摔倒的佘龙华并没有受伤，但吓得不轻，更心疼被撞坏的列车，很是自责。

常教授见佘龙华没有受伤，笑着说："太好了！小佘，咱们这次不仅完成了首次运行试验，还进行了一次破坏性碰撞试验，这下咱们有数据了。"

听了常教授的话，佘龙华和大家这才心情放松了起来，七嘴八舌地议论起刚才的试验，佘龙华也将首次驾驶国产磁浮列车的体验向大家分享。

经过一段时间的修复，试验又继续开始了，仍由佘龙华担任驾驶员。经过累计约 2000 千米的往返试验，我国首条中低速磁浮交通试验取得圆满成功。佘龙华作为我国磁浮列车第一位驾驶员，在试验中摸索了列车性能和行驶规律，积累了宝贵的第一手资料和经验。

敢为人先，勇于做"第一个吃螃蟹"的人，是佘龙华可贵的创新品质，从事磁浮交通技术研究多年，他始终敢于打头阵，攻难题。

在我国高速磁浮交通国产化研究中，该重大专项专家组安排国防科技大学和另一所高校两个单位同时开展悬浮导向控制研发，说白了就是两家单位打擂台，看谁最先搞出来，谁搞得最好。

佘龙华为该课题组负责人。当时，我国引进德国技术建成的上海高速磁浮交通运营示范线，在最初的运行测试中，出现了严重的车轨共振，不能稳定悬浮。德国技术专家采取在库房内的轨道梁两侧和钢架支墩之间加装钢板，列车虽能浮起来了，但不能长时间停留，浮起之后就得赶快跑！停留时间长了，还是产生共振。

浮起来就跑这好办，高速磁浮嘛，要快容易做到。但是出车库过道岔时，车辆还是出现了共振，过不了道岔呀。德国专家们又想出一个办法，在道岔梁里加装石头，又在道岔两侧加装了阻尼器，这样，车辆才勉强能过道岔，时速不能低于 5 千米，否则问题依旧。

这两项措施都属于权宜之计，且要增加上亿元成本。我国有关方面领导和专家对此心有余悸，希望在高速磁浮交通国产化研究中，能解决好这个问题。

佘龙华就是在这种情况下，率领课题组受领了这一攻关任务，且是与另一所高校进行"PK"，其压力可想而知。

对于德国TR高速磁浮列车结构，佘龙华比较了解的，此前他在德国进修时，研究过其特殊结构原理，也了解存在的不足。经过一番研究分析，他认为控制器的结构与算法，才是解决问题的关键，应该把突破口放在控制器的研制上。

佘龙华深知，攻克这一难题不仅是为国产化做出贡献，更关系到国家的荣誉。因为，我国在引进德国高速磁浮列车时，德国总理默克尔曾经说，无论如何也不能把磁浮交通技术转让给中国。佘龙华和课题组就是要通过攻克这一问题说明，中国人不比外国人笨，外国人能做到的，中国人同样可以做，还要做得更好。

对于德国人在技术方面的小家子气，佘龙华并不介意，从该国高速磁浮列车的试验运行情况看，他们在车辆耦合振动控制方面，并没有完全解决，而我们通过自主创新，一定能掌握属于自己的核心技术。

为此，佘龙华带领课题组进行了专门研究和技术攻关，稳扎稳打将研究推向前进，相继突破一批核心关键技术。他和课题组的李晓龙、郝阿明、龙鑫林、张志洲等人，围绕系统总体技术方案、软硬件结构、控制算法等深入钻研，一丝不苟，对电磁兼容性、电路板布线、元器件焊接等每个环节严格把关。博士生赵春霞和邹东升围绕此问题研究，将博士学位论文瞄准在"磁浮列车导向动力学"和"车轨耦合振动控制"方向，为此发表了多篇论文，为课题研究提供了有力支撑。

经过几年探索与创新，他们的研究成果成功应用于长春客车厂建造的我国第一辆高速磁浮列车。2005年年初，这辆列车运到上海，经严格测试考核，系统运行平稳，没有出现德国高速磁浮列车那种共振情况。

当佘龙华带领课题研制的高速磁浮列车悬浮导向控制系统获得成功时，另一所高校却未能完成攻关任务。根据国家科技部专家组要求，佘龙华所在课题组又承担完成了另一所高校未能完成的任务，佘龙华教授因此荣立三等功一次。后来，德国方面对我国取得这一重大创新成果，表示高度赞赏。

2009 年，北京磁浮和国防科技大学联合开展新一代永磁电磁混合悬浮控制技术研发，佘龙华率领课题组成功研制了世界首辆工程化永磁电磁混合悬浮的低速中磁浮车，在唐山中低速磁浮试验基地安全运行近 50000 千米，该项成果获得了北京市科学技术进步奖。

一路走来，佘龙华从首位磁浮列车"驾驶员"成长为磁浮交通控制技术和系统总体技术研究专家，先后出任国防科技大学磁浮技术工程研究中心副总师以及国家 863 磁浮重大专项课题、国家科技支撑计划磁浮课题、国家自然科学基金磁浮课题的负责人，参与出版磁浮专著 1 部、发表论文 30 余篇。

2013 年，佘龙华退出现役转战北京磁浮，担任北京磁浮公司副总工程师兼长沙分公司总经理，仍然与国防科技大学团队的战友们并肩作战。2015 年11 月，在长沙磁浮快线建设的关键阶段，佘龙华将凝结着他智慧与汗水的悬浮控制器的体系结构、硬件、软件和算法与团队共享，并派出公司王泉、杨巍等技术骨干参与悬浮系统的研发工作。作为长沙磁浮快线悬浮控制器的原创奠基人，悬浮控制器的体系结构、硬件、软件和理论算法的原创负责人，佘龙华为长沙磁浮快线做出了突出贡献，受到湖南省政府的高度评价。

如今，佘龙华一如既往地奋战在我国磁浮交通创新发展一线，向着更高的目标奋力前行。于他而言，磁浮事业已融入他的生命，梦想在前方，创新永无止境。

## "80 后"博士的创新奇招

"第一次接触到'磁浮'，是大三时的一次课程设计。"周丹峰说，正是那

次与"磁浮"的美丽邂逅，让他走进了磁浮交通技术领域。虽然时隔多年，周丹峰却记忆犹新。

那是 2003 年，《自动控制原理》课有一个实践教学环节，让学员们运用学校研制成功的磁浮小球实验装置，自己动手将小球悬浮起来。

有着强烈好奇心的周丹峰，被这个有点神奇的悬浮装置吸引住了。然而，在随后进行悬浮控制实验时，小球却不如他想象的那样听使唤：要么被吸在电磁铁上，要么掉落下来，再不就是乱蹦乱跳，"得瑟"几下就"罢工"。反复实验与观察中，周丹峰发现了一个影响小球稳定悬浮的因素——光。因为悬浮间隙是依靠光照测量的，当外界光照较强时就会对悬浮间隙测量造成干扰，使得小球不能稳定悬浮。

如何避免外界光照的影响呢？周丹峰没有采用关闭窗帘的简单办法，他尝试着将末级功率晶体管配置成恒流输出模式，并设计出一种独特的环境光源对消电路，这一创新实践，不仅有效排除了环境光照变化的干扰，还大大简化了控制电路，更神奇的是可以同时实现两个小球的稳定悬浮。

指导老师对周丹峰另辟蹊径的创新成果极为赞赏，也让周围的同学刮目相看。从此，周丹峰对磁浮技术产生了浓厚兴趣。本科毕业后，他报考了常文森教授的研究生，师从这位磁浮交通技术界"泰斗"，先后完成了硕士、博士学业，最终成了磁浮交通技术创新团队中一员。

悬浮控制是磁浮列车研制的核心关键技术，加入团队后的周丹峰很想在这方面做出点成绩来。凭着扎实的专业基础，他很快写出了一个悬浮控制程序，然后，兴致勃勃地在单铁悬浮架上进行测试，经过一番参数调试，单铁很快稳定地"悬浮"起来了，且十分平稳。这让周丹峰有些洋洋得意："悬浮控制也不过如此嘛。"

接下来的负载抗扰动试验，却给周丹峰浇了一盆冷水。不仅电磁铁像重锤一般直接掉了下来，单铁悬浮装置的保险丝也被烧断了。

原来，之前的单铁悬浮只是一种假象。实际上电磁铁早就吸死轨道了，只因有防吸死橡胶的存在，才使得电磁铁保留了一定的悬浮间隙，结果还没

等到负载抗扰动试验就"原形毕露"了。

这次教训，让周丹峰真正认识到悬浮控制的复杂性，更让他感到创新不能急于求成，也不可能一蹴而就，必须要经历长期探索研究，培养严谨扎实的作风。

2005 年，国产磁浮列车在校内试验线上运行调试时，在某些路段车与轨出现大幅振动的现象，轻则发出吼叫，重则"趴窝"。甚至静止悬浮在轨道上时，也会产生振动现象，即"车轨共振"。这是国际磁浮交通界公认的世界难题。当时，国际上车轨共振一般采用增加轨道刚度、调节悬浮控制器参数两种解决办法。前者使得轨道更加笨重，造价增高；后者参数调节范围有限，有效性难以保证。

常文森教授提出：解决车轨共振，国产磁浮必须标本兼治，找到更好的解决办法。

导师的话犹如冲锋的号令，让周丹峰充满了创新激情，他毅然投入到解决车轨共振的攻关中。从小爱好无线电的周丹峰，经过仔细观察和思考发现，车轨耦合振动与无线电调谐振荡的原理有相似之处，能否将其作为解决抑制车轨耦合振动的一个思路呢？

周丹峰跃跃欲试却又毫无把握。一天，他向导师谈了自己的想法，常文森教授鼓励周丹峰朝这个思路大胆去闯。在李杰教授和罗坤老师的帮助下，周丹峰很快形成了技术解决的初步思路，参照无线电调谐原理对车轨振动进行"调理"。

为试验其可行性，他们把轨道下的一根轨枕松开，当磁浮列车转向架每次运行到这个位置时便产生强烈自激振动，以此观察振动产生机制，反复调试各项参数。那段时间，周丹峰和同伴们每天把磁浮转向架浮起来，用人力推过来，拉回去，循环往复，不停地试验。不知经过了多少个回合，他们终于初步摸清了产生车轨耦合振动的原因，同时也找到了抑制车轨振动的一种办法，经多次反复试验，振动明显减少，直至最后完全消失。试验成功，首战告捷。

　　2008 年 5 月，唐山 1.5 千米中低速磁浮交通试验线开通，在工程化样车上线调试中，又出现一个意想不到的问题，磁浮列车从车库外的一段桥梁经过时，桥梁发生大幅振动，严重影响列车稳定悬浮。周丹峰和团队成员试图用之前的办法进行"破解"，却收效甚微。

　　原来，面对车轨共振这个"幽灵"，他们之前捉住的只是"小鬼"，现在必须捉拿住"元凶"才行。于是，周丹峰和团队成员又打响了一场新的战斗。为了找到问题所在，他们爬上 2 米宽的高架轨道，冒着烈日测量轨道数据。为了精确定位，有时候几个人还推着列车在轨道上来回往返，测试、记录、分析、调试……时间一天天过去，问题仍然没办法解决。

　　周丹峰认为，要找到症结，必须进行更精确的现场测量才行。可是，试验线全都是高架桥，距离地面有七八米高，要在列车运行中同时测量轨道、桥梁和车体的振动，用拖导线测量既影响精度，又易碰触到直流高压电产生危险。

　　情急之下，周丹峰自己动手，设计并研制出一套多通道无线振动测量设备。有了这套装置，虽然解决了在磁浮车上可以同时测量轨道、桥梁和车辆的振动信号问题，获得了第一手的精准的测量和试验数据，但结果却不如预期，车轨共振"涛声依旧"。

　　一天早上，周丹峰在刷牙的时无意中碰到了旁边一个盛水的盆子，水面涟漪的产生与消失，让他顿时产生了灵感，这个能量的交换和损耗过程，与车轨持续共振颇有几分相似，中间肯定有一只看不见的手在起作用。于是，一个解决车轨共振的创新思路在他脑海里形成。接下来，周丹峰运用一个简单的车轨耦合模型，从能量角度推导各种动力学特征及稳定性，分析车轨共振产生的原因，对症下药寻找抑制振动的策略，提出了多种抑制振动算法。在后来的多次试验中，均获得了不错效果，可行性得到验证。

　　车轨共振就此得到有效解决吗？问题远没有这么简单，磁浮列车在试验线上运行时，"元凶"仍时不时冒出来"折腾"你一下，让团队伤透脑筋又哭笑不得。一天，周丹峰的鼻炎又犯了，为了快点好起来，他擅自加大了服药

剂量，鼻炎是很快就好了。这一做法虽然受到医生的严厉批评，周丹峰却有了创新的联想：彻底解决车轨共振难题需要一剂"猛药"，对悬浮控制系统来一次"大手术"。

常文森教授等听了周丹峰的想法后，觉得有几分道理，决定改变"头疼医头、脚疼医脚"的传统思维方式，运用系统工程理念，对悬浮控制系统及算法进行全面"解剖"，捉拿"元凶"，切除"病灶"。

周丹峰与崔鹏、张锟等人密切配合，在硬件不做大的改变条件下，进一步优化悬浮控制系统，再将抑制振动算法嵌入其中，然后，通过反复试验，对于悬浮负载变化、外力扰动、控制对象参数漂移等因素进行分析，一遍遍进行参数调整，慢慢将影响车轨共振的"病灶"消除，对悬浮控制系统及算法进行全面优化。

经历一年多的紧张攻关，最终将车轨共振这一"疑难杂症"治愈，搬开了前进道路的"绊脚石"，使国产磁浮列车数字化悬浮控制技术实现了新的飞跃。

融入团队，这位"80后"博士很快成了团队的攻关主力。2011年12月博士毕业后留校至今，周丹峰已主持和参与国家自然科学基金、国家科技支撑计划等10多个项目研究，发表论文30篇，其中第一作者论文15篇，成果获湖南省科技进步一等奖1项（排名第5），荣立三等功1次。


## 编织磁浮交通产业"神话"

"你相信了你编写的童话，

　　自己就成了童话中幽蓝的花，

　　你的眼睛省略过，

　　病树、颓墙，

　　锈崩的铁栅，

只凭一个简单的信号，

集合起星星、紫云英和蝈蝈的队伍，

向没有被污染的远方，

出发……于是，人们相信了你，

相信了雨后的塔松，

有千万颗小太阳悬挂。"

20世纪80年代初，朦胧诗人舒婷的《童话诗人》，很受青年人喜爱。此时就读于北京大学的刘志明特别喜欢这首诗，更相信童话中"有千万颗小太阳悬挂"的"雨后的塔松"。

"只有相信童话才可能有神话，"刘志明说，磁浮交通技术工程化发展就是自己相信，通过努力获得持续进展被相信的过程。作为北京磁浮交通发展有限公司首任董事长兼总经理，刘志明始终编织着国产中低速磁浮交通的产业"神话"，为此执着追求、奋力拼搏了17年。

这17年，与其说是一段经历，倒不如说是一则传奇。如果不是1999年接触到中低速磁浮交通技术，刘志明的人生也许会是另外一条轨迹。有着北京大学经济系专业背景的他，此前一直在国有企业工作，并兼任北京王府井百货、北京三元食品等上市公司的副董事长和相关企业董事长。

或许是偶然中的必然。1999年年初，时任北京控股集团总裁助理并兼八达岭旅游公司副董事长的刘志明，与磁浮交通的不解之缘悄然而至。当时，北京八达岭景区外移，新停车场建在距长城2.6千米处，需要解决游客运送问题。他了解到国防科技大学在中低速磁浮列车研究已取得突破性进展，在反复考察和调研后，刘志明敏锐地意识到，中低速磁浮交通在城市轨道交通中有着广阔的应用前景，是一个战略新兴产业。在2.6千米的旅客运送采用中低速磁浮交通技术，可实现一举三得：一是能解决八达岭游客运送问题，实现古老文明和现代科技的完美结合，丰富八达岭旅游内涵；二是将让磁浮交通技术走出实验室，通过工程化应用推进我国磁浮交通产业发展；三是磁浮交通在八达岭旅游观光线运行可以实现盈利，为今后的技术发展创造条件。

刘志明似乎预见到了一个属于中国自主知识产权的中低速磁浮交通民族产业的神话。他的这一设想，很快得到北京控股集团董事会和决策层批准，并获得北京市延庆县政府的支持。

2000 年 8 月，北京控股集团与国防科技大学签署合作协议，以建设八达岭磁浮交通旅游示范线为初始目标，投资和组织中低速磁浮交通技术工程化研发，北控磁浮技术发展有限公司应运而生（2016 年变更为北京磁浮技术发展有限公司），刘志明出任董事长兼总经理。

刘志明就这样将人生的黄金年龄段，定格在了中低速磁浮交通技术工程化和产业化上。他坚信，坚持自主创新，发展高端民族产业和现代制造业，是国家长期屹立世界民族之林，实现人民幸福的必然选择。

"那是一条神奇的天路，带我们走进人间天堂。"一曲《天路》引起了刘志明的共鸣。迎着新世纪的曙光，注册资金只有 8000 万元的北京磁浮携手国防科技大学，吹响了向中低速磁浮交通技术工程化研发的集结号。

凭着对发展民族新兴产业的一颗炽热之心，中低速磁浮交通技术工程化研发迅速启动和推进。打造工程化发展平台和载体，组建工程化体系，联合国内飞机、铁路、汽车等 17 家科研院所和优势企业，开始建设首条试验线，制造产生首辆工程化试验列车，着力推进磁浮交通核心技术及系统技术的发展，满足磁浮作为交通工具安全可靠性要求，为产业化实施奠定基础，争取政府相关部门和民众对磁浮交通的认知和支持。

这项全新的事业，推进之艰难超乎刘志明当初的想象。工程化研化多次遭遇技术瓶颈，推广应用接连受挫，八达岭磁浮交通旅游示范线项目搁浅、昆明世博园磁浮交通线未被采纳、深圳 8 号轨道交通的磁浮方案没有落地、北京 S1 线磁浮交通示范线进展缓慢，还有资金缺乏的困扰……前进道路上充满了艰辛、坎坷与困惑。

面对各种挑战与压力，刘志明初心不改，依然坚定前行。十多年里，在只有投入没有产出的情况下，北京磁浮与国防科技大学及工程化合作单位密切合作，探索建立了"共同投入、知识产权共有、长期合作、产业化收益共

享"的运作模式，以执着的坚守与惊人意志，推动着中低速磁浮交通工程化研发不断向前迈进，建立起工程化研发平台和载体，研制成功试验样车、工程化样车、实用型头车、实用型中车4代磁浮列车，在长沙和唐山建成两条中低速磁浮交通试验线，突破掌握了核心技术，解决了列车轻量化、轨道梁优化、F型导轨轧制、道岔系统、运行控制等一系列工程化难题，实现了技术和装备的完全国产化。

创新与跨越，刘志明经历了太多的坎坷与艰辛。解决磁浮列车轻量化需要铝合金车体，可当时国内只有飞机制造厂才具备进行铝加工的工艺和设备条件。为此，他和同伴几乎跑遍了国内的飞机、列车和汽车制造厂，一家家去介绍磁浮交通技术特点，探讨合作事宜，历经多年，却屡屡失败。每次无功而返时，刘志明不知道下一站在哪里？又会与谁来谈？他只知道这个问题必须解决。

锲而不舍中，终于与常州客车厂达成合作协议，2001年终于制造出第一辆试验列车用到了长沙204米试验线上，由于没有采用铝合金材质，轻量化仍不能满足工程化要求。两年后，刘志明的执着精神获得了唐山机车车辆厂王润、余卫平两任董事长等领导支持，制造出铝合金车体的磁浮试验列车，轻量化要求最终得以实现。让刘志明感动的是，每制造一辆车，唐山机车车辆厂只收材料采购费，对磁浮交通发展给予了大力支持。

2006年7月，为解决204米试验线不能开展速度等试验问题，刘志明决定在唐山启动室内1.5千米试验线的建设。着眼产业化要求，线路轨道必须改变前期的铣焊方式，以提高效率和降低成本。莱芜钢铁集团决定探索采用F型钢一次热轨成型技术。然而，莱钢采用这种全新工艺进行热轧时，长时间未能突破。面对屡试屡败的窘境，刘志明却不灰心，"一切不过是从头再来。"他与莱钢技术人员互相鼓励。

莱钢型钢车间主要生产H型钢，每次启动F型钢轧制，莱钢需要集团高层开会进行决策调度，专门调出一天时间，损失数百万的H型钢产值。每次热轧，刘志明都赶过去，希望早日看到成功的那一刻，他甚至将做好的锦旗

放在了车上。然而，一次次带过去，又一次次拿回来。

当时唐山试验线已经建成，工程化样车也研制出来了。F型钢轨轧制不出来，速度等试验无法进行，北京磁浮账面上也仅剩几十万元资金，有人提出放弃研发，面对困境和外部的不理解，刘志明"压力山大"。每次去山东经过黄河，他总是让司机停下车，站在黄河边，看看奔流不息的黄河水，从中吸取精神营养，提振信心。那段时间，没有人知道，刘志明面临着怎样的压力。

所幸，莱钢历时两年，经过16次轧制实验、10多次计算机模拟、7次大工业试验，终于掌握了F型钢轨的一次热轧成型技术。刘志明终于将那锦旗送到莱钢领导的手中。许多人也许不知道，掌握F型钢轨一次热轧成型技术，莱钢在世界上是第一家，获得发明专利和技术秘密12项。

"路是人走出来的，需要长期坚持不懈地努力和付出，需要汗水、泪水和心血去铺就。"刘志明说。

斗转星移，时光流转。历时17年主持中低速磁浮交通工程化研发和产业化应用，组织完成国家"十一五""十二五"科技支撑计划"中低速磁浮交通技术及工程化应用"等相关项目研究，时间老人见证了刘志明和合作伙伴的执着和坚守。

风雨兼程中，北京磁浮与国防科技大学联合国内17家单位建设打造的磁浮交通工程化研发平台，承担完成了国家"十一五""十二五"和省部级科研项目20余项，获得授权专利85项，制定了12项中低速磁浮列车系列标准，其中9项已被列为国家行业标准，走出了一条产学研相结合的军民融合发展之路，为发展我国中低速磁浮交通奠定了坚实基础，刘志明为此做出了重要贡献。

北京磁浮初期作为一个没有工程化背景的企业，从相信一个产业的童话开始，用初始的8000万元资金，坚持了近20年，达到了今天的成果，这无疑是一个神话。

2016年，刘志明不再担任北京磁浮董事长兼总经理，到新的单位任职。

蓦然回首，他在磁浮交通领域艰难跋涉了 17 年。创新与开拓，思索与奋斗，坎坷与成功，随着时光流逝早已风轻云淡。但发展中国磁浮交通的历程里，有他坚定前行的身影。人们不会忘记，在中国磁浮交通的发展征途中，有一位产业"神话"的编织者。

2017 年 12 月 30 日，北京首条中低速磁浮交通示范线——S1 线正式开通试运营。刘志明与同道者的梦想终于变成了现实。

## 磁浮情怀成就磁浮事业

身高 1.9 米的王平，有着典型北方汉子的形象，身材挺拔、声音浑厚，眼光透出一股坚毅执着的神情。

1999 年，已是北京站副站长兼总工程师的王平，作为北京市人才交流计划中的一员，调到北京控股集团旗下刚刚组建的北京磁浮技术发展有限公司出任常务副总经理，他没有意识到，推进国产中低速磁浮交通技术工程化研发和推广应用，竟然要历经漫长的 18 年时间，遇到数不清的艰辛、坎坷与困难。

18 年，王平把人生最美好的一段时光献给了中国的磁浮交通事业。2017 年 12 月 30 日，当北京首条中低速磁浮交通示范线——S1 线正式开通试运营时，王平欣喜之余，满是感慨："如果当初知道这件事要坚持 18 年才能结出硕果，不仅是我，我们中的很多人恐怕都会很慎重地选择加入。"

然而，王平和他的同事特别是公司管理层，都坚持了下来，很少有人自己选择离开。"没有点情怀，真做不到这点。"王平说。

这种情怀，是王平及其同事对中国磁浮交通技术的信心和工程化、产业化的执着追求。

"也许我和磁浮有一种缘分在。"王平说，读小学时，他曾在一本科普书籍中，看到了对磁浮技术的介绍，其中就提到过磁浮列车。当时只是觉得很

神奇，并没有产生什么联想。就读北方交通大学（现北京交通大学）时，王平读的是运输管理工程，毕业时，自然就分配到了铁道部门，到北京站当了一名基层技术员，后来历任车间副主任、安技室主任、副站长兼总工程师。

"没想到后来真就进入了磁浮交通领域，参与工程化组织实施，并担任北京首条中低速磁浮交通运营线建设的项目经理、总指挥。"回顾 18 年"磁浮人生"的点点滴滴，王平如数家珍，却很少谈到自己。北京市领导如何支持磁浮交通这一新生事物，国防科技大学常文森、李杰教授等专家如何心无旁骛奋力攻关；前任董事长兼总经理刘志明和公司领导，怎样不畏艰难全力推进工程化研发和 S1 线建设；公司员工怎样的敬业、奉献，合作单位又怎样不计回报地协同创新攻关，等等。在他的记忆里，满是大家干事创业的激情和难忘的人和事。

"是大家的共同努力，成就了今天的国产磁浮交通，有了中国首发、北京首条中低速磁浮交通运营线。"也许是 18 年里有着太多的艰辛与坎坷、太多感动与回忆，说到动情处，这位身高一米九的男子汉，双眼饱含热泪。

中低速磁浮交通工程化研发是在全国首开先河的工作，王平先后担任北京磁浮副总经理、总经理、董事长兼总经理，先后承担并主持国家科技支撑计划重点项目"中低速磁浮交通实用型列车工程实施组织和集成""中低速磁浮交通示范工程应用技术及创新研究"等项目研究和北京 S1 线工程建设。这18 年间，王平的付出或许难以描述，肩负的压力，他肯定是最大的那个人。尤其是 2015 年接任董事长兼总经理后，S1 线建设进入最紧张、最繁忙的阶段，作为项目经理和总指挥，他需要面对各种事务做出决策，指挥协调解决各种矛盾和问题。

"下面千条线，上面一根针"，公司的日常事务、S1 线建设推进、工程拆迁、与合作单位协调，各种事情最终都会汇总到王平这位"老总"这里，每天的日程安排得满满的，有时深夜一个电话，他穿上衣服就得往现场跑，问题解决了，或是安排妥当后，又赶回公司处理其他事务。18 年来，王平没有休过一个完整的双休日、节假日。妻子说他回到家后，人就像是累瘫了一样，

吃着饭都能睡着了。

"如履薄冰、如坐针毡",S1线正式动工开建后,王平这样形容自己的压力和工作状态。每天,他会对着工程进度表,按时间节点推进工程建设,一件一件事情抓落实。

"也不能事无巨细,面面俱到,必须发挥和调动大家的积极性,各司其职,各负其责。"作为"老总",王平注重抓好质量、安全、工期、效益、廉洁。"要把示范线打造成经得起检验的质量标准线和'阳光工程'。"王平说,作为中国首发、北京首条中低速磁浮交通运营示范线,中央和北京市领导都给予大力支持并寄予期望,国家投资那么多钱,参与工程化研发和工程建设者付出了那么多心血、汗水,工程只能成功而不能有任何闪失。"S1线既是磁浮交通运营示范线,更是一条政治线、质量效益线。"

从2011年2月启动,到2017年12月建成通车,S1线工程历经了7年艰辛而漫长历程,由于是首创和在首都这样的大城市建设,可行性论证、环境影响评估、生态保护、沿线拆迁等,使最先启动建设的S1线进展不如预期,而长沙磁浮快线后来居上,抢得了头筹,也采用了北京磁浮与国防科技大学共有的工程化成果。对此,王平显得十分大度,他认为推进国产磁浮交通发展,创新成果共享是必然的,有利于民族高端产业更好发展。他对公司18年的工程化研发成果的推广应用更是信心满满。

让王平感到欣慰的是,S1线投入运营的60辆磁浮列车,采用了新型悬浮控制技术和轻量化设计,一辆车只有10个控制器,比长沙磁浮快线运行的列车减少了一半,载重量有所增加,所有车辆一次调试成功,实现了国产中低速磁浮交通技术的新进步,运营后经受复杂线路条件、低温雨雪等各种考验。

S1线迎来"成人礼"之后,王平的目光又投向了更高处,着力推进公司"四位一体"发展模式,即技术研发、核心装备总装集成、建设与管理、运营检修维护的一体化运行。他认为,技术是企业的魂,没有技术的持续研发,企业就不可能持续发展;核心装备总装集成是公司与国内众多优势企业长期合作形成的整体优势;通过参与S1线建设与运营管理,公司积累了丰富的经

验，成了公司的"软实力"；装备与线路的全寿命周期管理，提高了效率，减少人员、节省了成本，这些都具有可比性优势。他希望未来磁浮交通建设能做成"一条龙"式的"交钥匙工程"。

青年时，有着身高和体能优势的王平，是运动场的一名健将，尤其爱好排球和篮球，但自从干上磁浮后，他就很少有时间再去一显身手了。

如今，芳华已经远去的王平，常说的一句话是"中国的磁浮交通新时代属于年轻人。"伴随着 18 年工程化研发历程和 S1 线工程建设，公司一大批年轻人已经成长起来，成了中坚力量。"希望公司和拥有'磁浮情怀'的公司员工，成为磁浮交通领域的'国家队'和主力军。"说这话时，王平语气坚定而自信，他把目光投向更远的将来。

# 逐梦磁浮立潮头

在湖南轨道交通系统，周晓明的名字如今是与"磁浮"联系在一起的。2016 年 5 月 6 日，我国首条拥有完全自主知识产权的中低速磁浮交通商业运营线——长沙磁浮快线开通运营，作为湖南磁浮交通发展股份有限公司领头人和工程总指挥，周晓明在自己的人生履历中，留下浓墨重彩的一笔。

谈起长沙磁浮快线工程建设与运营管理，周晓明就像是谈着自己哺育成才的"孩子"，从前期调研、领导决策、可行性论证、线路规划、工程建设、运行测试、开通与运营管理等，他如数家珍。

在娓娓道来的叙述中，周晓明满是成功与收获后的感动："是省、市领导的果断决策和全力支持，工程技术人员的创新驱动，全体建设者和公司员工的拼搏奉献，才使长沙磁浮快线建设实现了我国中低速磁浮交通'零'的突破，让多年的梦想变成了现实。"周晓明说，成绩是大家的，作为参与者与见证人，能主持这样的标志性工程建设与管理，是新时代给予了自己良好机遇和平台，完成了一项有意义的工作。

1985 年，周晓明从湖南大学土木工程系毕业，进入长沙市城建系统从事设计、管理工作，一干就是 20 年。2006 年，这座古老的城市为解决城市交通问题，决定修建地铁，周晓明受命组织长沙地铁线路工程建设，从规划、设计、施工、验收到机电设备安装、调式及综合大联调、试运营评审、运营总调度等，他经历了工程建设与运营管理全过程。这项开创性的工作，不仅使长沙拥有了地铁轨道交通，也让勤奋敬业的周晓明成了城市轨道交通专家，受聘为北京交通大学兼职教授、我国轨道交通系统湖南省工程研究中心副主任。

2014 年，湖南省果断决策，启动建设长沙高铁南站与黄花机场 18.55 千米的长沙磁浮快线工程，构建国家中部空铁一体化综合交通枢纽，促进磁浮交通技术产业化发展。此时，担任长沙市轨道交通集团有限公司总经理的周晓明再次受命，领衔出征，主持我国首条中低速磁浮交通商业运营线工程建设，牵头组建湖南磁浮交通发展股份有限公司，同时负责组织轨排、供电轨等重要设备的技术选型，以及车站、车辆段等重要建筑方案的审定工作。

面对新的使命和千头万绪的工作，周晓明迎难而上，勇立磁浮交通潮头，科学统筹、精心组织，创造性贯彻落实省委、省政府决策部署，与磁浮交通技术专家和工程技术紧密对接与密切配合，充分调动工程建设者与公司员工积极性与创造性，有力推动了长沙磁浮快线建设又好又快发展。

3 个月完成工程拆迁、11 个月完成轨道铺设、16 个月第一辆磁浮列车上线、17 个月开始运行测试、20 个月试运行、不到两年正式开通运营……速度之快，令人惊讶。

与建设速度媲美的是，工程建设的高质量与高效益。周晓明介绍，项目概算投资 46.05 亿元，实际投资为 42.9 亿元，比概算减少了 3.6 亿元，含拆迁费 1 千米造价约 2.3 亿元，除掉拆迁费用 1 千米造价只有 1.95 亿元，相比长沙地铁建设 1 千米约为 7 亿元的造价，长沙磁浮快线创造了优良的性价比，使中低速磁浮交通优势得到充分展现，也回应了外界的许多质疑与争论。

创造我国新型轨道交通这一奇迹的秘诀是什么？周晓明说："得益于省

委、省政府领导的科学决策精心部署，抓住了发展磁浮交通的良好机遇；另一个就是湖南人'吃得苦、霸得蛮、耐得烦'的执着精神。决定了的事情，立马就干，争分夺秒，只争朝夕，不怕艰苦，不畏艰难，不论遇到什么问题，横下一条心要把事干成、干好。"

"还有呢，"周晓明说，科学的线路规划、精细的工程质量管理、按时间节点推进的建设进度、联调联试的统筹安排、运营人员的提前培训等，也为工程建设的高速度、高质量、高效益奠定了基础。他以线路规划为例，18.55千米磁浮线全程多采用高架，沿现有道路走，下穿沪昆铁路、上跨机场高速，充分发挥了磁浮交通转弯半径小、爬坡能力强等优势，极大减少了用地，节约了征地拆迁费用。

在长沙磁浮快线工程建设两年中，作为工程一线总指挥的周晓明，所有节假日和双休日在他的日历中都消失了。每天跟进工程进度，深入一线解决问题，有时深夜一个电话，他披上衣服赶往工地，指挥协调解决问题。2015年冬天，全线运行测试遇到一些技术问题，一时没有解决，周晓明与工程技术人员一起跟车测试，出谋划策，大年三十和初一都在车上度过。"遇到问题领导出现在现场，就是给一线人员的鼓舞与勉励，让他们感到有'主心骨'而不气馁。"多年来，周晓明有个习惯，坚持到现场了解情况、在现场解决问题，而很少待在办公室听汇报。

回顾工程建设历程，让周晓明感到欣慰的是，中低速磁浮交通在长沙先行先试，在没有先例可循的情况下，长沙磁浮快线探索出一条行之有效的工程建设与运营管理的新路，积累了宝贵的经验。开通运营两年多来，实现运行平稳、安全正点，运行图兑现率99.9%，列车正点率99.84%，日均客流量由最初的每天5000人次增加到现在每天8000人次，并经受了节假日上万人次的考验。几年中，先后有国内20多个城市、国外30多个国家的政府官员和技术专家前来考察、交流、取经，我国中低速磁浮第一条商业运营示范线，已成为"中国智造"的亮丽名片，引领着行业的创新发展。

长期从事城市轨道交通建设与管理，周晓明把一串优秀业绩写在了自己

的履历上，他先后获湖南省"五一劳动奖章"、中国安装优质奖、湖南省优秀工程设计一等奖、湖南省首届科技创新奖、湖南省优秀工程勘察设计奖，获技术发明和实用新型专利5项。

平时稍有闲暇的时候，周晓明最喜欢的事情就是看书和练习书法，这是他多年来养成的习惯，阅读丰富了他的学识，书法磨砺了他的性格，更使他具有学者般的儒商风采，更能在应对紧张繁忙的工作时气定神闲、游刃有余。

长沙磁浮快线的成功，并没有让周晓明停止前行的步伐，将技术创新、工程建设、运营管理探索的成果与经验固化下来，制定行业标准，参与时速和高速磁浮研发，推动磁浮交通产业化发展，又成了周晓明及团队的新目标。

"幸福都是奋斗出来的。"而奋斗者的歌，永远没有休止符。


限于篇幅，本书无法将所有"磁浮人"的故事一一展开叙述。他们如同晴朗夜空的星星，看得见，数不清，他们的执着追求、创新品质、奋斗精神，将镌刻在我国磁浮交通的发展史上，他们的功绩将闪耀在我国磁浮交通领域的天空。在此向所有参与中国磁浮工程并做出贡献的"磁浮人"表达最崇高的敬意。

# 第九章

## 磁浮文化

"一个没有精神力量的民族难以自立自强，一项没有文化支撑的事业难以持续长久。"习近平主席关于文化的精辟论述，深刻阐明了文化对一项事业持续发展的支撑与激励作用。

推开记忆的窗口，重逢往日的日光，人们会发现，科技创新的每一段壮美的航程，不仅在历史长河中刻下深深印迹，更孕育和创造着文化。

纵观科技发展史，任何一项科技创新，无一例外都会孕育形成各具特色的文化，这种文化反过来又成为创新的强劲导引。比如，有了先秦诸子的百家争鸣，才有了两汉农耕文明的成熟；有了魏晋南北朝时期的思想大融合，才有了唐宋经济的大繁荣；有了宋明理学和人性学说的碰撞，才有康乾时代的空前盛世；有了文艺复兴的人文主义回归和升腾，才有了地理大发现、近代科学理论的奠基和工业革命的勃兴。近代自然科学诞生以来，世界科学活动中心先后由意大利转移到英国、法国、德国和美国，表面上看是地理位置

的交替和科技创新能力强弱转换的结果，实质上是文化根源和文化底蕴的作用。

创新事业孕育创新文化，创新文化激励创新事业。任何科技创新从来都不是单纯的技术进步，它既受到文化的影响，吸取文化的力量，又在创新中孕育文化，丰富和发展文化。

日月经天，江河行地。在中国磁浮交通发展的 38 年的拼搏奋斗历程中，"磁浮人"在创造一个个科技传奇时，也孕育和创造了一种具有自身特色的磁浮文化，它既是磁浮交通技术创新的精神力量，更是"磁浮人"自主创新的价值追求和推动创新的无穷动力。

## 敢为人先，艰苦创业

回望历史，在改革开放前，磁浮交通在我国还是一个前所未闻、前所未有的新名词。1980 年，当常文森等人准备研制磁浮列车时，许多人对此嗤之以鼻：几十吨重的列车，要将它悬浮在轨道上"贴地飞行"，简直是异想天开。有人说："磁浮列车，那就是一个交通'大玩具'。"技术突破、工程化研发困难重重，推广应用，频频受挫，经历"九曲十八弯"，其中的坎坷和挫折不胜枚举。

是什么让"磁浮人"在屡败屡战中初心不改，愈挫愈勇，38 年从不停止创新的步伐？为什么在许多人不认同、不看好的情况下，执着坚守，坚定前行？是他们"不干，就会给国家留下空白"强烈使命感，是他们发展我国磁浮交通"舍我其谁"的责任担当。因而，他们相信，在科学的道路上从来没有平坦的大道可走，必须敢为人先，艰苦创业，锲而不舍，一定要把在别人眼里看来"不可能"的事，变成"可能"，让中国磁浮列车驰骋华夏大地。

"我们现在干的事情，将来也许就是一桩大事业。"研制之初，常文森曾用这样一句话给课题组打气。这桩"大事业"，既不是上级下达的任务，也没

有经费支持，缺人手、无设备。面对困难，以常文森教授为代表的第一代"磁浮人"知道，核心关键技术买不来、引不进，唯有自主创新，别无选择。国内没人做，别人认为做不成，我们就更应该搞，如果等条件成熟了再来干，就晚了。

敢为人先、自主创新的使命感，激励着常文森和团队艰苦创业，向着未知领域不懈探索。从仓库中寻找旧磁铁、线圈搞研究；用铅笔、圆规、尺子开始画图设计；东挪西借搭建实验平台……很难想象，中国磁浮交通事业就是在这样在艰难中起步的，"一桩大事业"在创业之初，面临着怎样的窘境。条件异常艰苦，前景无法预料，旁人不理解，自己没把握，这需要多大的意志和毅力去干这样一件"异想天开"的事情。就是在这样的条件下，他们朝着梦想坚定前行。从简单的原理实验装置、磁浮小球，到小型原理样车、磁浮列车单转向架、我国第一台载人单转向架，磁浮列车的前期研究就花了整整 20 年，才突破掌握了中低速磁浮交通的核心关键技术。

磁浮交通技术工程化研发，不是站在巨人的肩膀上，而是靠他们从"零"开始一步步地探索、创新、试验、验证。列车、轨道等所有设备的设计、制造，都是开历史之先河。失败了，重来，跌倒了，爬起来再往前走，历经 18 年拼搏创新，这个国产磁浮交通"梦之队"，先后研制成功试验样车、工程样车、两辆实用型列车，在长沙和唐山建成两条中低速磁浮交通试验线。为了这"四代车、两条线"，他们不知遇到过多少挫折和失败。然而，所有参与磁浮交通技术攻关、工程化研发和线路建设的"磁浮人"，都锲而不舍地坚持了下来，很少有人自己选择离开。

"三十八年过去，弹指一挥间"。2016 年 5 月 6 日，当我国第一条拥有自主知识产权的磁浮交通运营线路开通时，常文森已经整整 80 岁高龄了，他将大半辈子都奉献了中国的磁浮交通事业，他率领的几代"磁浮人"团队将人生"铆"在磁浮事业上，心无旁骛，接力攻关，科学决策，大胆创新，一步步将中国磁浮交通技术推向世界前沿。

北京磁浮的刘志明、王平、武学诗、刘炜、戚建人等公司领导层，无论

遇到多少困难、有多少挫折，始终不改初心，坚定前行。

敢为人先、艰苦创业，在推进国产磁浮交通发展过程，几乎每一个环节、每一项决策都得到充分体现。国防科技大学从"零"起步，锲而不舍，突破一系核心关键技术；北京磁浮不畏艰难，组织 17 家单位历时 18 年推进磁浮交通工程化研发与应用；湖南磁浮抢抓机遇，大干快上；北京、湖南等地方党委、政府大力支持磁浮交通这一"新生事物"，果断决策，先行先试，勇于做"第一个吃螃蟹的人"。这一切都充分体了敢为人先、锲而不舍的执着精神。

意大利军事天才杜黑说："胜利总是向那些预见战争特性变化的人微笑，而不会向那些等待变化发生后才去适应的人微笑。"历经 38 年拼搏创新，当城市轨道交通发展进入快速发展时期，我国磁浮交通终于梦想成真，先后在长沙、北京建成了拥有完全自主知识产权的两条中低速磁浮交通运营线。曾被人认为不可思议、不可能的磁浮交通，成了一种绿色低碳的新型交通工具，为民众出行提供了一种新的选择，吸引着全世界的目光。

梦想成真时，"磁浮人"不禁感慨万分："没有敢为人先、锲而不舍的执着追求，缺乏不畏险阻、艰苦创业的精神，就没有今天的国产磁浮交通的应用。"这是"磁浮人"的心声，更是他们的创新追求，正是这种"咬定青山不放松"的韧劲、发展民族高端产业的坚守，成就了今天的中国磁浮交通。敢为人先、艰苦创业也成了"磁浮人"的共同创新追求和精神风向标，为磁浮交通打下了深深的文化烙印。

## 拼搏奉献，追求卓越

常文森教授曾说，一个人一辈子干不了几件事，能把一件事做成功、做精彩，也就不枉此生了。

成功，离不开奋斗，奋斗就得顽强拼搏；精彩必须精益求精，追求卓越。

两者相辅相成，相得益彰，体现的是一种可贵的创新品质。

磁浮交通技术创新何其难，没有惊人的毅力和顽强的拼搏精神，幸运之神决不会降临。从拆旧变压器做实验艰难起步，从人生壮年到 80 岁高龄，我国磁浮交通事业的开拓者常文森的一生，始终与创新相伴，以拼搏为伍，在 38 年的激情燃烧的岁月里，他既是团队领头人，又是攻关战斗员和指挥员，顽强拼搏的奋斗精神、追求卓越的创新品质感染着身边的每一个人。人们不会忘记，2001 年，我国第一条磁浮交通试验线在长沙建成，系统联调时正值夏天，长沙酷暑难当，60 多岁的常教授和科技人员冒着烈日在线上进行测试联调，光着膀子一干就是 10 多小时，脸晒黑了，背晒红了，却始终与年轻人一起奋战在一线。为了磁浮交通的推广应用，作为知名专家，他不厌其烦地进行做着科普工作，与各方进行沟通，提出可行性方案，回答各种技术问题，回应外界质疑，始终对磁浮交通充满信心，率领团队坚定向着梦想前进。

从事磁浮列车转向架研制的赵志苏教授，是团队中的一名"老将"，几十年来将自己的研究专注于磁浮列车的设计研制，从零开始，独当一面，从我国第一个磁浮列车单转向架平台研制成功，到试验样车、工程样车、实用型列车，再到高速磁浮交通的国产化研究，他在这一领域默默耕耘，与团队密切配合，始终充满了奋斗的激情。2011 年 2 月，赵志苏在北京出差突然晕倒了，被诊断患有心脏病。人躺在医院，心却牵挂着课题研究，病情稳定后就立刻赶到调试现场，继续工作。

老一辈专家的顽强拼搏精神感动着团队的每一个人，薪火相传，生生不息。团队的年轻教授李杰，为了解决列车在试验上的随机振动问题，在 204 米的试验线上，来来回回地进行观测、调试。3 年中，李杰记录数据问题的笔记本用完了一本又一本，技术解决方案一个个提出，又一个个改进、优化……在夜以继日的检查、测试与试验中，李杰终于找到了问题的症结所在，驱散随机振动这个"幽灵"，搬开了前进道路的"拦路虎"，使磁浮交通技术前进了一大步。如今，窦峰山、刘恒坤、崔鹏等新一代"磁浮人"，也像老一代团队人建校，心无旁骛投身到磁浮交通事业中。

"每一个拼搏奋斗故事，都是一本生动教材。"谈起团队专家教授们的顽强拼搏精神，北京磁浮副总经理武学诗说，每当他们遇到挫折，快坚持不下去的时候，就会想起他们，甚至到国防科技大学去。

"干什么呢？去充电，从专家教授们的身上吸取能量，用他们的顽强拼搏精神激励自己和公司员工，继续奋斗。"

从国防科技大学的专家教授上吸取拼搏奉献的力量，而北京磁浮作为在国内率先推进工程化研发的单位，他们又何尝不是这样。公司副总经理刘炜原来是学食品机械的，30岁就成为该领域的佼佼者，1999年奉命调到北京磁浮公司，收入比在原单位少，待遇比从前低，却"铆定"磁浮一干就是18年，为中国磁浮交通事业发展付出了多少，虽然无法量化，国产磁浮交通的发展特别是唐山试验线建设有他顽强拼搏的汗水，正是这条试验线及其试验成果，奠定了中国磁浮交通产业化实施能力。

在中国磁浮交通漫长的工程化研发与应用中，拼搏奉献的精神力量始终是推动项目前进的动力。2008年冬天，唐山1.5千米中低速磁浮交通运营试验线主体完工后，F型钢轨一次热轧成型技术尚未突破，试验列车、供电轨、电器等设备只好放置在线路上。春节过后，惦记着这些"家当"的北京磁浮董事长兼总经理刘志明来到唐山察看，一位在相关单位打工的四川籍的老民工带着两个孩子，在线路重要位置搭起了3个简易窝棚，主动承担起看守设备的任务，整整坚守了一个冬天。这一幕让刘志明十分感动，没有人安排，更没有谈报酬，这位老民工却主动承担起看守设备的任务。"这是国家的财产，应该看好。"一句朴素的话语，道出了这位老民工的情怀，在寒风中坚守了一个冬天。

回到公司，刘志明将其作为一个敬业奉献、顽强拼搏的生动事例，在公司广为宣传，让大家学习，从这位老民工身上吸取精神力量。

两年后，唐山试验线建成开通试验，刘志明等公司领导想邀请这位老民工参加，却怎么也找不到他了。原来这位民工已回四川老家了，公司就派人辗转来到四川，找到这位民工表示谢意，并邀请他来公司担任保安，他却谢

绝了公司的好意。

要做就做到最好，要做就瞄准产业化应用。唐山试验线的所需的 F 型钢轨，以当时的工业水平，只能用传统的焊接方法，虽然也能满足要求，但生产效率极低。F 型钢轨一次热轧成型技术难度很大，不仅我国没有掌握，国外也没有先例。是将就着采用落后的焊接方法，还是着眼产业化要求，一举突破 F 型钢轨热轧成型技术？刘志明等公司领导与莱芜钢铁集团商量后，一致认为要以此为契机，突破 F 型钢轨一次热轧成型生产技术。

不干则已，要干就瞄准前沿，追求卓越。此后两年中，莱钢经过艰苦探索与创新，最终突破掌握了 F 型钢轨的一次热轧成型技术，生产效率提高了几十倍，成本减少 50％以上，形成了批量生产能力。如今，莱钢在国内是第一家也是目前唯一掌握 F 型钢轨一次热轧成型技术的单位。

追求卓越，精益求精，"磁浮人"先后突破掌握了悬浮导向控制、随机振动、车轨共振等一系列技术难题，将一项项核心关键技术掌握在自己手中，为我国中低速磁浮交通运营线建设奠定了坚实基础。2014 年，国防科技大学磁浮交通技术创新团队投入长沙磁浮快线工程建设，承担 05 号列车研制任务。接受任务时，其他两家单位负责的磁浮列车已开始上线测试，面对时间紧、任务重的情况，团队将研制时间精确到小时，把可能遇到的问题解决在上线测试之前，在最短时间内完成了列车设计、定型、测试，每一个环节层层把关，每一个技术细节也不放过，凭借掌握的核心关键技术和研制与调试的精益求精，他们负责的 05 号列车后来居上，上线运行一次成功，解决了其他几列列车没有解决的问题，创造了长沙磁浮快线建设的"科大速度"，追求卓越的创新品质再一次在工程建设中得到体现，赢得业内人士的一致点赞。

对于"磁浮人"来说，拼搏奉献，追求卓越既是他们的一以贯之形成的可贵创新品质，更是团队创新文化的核心，彰显在科技创新与工程建设中。

## 团结协作，集智攻关

人类智能产生的机制是什么？科学目前缺乏解释。但有两类情形是人们所公认的，一类是个人智能模式，简单说就是"急中生智"；另一类是集体智能模式，叫作"三个臭皮匠胜过诸葛亮"。这种模式说明，智能的培养离不开人与人之间的互动，科技创新尤其如此。

"单兵难排阵，独木不成林。"习近平主席高瞻远瞩指出："随着科学技术不断发展，多学科交叉群集、多领域技术融合集成的特征日益凸显，靠单打独斗很难有大的作为，必须紧紧依靠团队力量集智攻关。"国防科技大学磁浮交通技术创新团队，以及与北京磁浮合作，联合国内铁路、航空、汽车等领域17家单位打造磁浮交通技术工程化体系，团结协作、集智攻关、协同创新，是他们一路走来所坚持并不断弘扬的创新文化理念。

每当攻关受阻，团队成员就会聚在一起开"诸葛亮会"，群策群力，献计献策，相互启发，使一些技术难点最后都变成了可贵的创新点，以至于很难说清这项创新到底属于谁。这个时候，大家说得最多的一句话，就是"工作是大家干的，成功属于团队所有人"。2000年，为了建设我国首条中低速磁浮交通试验线，因机械结构设计研制工作量大，赵志苏、罗昆、陈革从学校其他系借调到磁浮交通技术创新团队，他们迅速融合到新的集体，发挥专业特长集智攻关，形成优势互补、协同攻关的良好合作氛围，成了团队不可或缺的重要力量，自始至终奋战在磁浮交通技术领域。

参与工程化研发，涉及许多单位，各有优势，都有自己的"看家本领"。大家为了一个共同目标，做到资源共享，互通有无，不讲"楚河汉界"，不分你我，心往一处想，劲往一处使，各参与单位有啥给啥。在唐山1.5千米试验线建设时，北京全路通信号研究设计院一位技术负责人说："我们做这个项目，北京磁浮给的研发经费很少，我们不为了钱，发展中低速磁浮交通产业

是我国的一件大事，作为通信信号领域的领军企业，我们不做谁来做？"质朴的话语，反映出他们对磁浮交通产业发展的使命感和责任感。

作为企业，所有投入都希望获得收益。磁浮交通工程化研发，技术新、周期长，推广应用难，回报遥遥无期。在这种情况下，大家不管遇到什么困难和阻力，始终咬住"工程化""产业化"发展不动摇，共同合作一干就是18年。

中低速磁浮交通系统的研究和制造，是一个涉及众多学科、技术复杂的庞大系统工程。多元的技术和不同的子系统，其复杂性使得任何一个零部件厂商都无法通过简单组合来轻易地完成，必须依靠大团队来进行系统综合集成。

在工程化研发过程中，许多工作必须交织进行，一个单位的工程技术人员，有时在相关单位一干就几个月甚至一年，许多人说："我都不知道自己到底是哪家单位的人，只知道是在干磁浮交通工程。"做事不分你我，目标只有一个，就是团结协作干好事，凝心聚力干成事。北京磁浮的领导说，磁浮交通技术的工程化研发，他们负责投资和组织，公司组建时，只有8000万元注册资本金，面对磁浮交通技术的复杂性、工程化研发的难度和发展前景不明朗的局面，编织磁浮交通梦简直是一个遥不可及的"神话"。

然而，这个神话在大家团结协作、集智攻关中最终得以实现。团结协作，集智攻关，是"磁浮人"最终能够成功的力量所在。

打开北控磁浮的网站主页，会看到公司发展理念：创造物质财富，实现精神价值，完善治理结构，回报贡献者。这就充分说明，他们在创造物质财富的同时，还创造和实现精神价值上，这种价值，就是公司的文化，是团结所有合作单位干事创业的团队文化。

在长达18年的工程化研发中，北京磁浮作为投资总体，坚持低成本投入、高效率运行，节约每一个"铜板"，把钱用在"刀刃"上，用1.5亿元资金盘活了数倍于自身的科技"存量资产"。2015年，北京市先进制造技术办公室对磁浮交通工程化研发进行专题调研，认为以如此小的投入干出如此全新

交通工程，其秘诀就是团队协作，"是一个成功的、有示范意义的创新案例"。

北京磁浮领导介绍，他们给参与工程化研发单位的经费不多，却没有出现讨价还价、家长里短的情况，在科研成果申报、专利申请中，没有为排名顺序、你多我少产生过争议，既比贡献又讲风格。北京磁浮虽然努力做到"一碗水端平"，也不可能百分之百平衡，大家却都能理解，"有事好商量"已成这个体系中共事创业的习惯与气氛。

"没有团结协作、共事创业的精神，国产磁浮交通这件事干不好，甚至干不成。"刘志明说，团结协作的精神、干事创业的良好气氛，谁说不是一种精神价值回报呢，这些年来，经济上的回报虽然少，但各参与单位获得创新能力的极大提升，突破掌握了如 F 型钢轨热轧成型等一批先进技术，先后承担完成了国家"十一五"、"十二五"科技支撑计划和省部级科研项目 20 余项，获得两项省部级科技成果奖，86 项授权专利，制订国家标准立项 1 项，国家行业标准 10 项、团体标准 9 项、企业标准 50 余项。现在，莱钢拥有了在 F 型钢轨一次热轧成型多项专利；唐山轨道客车公司成为全世界 3 家能制造高速动车三维流线型司机室的企业之一；"北京通号院"成为我国的一大自主品牌，自动控制系统在国内率先通过了欧洲 SIL4 级安全标准认证……

所有这些，都是他们团结协作、集智攻关的成果，体现的是共同理想信念和价值追求。


## 军民融合，胸怀全局

新世纪之初，国防科技大学磁浮交通技术创新团队为国产磁浮交通推广应用而寻找合作单位时，北京磁浮与他们一拍即合，利用该校突破掌握的磁浮交通核心关键技术，以建设八达岭旅游示范线为初始目标，投资和组织中低速磁浮交通技术工程化研发。军民融合式发展从此扬帆起航。

回顾历史，"军转民"是当时很热门的词汇，军方将可以民用的技术向地

方转移，支持地方经济发展，造福于民。一个普遍做法是军队的一项科研成果转让给相关企业后，由企业投资组织生产，成果转化生产力，很快就会获得投资回报，利国又利民。

与这种单一科研成果转化为生产力不同，磁浮交通既是一个庞大的复杂系统工程，又是一种新型轨道交通工具。工程化研发和成果的最终应用，涉及多个领域、众多相关企业，特别是线路规划审批、工程建设与运营管理等各相关行业通力合作与政府大力支持。国防科技大学的技术和北京磁浮的投资，仅仅只是一个基础。国产磁浮交通的"高楼大厦"，需要投资、研究、设计、制造、装备集成、建设等各路"诸侯"的参与。于是，军民双方又从全国铁路、航天、汽车等行业中筛选出 17 家优势单位，组成一个磁浮交通技术工程化体系。

"国防科技大学的技术值得信赖。与他们合作，我们有信心。"许多参与工程化体系的单位，听说是与军队合作，都信心满满。国防科技大学领导和专家则认为，要让科研成果走出实验室，转化为生产力，军民融合是唯一正确的选择。

北京磁浮的领导说："我们干的是国家层面的事。"可不是吗？一项重大工程实施、一种新型交通工具的研发，以前都是由国家相关部门和地方政府来决策、组织和推动。现在，北京磁浮和国防科技大学以发展磁浮交通的使命与责任担当，军民协力承担起国产磁浮交通工程化、产业化的重任。

共同的目标和相互信任，让军民携起手来，开始了推进国产磁浮交通发展的漫漫征途。在工程化研发中，铁道第三勘察设计院磁浮项目设计组，在旁人看来干的是"不务正业"的活，任务重而收入少，投入基本没有回报，虽然没少遭家属抱怨，10 多年来却心无旁骛，始终坚守磁浮交通事业。第三代车编组联挂运行试验时，设计组长、总工程师张佩竹把妻子和孩子从天津带到唐山基地，他告诉妻子，"这就是我这么多年一直在坚持干的事，国产磁浮列车将从这里走向应用。"他以这种特别的方式，争取家人的理解支持，也用朴实的话语道出了磁浮项目设计组干事创业的大局观念和宽阔胸怀。

10 多年来，在国家有关部门和北京市的科技计划支持下，通过军民融合协同创新和体制创新，先后研发了四代车，建设了 204 米和 1.5 千米的两条试验线。掌握了中低速磁浮交通系统的悬浮控制、牵引控制、列车轻量化、轨道梁优化、F 型导轨轧制、道岔系统、运行控制、系统设计与集成等核心和关键技术，掌握了中低速磁浮交通的系统技术，走出了一条磁浮交通技术研发和产业化实施、产学研相结合的军民融合发展之路，为国产磁浮交通发展奠定了坚实基础。随着北京 S1 线启动建设、长沙磁浮快线工程上马，军民融合发展的工程化成果有了用武之地。显示军民融合发展的巨大威力。

军民融合，胸怀全局，这是"磁浮人"的一种境界，是他们着眼长远发展的深邃眼光，更是团队的一种创新文化。

孤山寒风腊梅放，剑弩争锋撼苍穹。几十年来，"磁浮人"在磁浮交通技术创新与工程建设中孕育形成的磁浮文化，成为推动事业发展的精神动力。随着时间的积累和薪火相传，愈加厚重，越来越愈散发出沁人心脾的清香。

# 第十章

# 磁浮技术的军事应用

"一旦技术上的进步可以用于军事目的，并且已经用于军事目的，它们便立刻几乎强制地，而且是往往违反指挥官意志而引起作战方式上改变甚至变革。"被称为"哲人与将军"的恩格斯，深刻洞悉科技与军事的紧密联系和巨大推动作用，道出了科技在军事领域广泛应用，带来不以人的意志为转移的深远影响。

人类自从有了战争以来，军事领域是竞争和对抗最为激烈的领域，也是最具创新活力、最需要依靠科技提升核心竞争力的领域。与其他科技的发明与发展一样，磁浮技术并不是交通运输的专利，尽管人们为发展磁浮交通进行着不懈努力，但科学家们一刻也没有停止它在军事领域的应用探索。

近半个世纪以来，围绕磁浮技术在军事领域的应用，科学家与工程技术人员根据磁浮技术特点，在许多方面取得了可喜的突破，推动着军事变革发展。比如运用高速磁浮列车原理与它的速度优势，将其发展为航天器发射载

体，替代一级火箭将卫星和二级以上的火箭送入太空轨道。研制磁悬浮风洞，使飞行器不使用支撑而是悬浮在风洞内，可以更好地模拟飞行器在空中飞行的效果，运用电磁弹射起飞的航空母舰以及无人机电磁弹射器，等等，无一不是运用了磁浮的电磁特性。随着以电磁特性为核心的磁浮技术的发展，它在军事领域的应用将越来越广泛，应用前景十分广阔。

## 磁浮火箭橇

火箭橇又名高速测试轨道、滑橇或高速滑橇。它是随着火箭和导弹技术的发展而产生的一种试验技术。

火箭橇的原理是，将试验件放置在滑轨的滑橇上，通过火箭发动机作动力，对在特定滑轨轨道上的滑橇进行推进，模拟载体实际飞行大过载力学环境下的工作特性，以考核导弹及弹上产品功能、可靠性。如今，火箭橇滑轨试验已广泛应用于航空、航天、兵器以及高科技领域，如乘员弹射救生、航空航天、空气动力、导弹精确制导、宇航器、降落伞、高过载、雨蚀、引信、碰撞、穿甲、爆炸冲击等多种试验技术。

传统的火箭橇系统采用滑块支撑、火箭发动机为动力，由于受重力影响，试验时对滑块产生严重磨损，试验件高速运动过程中产生的振动，也会对试验精度产生不利影响，进而造成可靠性大打折扣。

如何解决这个问题呢？科学家们想到了磁浮技术，利用电磁力让试验件稳定悬浮在滑轨上，不产生接触和摩擦，就避免了滑块的磨损，提高试验的精度和可靠性。最先开始研究的是美国霍洛曼（Holloman）空军基地，他们采用超导电动斥力型悬浮结构代替传统滑块支撑结构，让试验物体（如导弹）悬浮在滑块上，通过火箭发动机或直线电机提供动力，在特定滑轨轨道上模拟多种速度下的真实环境，可用于测试武器系统在高速环境下的性能。

磁浮火箭橇系统不是武器系统，它是一个武器的测试平台，由于试验物

体（武器系统）与滑轨没有接触，不存在滑块磨损严重，也不会产生振动，对于测试武器系统在多种速度情况下的性能，十分的有利而实用。

科研人员分析认为，10 马赫是目前高超音速精确打击武器能达到的最高速度，没有任何武器可以拦截。如果磁浮火箭橇在地面的试验速度能接近或达到 10 马赫，那么，很多导弹试验就要放到地面，而不需要通过实际发射在空中测试其性能，这样就可以大大降低试验成本，加快研发进度。

10 马赫这个性能，传统火箭橇系统显然是无法实现的。在国外进行的试验中，传统火箭橇理论上可以达到 8.3 马赫的最高速度，但运动过程产生的剧烈振动导致无法进行试验，只有在小于 2.5 马赫的速度，才能开展正常试验。

2009 年，负责火箭橇试验的美空军 846 测试中队，在研制成功的磁浮火箭橇系统上进行试验，进行了高速运行测试，速度达到了 676 千米，已经非常接近音速，解决了因振动而不能进行高速运行试验的问题。

此后，美空军 846 测试中队开展了能显著减少振动的磁浮火箭橇系统试验，以求达到更大的负载和更高的速度，最终实现 10 马赫的终极目标，为高超音速武器的发展提供试验支撑。

位于新墨西哥州的霍洛曼美空军基地，现在建立了磁浮火箭橇试验基地，其中惯性制导实验室作为专业测试、评估、分析技术中心，每年要开展 200 多次试验，航天、导航、制导类试验占 90％以上，它是目前世界上技术最成熟的先进磁浮火箭橇系统。

随着磁浮火箭橇系统研制与试验技术的不断进步，导弹等各种飞行器试验完全可以在地面完成，而不需要进行太多的实际发射来测试其性能，大大缩短了武器系统的研制周期，节省研制和试验成本，使军事领域特别是武器装备发展变得更加快速。


# 航天器发射

卫星及航天器的发射，需要运用火箭作为动力将其送入太空。目前，世

界上 100％的运载工具和 95％以上的航天器采用化学推进技术，部分航天器在轨机动运用太阳能锂电池。

20 世纪以来，随着航天技术的进步和各国出于自身发展与安全需要，卫星、飞行器的发射日趋频繁。由于采用化学能的火箭发射成本高、能量转换效率低、喷气速度已接近极限，传统的化学推进方法已难以满足日益增长的空间探索及太空商业的需要。据国外研究测算，单独利用火箭发射航天器需要使用超过 1/3 重量的燃料，才能使发射速度达到 1600 千米的时速，发射过程中大部分燃气作用于周围介质，不仅能量浪费大，也对空气造成严重污染。

突破化学推进种种弊端，寻求新的航天器发射方式，科研人员为此进行了多种运载方式的探索，电磁发射就是科学家们普遍看好的一种方案，采用磁浮发射技术是电磁发射技术中研究最早、方案最完备的一种。其优点是：发射装置不需要像火箭那样加注燃料，也不需要像火箭一样发射进入太空，可留在地面并反复使用，能有效降低成本，避免爆炸等危险因素；如果发射器有足够长度，加速度可以降低，这样航天员及脆弱的发射组件不必承担过大载荷，为普通人进入太空提供了可能。有人进行过测算，如果电磁发射获得成功而广泛应用，普通人每次太空旅行成本将大大降低，全球每 500 人中，将有 1 人能够获得一次太空旅行机会。

利用电磁发射替代化学火箭发射，科学家们经过长期探索，已突破解决了高功率脉冲电源、高功率直线电机等一系列关键技术，在航空、航天领域展现出广阔的应用前景。轨道发射、线圈发射、磁悬浮发射将成为未来航天器发射的主要形式，其中超导磁浮发射技术被认为是一种较为理想、最有可能实现的一种发射方式。

超导磁浮发射技术，是利用超导块材和永久磁体相互作用产生的悬浮力来支撑发射载体，然后在直线电机的驱动下，将发射载体不断加速直至将其弹射出去。具有载重量大、悬浮间隙可控、不接触、无摩擦、能耗低、易维护、安全可靠等特点。美国、瑞士、德国、中国等国家对此进行了多年探索与技术攻关。1966 年，美国利用建成的亚音速弹射器将一个 900 千克的航天

器送入了地球轨道。

大量试验证明，超导磁悬浮发射技术可以替代传统化学火箭的第一级，省去的推进剂可增加火箭5%～20%的运载能力。低成本发射和较高的发射频率，使其显示出巨大优势。

磁浮发射技术除代替化学火箭发射航天器外，科学家认为还可以用它来发射高速拦截火箭，如在轨道上安置多个高速拦截火箭，既可以用来快速拦截靠近地球的小行星，避免地球受到威胁，甚至可以拦截来袭的导弹，成为未来导弹防御系统的一部分。

当然，无论是发射航天器，还是防御小行星及导弹，还有许多技术问题需要科学家和工程技术人员研究解决，但作为一种方便快捷、低消耗、低成本的发射方式，预计未来一定会获得成功的实际应用，为人类探索太空、了解宇宙、保护地球和推进军事变革发挥更大的作用。

# 电磁弹射

2013年10月11日，美国最新研制的福特号航空母舰下水，与之前的航母不同，福特号航母采用电磁弹射起飞。与传统的蒸汽弹射相比，电磁弹射具有容积小、对舰上辅助系统要求低、精度高、重量轻、运行和维护费用低的好处，是未来航空母舰的核心技术之一。

电磁弹射技术是随着电磁发射技术出现而发展起来的一项新技术。它是将电磁能转化成动能，借助电磁力（或洛伦兹力）完成对物体加速并进行弹射的一种技术。20世纪40年代，美国海军就利用感应电动机设计技术，着手建造线性电动机并对飞机进行弹射试验。但由于舰载飞机重量大、起飞速度高和研制成本昂贵，一度放弃了电磁弹射器研究工作。1978年，美国海军为解决蒸汽弹射器不能满足舰载飞机重量增加和起飞速度提高的问题，又重新开始对电磁弹射器进行开发，经过10年的可行性论证和小型模型实验，证明

电磁弹射能够弹射范围很宽的有人和无人驾驶飞机，如联合攻击战斗机。

2004 年，美国电磁弹射研究进入成品研制和试验验证阶段，6 年后，电磁弹射飞机试验终于成功，其弹射能力达到 122 兆焦，与蒸汽弹射器相比增加了 29%，表明它能弹射航空母舰所有舰载飞机和未来的飞机，最终应用到了福特号航空母舰上。

电磁弹射器主要由电源装置、强迫储能装置、直线电机、控制系统、导轨、脉冲发生器及辅助系统组成。从前面的介绍中我们知道，磁浮列车就是用直线电机来驱动的，在整个电磁弹射系统中，直线电机也是电磁弹射系统的核心部件，也是系统动力的提供者，它是一种把输入的电能转换为动能，从而在一定距离内推动舰载飞机加速至起飞速度的功率执行部件。因此，直线电机性能在整个电磁弹射系统有着直接的影响。航空母舰上的直线电机动子是采用铝筒，为 U 形状，其中 3 面与直线电机的定子相对，除往复道与航母存在摩擦外，其余均不会产生摩擦，而且铝筒质量轻，远远小于蒸汽弹射器的活塞，因此返回十分容易，减速道也可短得多。

电磁弹射系统中，强迫储能装置是不可或缺的核心部件，它的主要作用是缓解发电机压力，在弹射器不工作时吸收发电机的能量，使发电机在弹射器工作时几乎不受冲击性负荷的影响。因为，电磁弹射系统执行舰载机弹射起飞时，需要在数十秒内获得强大的能量，这个能量就需要强迫储能装置提供，而不是从直线电机中直接获得，否则电机将不堪承受。

控制系统则是整个电磁弹射系统中的大脑，通过运算控制程序，指挥、监视全系统的工作，使发电、储能、电力电子分系统高度协同，从而使系统工作获得高速度、高精度和高可靠性。同时根据飞机类型、环境气候、航母运行状态，发出控制指令，按照要求使飞机达到起飞速度。

电磁弹射是一个十分复杂的系统，技术难度大。到目前为止，美国在海军航母电磁弹射器上花费了 28 年时间和 32 亿美元的经费，目前，美国电磁弹射的起飞速度为 28～103 米/秒，最大弹射能量为 122 兆焦；最短起飞循环时间达到 45 秒，重量为 225 吨。

世界上开展电磁弹射器的研制国家有美国、中国、英国和俄罗斯，但建造全尺寸大型电磁弹射器地面试验设施的国家仅有中美两国。

电磁弹射现在已开始应用于各种平台的无人机弹射起飞。电磁无人机弹射技术是一种新兴发射技术，它主要包括：弹射机架、永磁电机弹射轨道、控制器、制动系统、磁防护结构、电源及管理系统、移动平台等，具有体积小、质量轻、安全隐蔽性好和可靠性高等优点。它能通过精确调节输出电流大小改变弹射能量的大小，从而满足不同质量的无人机起飞和起飞速度的使用要求，同时，无人机还具有通用性强、弹射起飞装置便于车载和机动灵活的特点，可采用小吨位的卡车或是拖车的方式搭载实现快速运输，与传统的弹射器相比，具备弹射全程可控、无过冲、维护工作少、隐蔽性好、机动性强等优势，具有良好的推广应用前景。

电磁弹射是一项十分复杂的系统，目前仅有美国福特号航空母舰应用了电磁弹射舰载机技术，无人机电磁弹射起飞虽然比舰载机相对简单，仍有许多技术需要突破，并未获得普遍应用，但随着无人机技术发展和广泛应用，无人机电磁弹射起飞技术将展现广阔的应用前景。

# 电磁炮

电磁炮是利用电磁力沿导轨发射炮弹的一种先进动能杀伤武器。与传统火炮将火药燃气压力发射不同，它突破了传统火炮以热力学为基础的发射原理，运用电磁系统中电磁场产生的洛伦兹力来对金属炮弹进行加速，使其达到打击目标所需的动能，其速度、精度和射程甚至优于传统火炮，具有明显优势。

19世纪，英国科学家法拉第发现了电磁感应定律，即位于磁场中的电荷和电流会受到一种叫洛伦兹力的作用，即磁场中的导线在通电时会受到一个力的推动，如果让导线在磁场中作切割磁力线运动，导线上也会产生电流。

于是，有人提出利用洛仑兹力发射炮弹的设想。

20世纪初，挪威一名叫伯克兰的物理学教授，正式提出电磁炮概念并获得了专利。之后，美国一家电炮公司研制了用于火炮的电磁加速器。第二次世界大战期间，德国、日本在军事需求刺激下，开始了电磁炮的研制，德国的电磁炮初始速度可以达到1200米/秒，但成为真正的武器尚有很大距离。

20世纪70年代初，澳大利亚国立大学建造了第一台电磁发射装置，并进行过多次发射实验，证明了电磁炮的可行性。这一结论引起了军方的关注，美国国防部迅速成立了"电磁炮联合委员会"，正式开始了电炮研究工作并取得进展，1980年，美国西屋公司实验的电磁炮能把300克的炮弹加速到约4千米/秒，随后，一门口径90毫米、炮口动能9兆焦的电磁炮样炮，在靶场试验，实现了电源小型化的技术突破。

过去40年间，美国共投入2亿多美元用于电磁炮研制。2010年12月12日，美国海军进行的电磁轨道炮试射中，电磁炮以5倍音速的极速，击中了200千米外目标，射程是常规武器的10倍。此后，美国海军又进行了两次电磁炮试射，能量30多兆焦，1兆焦能量相当于1吨重汽车以时速160千米行驶。

美军最终实战配备目标是64兆焦级电磁炮，射程最远可达321千米，可让军舰在敌舰射程范围外发动攻击，研制7倍音速的高速轻型炮弹。经过多年努力，美军于2016年进行海上试射，但目前还没有形成武器安装在军舰的报道，但美国海军在阿拉伯海的巡逻舰艇装备新型电磁导轨炮测试进展顺利。

电磁炮具有推力大、速度快、发射能量可调、弹丸稳定性好、隐蔽性强、成本低等特点。此外，由于电磁炮不用火药，既可提升船员安全，也可使军舰增加炮弹的携带数量。其类型主要有线圈炮、轨道炮、电热炮、重接炮4种。

线圈炮又称交流同轴线圈炮。它是电磁炮的最早形式，由加速线圈和弹丸线圈构成，其原理是将加速线圈固定在炮管中，接入交变电流产生交变磁场，在弹丸线圈中产生感应电流，在磁场互相作用下产生电磁场力，使弹丸

加速运动并发射出去。

轨道炮是电磁炮最常见的式样，它是利用轨道电流间相互作用的安培力，把弹丸发射出去的一种发射装置。它由两条平行的长直导轨组成，当强大的电流从一条导轨流入，再从另一条导轨流回时产生强磁场，在磁场作用力推动下，将弹丸以很大的速度射出。轨道炮被认为是一种先进的动能杀伤武器，许多国家将其列为未来武器重点发展计划。

电热炮的原理是在普通炮管内设置连接等离子体燃烧器的电极，将燃烧器安装在炮后膛的末端。当等离子体燃烧器两极间加上高压时产生电弧，使放在两极间的等离子体生成材料蒸发。蒸发后的材料变成过热的高压等离子体，从而使弹丸加速，达到发射的目的。

重接炮没有炮管，是一种多级加速的无接触电磁发射装置，原理是利用两个矩形线圈上下分置，炮弹在两个矩形线圈产生的磁场中通过强磁场力作用，被放置在两个矩形线圈上下间隙中的加速装置弹射出去。它要求弹丸在进入重接炮之前应有一定的初速度，通过无接触电磁发射装置加速，以获得更快的发射速度，是电磁炮一种最新的发展形式。

作为新兴的高技术新式武器，其军事前景被军方所看好，美国曾将电磁轨道炮列入"星球大战"计划，用于天基反导系统。由于电磁炮初速度高，可用它摧毁空间的低轨道卫星和导弹，拦截由舰只和装甲发射的导弹，也可以用电磁炮代替高射武器和防空导弹，执行防空任务。美国和英国正在积极研制用于装甲车的防空电磁炮。

美国多次试验证明，电磁炮还是对付坦克装甲的有效手段，因为它的穿甲能力极强，能有效地穿过坦克装甲，是非常优良的反装甲武器。如果用于改进传统火炮，则可大大提高火炮的射程，而让美军海军最感兴趣的是在舰艇上装备电磁炮，建造新型舰炮，美国军事专家认为，电磁炮可能带来"海军战法的革命"，成为未来美国海军新式武器。

虽然电磁炮优势显著，应用前景广阔，但研制还需要突破一系列关键技术。随着科技的迅猛发展，电磁炮成为真正的新式武器已为时不远。

# 磁悬挂风洞

　　风洞是进行空气动力研究与试验最常用、最有效的工具。它通过人工产生和控制气流，模拟飞行器或物体周围气体流动，以量度气流对物体的作用以及观察其物理现象。风洞主要用于研究空气动力学的基本规律，以验证和发展有关理论，并直接为各种飞行器的研制服务，通过试验来确定飞行器的气动布局和评估其气动性能。

　　风洞的产生和发展，与航空航天科学发展紧密相关，设计和制造新的飞行器必须经过风洞试验。20 世纪 50 年代美国研制的 B－52 型轰炸机，曾进行过约 1 万小时的风洞试验，美国的第一架航天飞机研制，共进行了约 10 万小时的风洞试验。由于风洞的控制性佳，可重复性高，风洞也被广泛用于汽车空气动力学和风工程的测试，譬如结构物的风力荷载和振动、建筑物通风、空气污染、风力发电、环境风场、复杂地形中的流况、防风设施的功效等。所以，故风洞实验是研究许多风工程问题最常用的方法。风洞实验数据亦可用来验证数值模型的有效性，找到较佳的模式参数。

　　风洞主要由洞体、驱动系统和测量控制系统组成，各部分的形式因风洞类型而不同。风洞试验原理就是在地面上人为地创造一个"天空"，依据运动的相对性原理，将飞行器的模型或实物固定在地面人工环境中，人工制造气流，通过不同流速、不同密度和不同的温度，以此模拟空中各种飞行器的真实飞行状态，获取试验数据。这是现代飞机、导弹、火箭等研制定型和生产的"绿色通道"。

　　空气动力学是目前世界科学领域最为活跃、最具有发展潜力的学科之一。世界各发达国家对空气动力学的发展都给予了高度重视，不惜花费巨额资金建设空气动力试验设施并开展研究工作。全世界的风洞总数已达千余座，风洞种类繁多，按试验段气流速度大小来区分，可以分为低速、高速和高超声

速风洞。

虽然风洞可以在地面上人为地创造一个"天空"，但飞行器的模型或实物是依靠支架支撑固定在风洞中的，并不能完全实现像真实的天空中飞翔。支架对空气动力实验是有干扰的，支架干扰改变了脱体涡和非定常尾迹的流态，给飞行器的模型或实物气动力的测量造成误差，这种误差在某些情况下甚至大大超过洞壁干扰效应，同时，给准确的实验和测量带来困难。主要是机械支架的存在，造成了绕模型流场的畸变，影响了对所试验的飞行器的几何外形模拟的准确性，限制了飞行器模型平动和转动的范围，对于动态试验，极大地限制了振幅和频率，从而限制了风洞试验的能力。

这个问题一直是风洞试验研究中的一项难度大、技术复杂的课题，尽管科学家们研究了各种各样的机械支架，甚至通过测试支架本身的气动参数，寻求合适的支撑方式和支撑干扰修正方法，或是用数值计算进行支架干扰修正方法研究，以便对风洞试验的结果进行必要的修正，但实际效果还十分有限。

随着飞行器向高超音速、大攻角复杂流场等方向发展，对风洞试验及其数据精度要求越来越高，复杂流场对支架干扰的影响也越来越严重。两者之间日益突出的矛盾，迫使科学工作者去探讨没有机械支架的天平。因此，许多科学家就把目标投向由磁力支撑飞行模型的天平——风洞磁悬挂天平，也可称为磁悬挂或磁悬浮风洞。

磁悬挂风洞的基本原理是运用电磁力将飞行器模型或实物，稳定悬浮在风洞中，通过多分量电磁力而不是机械支架来支撑飞行器模型进行空气动力实验，根据牛顿力学平衡方程，通过校准测量和反演计算得到飞行器模型的气动参数，获得飞行器模型的空气动力特性数据，从而为飞行器的空气动力设计提供依据。

它的优势在于，它没有机械支架干扰，使飞行器模型或实物能稳定地、高精度地、各自由度在独立悬挂在风洞中，可以控制运动状态，如攻角、摇摆、滚转、阶跃等，更能模拟其与气流在相对运动中的气动性能，从而获得

准确的实验参数，有利于动态气动实验，特别有利于大攻角的气动实验。

正是由于这些优势，世界上一些著名研究机构对磁悬挂天平进行了长期的研究。如美国国家航空航天局兰利研究中心，利用 33 厘米磁悬挂天平进行各种气动实验。他们通过设计激光姿态测量传感器系统及特殊的天平电磁结构，可以使飞行器模型的悬挂攻角达到 90 度。与此同时，他们正在考虑利用日益成熟的超导技术，建造口径为 2 米的磁悬挂风洞。日本国家空间实验室、英国一些大学等都在深入开展磁悬挂天平的研究工作。莫斯科航空学院也研制了一座 40 厘米的磁悬挂风洞，但由于经费等原因，该项目的气动实验没有最新进展的报道。

在国内，国防科技大学相关学科借助在磁浮交通技术研究积累的相关成果，与相关部门合作先后研制成功了两台小型磁悬挂天平系统，并研制了一座 30 厘米×30 厘米尺寸试验段的风洞，并进行了吹风实验。此后，科研人员将研究定位在悬挂系统的数字化改造和对标模吹风实验，取得一系列阶段性成果。

磁悬挂风洞的研究与实验相当复杂，它涉及控制论、电力电子、电磁场理论、光学、空气动力学等多门学科，难度很大。到目前为止，仍处于研究探索阶段。由于磁悬挂风洞无支架干扰和机械约束，为空气动力学一些研究课题提供了特定的条件。尤其在支架干扰及其修正方法研究、飞行器模型动稳定性试验技术研究、飞行器模型大攻角非定常流动研究、俯仰、滚转、时滞、马格鲁斯效应等多种阻尼导数的动态特性研究方面，具有独特的优势，这使得世界上许多研究机构愿意投入更多的人力和财力进行深入研究。

可以预见，随着科学技术的不断进步和相关技术的突破，磁悬挂风洞将成为未来在空气动力研究和试验中一种更加优越的工具，在航空航天及武器装备发展中发挥出重要作用，磁浮技术也将在更多领域显示出它的独特优势和发展潜力。

# 第十一章

## 未来更美好

"旧时王谢堂前燕，飞入寻常百姓家。"唐代诗人刘禹锡的这一诗句，道出了时代变迁的无限感慨。曾几何时，磁浮列车还是一个遥远的梦想。如今，磁浮交通已经进入了普通百姓的生活，为他们出行提供了便捷、舒适的新型轨道交通工具。

"轻飘飘"的列车，"静悄悄"地开。一南一北两条中低速磁浮交通运营线的运营，在新时代的神州大地卷起一股磁浮交通的浪潮，许多城市开始把磁浮列车作为发展城市轨道交通的一种选择，国家相关部门和地方政府纷纷制定措施，积极支持磁浮交通和相关产业发展，备战磁浮时代的来临。

随着中国特色社会主义进入新时代，我国城市轨道交通已处于一个快速发展时期。有关分析资料显示，到 2020 年，北京、上海、广州等 20 多个城市将建设上百条城市轨道交通线路，总里程将达 3000 多千米，投资在万亿元以上。这一市场需求为中低速磁浮交通技术产业发展产生重大需求牵引，为

磁浮交通形成高端民族产业带来了难得机遇。

有关专家指出，我国磁浮交通技术经过 38 年的探索与自主创新，已掌握了拥有完全自主知识产权的核心关键技术，实现了所有装备的国产化，通过长沙、北京两条磁浮交通示范线建设与运营管理，积累了丰富的工程建设、运营管理、检测维修经验，综合技术已处于世界领先地位。

国产磁浮交通的快速发展，既为新型城市建设与发展提供了高性价比的轨道交通工具，又为解决我国城市交通问题提供新的选择，还可以带动其他相关产业的技术进步，促进发展方式的转变，促进节能减排和实现低碳发展，实现绿色出行。

可以预见，一个磁浮交通时代即将到来。

## 磁浮让城市更美好

"人们来到城市，是为了生活。人们居住在城市，是为了生活得更好。"亚里士多德在几千年前留下的这句话，道出了人们对于城市生活寄予的期望与憧憬。

城市交通是关乎民生的大事，低碳环保、绿色出行是民众期盼。党的十九大报告强调："既要创造更多物质财富和精神财富以满足人民日益增长的美好生活需要，也要提供更多优质生态产品以满足人民日益增长的优美生态环境需要。"实现生活方式和消费模式向勤俭节约、绿色低碳、文明健康的方向转变，如今已写入国家环保部《关于加快推动让生活方式绿色化的实施意见》。

中低速磁浮应用于城市轨道交通和短距离城际轨道交通，正契合了上述需求。相比传统轨道交通工具，磁浮列车靠电磁力悬浮于轨道运行，车与轨不接触、无摩擦，具有噪声小、振动小、无排放污染、爬坡能力强、转弯半径小、易实施等优点，特别适合城市轨道交通，是一种电磁环境友好、绿色

低碳的新型交通工具。

乘坐过长沙磁浮快线和北京 S1 线的乘客能体会到，磁浮列车的平稳、安静、舒适和快捷。

此前，我国城市轨道交通主要采用地铁、轻轨等传统轨道交通方式。现在磁浮交通已加入城市轨道交通中，从建造与运营成本分析，地铁造价比磁浮差不多高出一倍，与轻轨相当，且没有噪声影响，如果考虑维修维护成本，磁浮交通的综合性价比要高于地铁和轻轨。据李杰教授介绍，上海高速磁浮列车，迄今已奔跑了 15 年，未曾大修，可见磁浮使用寿命长，维修成本不高。

随着长沙磁浮快线、北京 S1 线的开通运营，磁浮交通为城市发展轨道交通提供了新的选择，未来许多城市也将拥有自己的磁浮交通线。

那么，中低速磁浮交通速度在怎样一个区间更合理呢？一个普遍看法是，时速 200 千米以下的比较适应城市和短距离城际轨道交通。这就可称之为中速磁浮交通了。在这方面，我国也早有考虑和布局。

2017 年 8 月，最高设计时速可达 160 千米的新一代中速磁浮列车试验车，在上海临港 1.7 千米试验线上完成了时速 120 千米的运行试验。

2017 年 12 月 13 日，国家发展改革委办公厅关于印发《增强制造业核心竞争力三年行动计划（2018—2020 年）》重点领域关键技术产业化实施方案的通知。在轨道交通装备关键技术产业化实施方案中，明确将中速磁浮列车列入其中。提出开发车体、牵引系统等核心部件，形成完全自主知识产权和标准体系，研制时速 160 千米中速磁悬浮列车样车，开展示范应用，形成产业化能力。中国中车首席专家、株洲电力机车有限公司副总工程师杨颖介绍，中低速磁浮列车时速在 160 千米以内，适于市内和市郊运输。

2018 年 5 月 23 日，由中国中车唐山机车车辆有限公司、国防科技大学、北京磁浮交通发展有限公司、中国科学院电工研究所等单位联合研制的新型磁浮列车工程样车运行试验取得成功，设计时速可达 160 千米。据磁浮交通技术专家窦峰山介绍，该车在国际上首次采用"长定子永磁直线同步牵引＋

永磁电磁混合悬浮"技术方案,通过对牵引和悬浮系统的优化升级,实现了混合悬浮控制、高精度定位测速、降低电磁铁发热、电器设备结构优化一系列关键技术突破,模块化、轻量化、集成化程度有了进一步提升,具有能耗低、牵引效率高、设备更换维修方便等特点。与我国现在投入运营的中低速磁浮交通相比,悬浮功耗降低 20%,牵引效率提高 10% 以上,综合技术性能达到国际先进水平。

有关专家指出,这种兼具高速与中低速磁浮交通优点的新型磁浮列车,将为我国提供一种方便快捷的绿色轨道交通工具,非常适合在城市群之间、中心城市和卫星城市之间及大城市中运行,具有广阔的应用前景。

中国中车大连机车车辆有限公司城轨技术开发部总体设计师郭柏龄认为,不用多久,他们或可批量投产三节组编的新一代中低速磁浮列车。新的磁浮列车通过优化悬浮架结构和工艺,加大了直线电机安装空间,为车辆进一步提升牵引能力提供了有力保障。

随着中低速磁浮交通在城市的广泛应用,更多民众将享受到这种绿色低碳的交通工具。城市因磁浮将变得更加美好。

## 混合悬浮,抢占磁浮交通新高地

"忽如一夜春风来,千树万树梨花开。"自从长沙磁浮快线开通运营后,有关磁浮交通的各种信息,就不断传出,吸引着人们的眼球。

2016 年 10 月 21 日,中国中车发布消息,研发时速 600 千米的高速磁浮交通技术,并启动新型永磁电磁混合悬浮系统的研发工作。

这条消息有两个关键词:永磁电磁混合悬浮、时速 600 千米。好一个"高大上"的项目。话分两头,各表一枝,先来谈谈永磁电磁混合悬浮。

磁浮列车是依靠电磁力使列车悬浮在轨道上"贴地飞行"。悬浮方式可分电磁型和电动型两种。电磁型是利用磁体的吸力实现悬浮,如长沙磁浮快线、

北京的 S1 线、日本的 HSST 系列磁浮列车、上海高速磁浮线引进的德国 TR 磁浮列车，都是使用常导电磁力悬浮控制技术。电动型是利用磁体的排斥力实现悬浮，如日本的超导磁浮列车、美国的 GA 磁浮列车，采用的是超导等电磁力的涡流悬浮技术。两相比较，各有特点，但电磁型相对优越，目前已投入实际运营的都是这种悬浮方式。无论是哪种方式，悬浮控制都是磁浮交通系统的核心关键技术。

混合悬浮在原理上与电磁悬浮相似，依靠磁性吸引力实现列车的稳定悬浮。不同之处在于电磁铁中嵌入了永磁体，让永磁体承载列车大部分重量，电磁线圈电流仅发挥动态调节作用，因此，称为永磁电磁混合悬浮。它的优点在于能显著减小悬浮系统能耗，改善磁铁发热状况，使永磁承载和电磁控制的匹配关系得到优化，解决了永磁体防高温、有效承载和可控性的问题。它既适合于中低速磁浮交通，更是高速磁浮交通系统的新兴核心技术。

我国建设上海高速磁浮交通运营线时，向德国购买了线路轨道及车体结构生产许可，但核心的悬浮导向控制技术，德国政府明确表示不向我国转让。其悬浮导向系统和备件，必须高价购买。因此，我国将高速磁浮交通技术国产化研究列入"十五"863 重大专项，组织多家单位进行技术攻关，国防科技大学主要承担了悬浮导向控制技术的研发任务。

早在 21 世纪之初，国防科技大学就进行了新一代永磁电磁混合悬浮控制技术研发，经过多年刻苦攻关，研制出具有领先优势的永磁电磁混合控制的悬浮转向架，以及与现有中低速磁浮交通系统车辆、轨道完全兼容的永磁电磁混合悬浮控制系统，实现了中低速永磁电磁混合磁浮车辆的成功运行。2012 年，基于永磁电磁混合悬浮的磁浮列车研制成功，在唐山 1.5 千米试验线上进行 3 万千米的运行测试表明，悬浮能耗减少了 60%。

2007 年，国防科技大学研制的双转向架高速磁浮列车的混合悬浮导向系统，在上海 1.5 千米试验线上成功运行。2017 年 5 月，通过对两辆编组的永磁电磁混合悬浮列车的改进与优化，将高速永磁电磁混合悬浮技术的连续静浮能力提高到 24 小时，未来可以实现"零功耗"悬浮。

这一创新成果有效提高了磁浮交通系统车辆负载变化、运行速度变化等悬浮适应性难题，并且能与现有轨道和车体完全兼容。同时，通过有效降低悬浮系统能耗、减少电磁铁热量散发，实现了节能环保要求；通过减小车载电源装机容量，减轻车辆自身重量，从而提高了磁浮列车运营的经济效益。

国防科技大学的这一创新成果，填补了国内空白，实现悬浮控制技术的跨越式发展，为发展高速磁浮交通奠定了技术基础。同时，打破了德国对我国高速磁浮交通技术的封锁，促进了德国纯电磁悬浮控制技术对上海高速磁浮线的转让。

2017 年 11 月，在上海通过了 863 计划"高速磁浮交通技术研究"重大专项验收。专家认为，永磁电磁混合悬浮控制技术的突破，标志着我国继德国、日本之后，第三个拥有高速磁浮交通技术的国家。该项成果共获得发明专利 7 项、实用新型专利 3 项，形成了 3 项企业标准。相关技术获得 2015 年度北京市科学技术进步二等奖。

2018 年 5 月，首次采用了"永磁电磁混合悬浮"技术研制的新型中速磁浮列车工程样车，在国防科技大学试验线运行试验取得成功，标志着我国在混合悬浮应用方面取得了新的突破。国防科技大学是全国唯一掌握磁浮列车混合悬浮控制技术的单位。

引领磁浮发展，创造绿色交通。突破掌握了混合悬浮控制技术，使我国抢先占领了磁浮交通产业的一块新高地。据有关专家介绍，国内丰富的稀土资源和永磁材料资源，为我国发展永磁电磁混合悬浮技术研究，形成高端磁浮产业提供了有利条件，可有效提升我国磁浮交通产业的国际竞争力，为磁浮交通系统参与"一带一路""走出去"的国家大战略实施提供了有力的技术支撑。

## 时速 600 千米指日可待

时速 600 千米，接近飞机的飞行速度。是否靠谱，真的能行吗？

"从磁浮原理上看，速度可以无极限。"磁浮交通技术专家说，高铁等传统列车运行，依靠轮子的旋转运动。当速度高到一定数值，轮子转动产生的离心力，或导致轮子开裂损坏。因此，其速度提升空间有限。而磁浮列车的运行，是一种直线平衡运动，避开了离心力影响。因此，时速 600 千米的高速磁浮是完全可以实现的。

高速磁浮交通系统由磁浮车辆、地面牵引控制、运行控制、线路轨道系统等构成，涉及学科、专业众多，是一项技术难度极高的系统工程。2015 年 4 月，日本东海旅客铁路公司的超高速磁浮列车，在载人运行中创造了 603 千米的最高时速，创造了世界列车速度的新纪录。

从上海高速磁浮交通运营示范线看，从 2002 年 12 月 31 日开通至今，以时速 430 千米运行，已实现 15 年以上无间断安全运行，正点率 99.97%。每列车无大修累计运行里程，均已超过 500 万千米，运营人员包括售检票、检修、管理等，换算下来合每千米不到 5 人，从安全、维护、管理上看，高速磁浮交通具有其不可比的优点。

2016 年 10 月，科技部组织召开"先进轨道交通"重点专项启动会，高速磁浮项目正式启动。该项目采用产学研用相结合的创新模式，由中国中车青岛四方机车车辆股份有限公司牵头，联合国内 15 家企业、高校、科研院所共同攻关，其目标是攻克时速 600 千米高速磁浮系统核心技术，全面掌握自主设计、制造、调试和试验评估方法，研制高速磁浮工程化样机，建立具有国际适应性的中国高速磁浮系统核心技术和标准规范体系，形成高速磁浮交通系统完全自主化与产业化能力。

这意味着，中国在高速轮轨列车技术领先世界后，正力图打造一个新的"中国智造"品牌，并且已列入国家计划。

这一点亮磁浮未来的"高速磁浮交通系统关键技术研究"项目，主要依托国防科技大学突破掌握的高速悬浮控制技术，以及我国在中低速磁浮交通装备制造能力和线路建设工程经验，形成我国自主并具有国际普遍适应性的新一代中、高速磁浮交通系统核心技术体系及标准规范体系，具备中、高速

磁浮交通系统和装备的完全自主化与产业化能力。

　　2017 年 11 月，国家发展改革委办公厅关于印发《增强制造业核心竞争力三年行动计划（2018—2020 年）》发布，在重点领域关键技术产业化实施方案中，已将时速 600 千米高速磁浮列车研发试验工程列入重点工程。通过开展时速 600 千米高速磁浮列车及关键装备研发试验，突破高速磁浮列车及核心部件设计、制造技术，掌握调试、试验评估方法，搭建悬浮导向、车载供电等关键技术研发试验调试平台。

　　通过实施本方案，使我国轨道交通关键技术装备创新能力及产业化水平进一步提升，产品智能化、系列化、标准化迈出新步伐，产业链上下游协同发展格局基本形成，产业核心竞争力明显增强。该行动计划两个月后，好消息接踵而来：2018 年 1 月 25 日，时速 600 千米高速磁浮交通系统技术方案在青岛通过专家评审。

　　评审会上，高速磁浮课题负责人、中车青岛四方机车车辆股份有限公司副总工程师丁叁叁汇报了高速磁浮交通系统技术方案。19 名国内知名院士和专家参加了评审会，专家组认为，目前高铁的最高运营时速为 350 千米，飞机巡航经济时速为 800～1000 千米，时速 600 千米高速磁浮交通系统可以填补高速铁路和航空运输之间的速度空白，既可用于长途运输，也可用于快捷通勤，尤其适用于三种交通运输模式，即：经济规模大、同步性高、一体化强的"通勤化"交通；经济规模大、互补性强、协调性需求高的大型城市间的"同城化"交通；经济规模差异大、发展均衡性需求大的东西部中心城市间的"走廊化"交通。对于丰富我国轨道交通体系结构，形成由航空运输网、高速轮轨网和高速磁浮网组成的高速运输网，实现我国轨道交通技术持续领跑，在未来国际竞争中抢占技术制高点，具有重要而深远的意义。

　　专家组经过审阅相关技术资料、质询和讨论后，认为课题组提出的高速磁浮交通系统，采用成熟的常导技术和具有我国特色的永磁电磁混合悬浮技术组合的技术方案，技术定位准确、技术路线正确、主要技术指标具有创新性和先进性，技术方案可行，一致同意通过评审。

高速磁浮交通系统技术方案通过评审，这标志着"高速磁浮交通系统关键技术"课题取得重要阶段性成果。

# 真空磁浮，一个美丽愿景

自古以来，人类追求速度的步伐从未停止，也永远不会停止。梦想激发想象力、创造力，最终又将梦想一次次变成了现实。

一切皆有可能，只有想不到，没有做不到。磁浮交通就是这样，它当初也是缘于对速度的追求，经过漫长探索和创新，才最终成为人们绿色低碳出行的交通工具。

今天，当高速磁浮列车创下 603 千米试验运行时速时，一种时速不低于 3000 千米，最高时速甚至可达 2 万千米的真空管道高速磁浮交通，也已在科学家的设计和试验之中。

所谓真空磁悬浮交通，就是在一个真空的管道里面铺设磁浮轨道线路，然后让列车在真空管道中运行。由于没有轮轨摩擦和空气阻力，从而使列车运行达到令人难以置信的高速。

作为未来的新型磁浮交通技术，真空管道磁浮列车能耗不到民航客机的 1/10，而噪声、废气排放接近于零。一旦实现，可以将北京与华盛顿纳入 2 小时交通圈，用数小时可完成一次环球旅行。如果按照它的最低时速 3000 千米计算，从乌鲁木齐到北京也只要 1 小时。

因为是真空的管道，根据设计，所有管道的入口和出口都会有两道门。运行时，工作人员首先打开外层门，列车将从车站进入管道两门之间的夹层，外层门关闭后，真空泵开始抽走空气，此时，工作人员再打开里层的门，列车就会进入真空管道，开始加速、运行，而出管道时，则是按照相反的顺序。这个过程类似于航天员在太空进出太空舱的操作模式。

虽然列车是在真空环境下运行，但全密封的车厢内会模仿日常的列车环

境，让乘客感到舒适。等到列车加到一定速度后，它将匀速运动，那时，乘客对速度不会有任何感觉，就像航天员在太空中飞行一样感觉平稳。

最早提出真空磁悬浮交通这一概念的是美国兰德咨询公司和麻省理工学院的专家，美国佛罗里达州机械工程师戴睿·奥斯特则经过多年的研究，完成了这一新型交通方案的设计，并于 1999 年在美申请获得真空管道运输（ETT）系统发明专利。

2001 年，中国科学家开始关注真空管道磁浮交通并开始研究，2004 年 12 月，在四川成都召开了由 8 名"两院"院士和多名国内权威专家出席的研讨会，对此进行了深入探讨。2007 年，以张耀平为领头人的团队，成功申请了国家自然科学基金项目"真空管道高速磁浮交通基础研究"。经过多年研究，他们在"真空管道中的隔离室""一种真空管道运输系统中磁浮车与车站间的对接装置""一种用于真空管道系统中的密封门""真空管道高速交通运行抽气系统"等方面取得了突破，并申请了专利。西南交通大学搭建了全球首个真空管超高速磁悬浮列车原型测试平台，用以试验真空管道运输的可行性。测试中，真空管道内的大气压比外界低 10 倍。鉴于实验环线半径仅 6 米，测试车辆目前最高速度为每小时 50 千米。

有关专家认为，真空管道磁浮交通因为消除了火车与轨道的摩擦阻力和飞机与大气的摩擦阻力，其优势在于快速、高效、节能、环保、安全。它是未来交通的可选方式，是地球村时代的呼唤。实现地面高速交通，真空管道磁浮交通将是理想的选择。

然而，如同任何新生事物一样，真空管道磁浮交通的发展同样面临着诸多难题与挑战，不可能一蹴而就。有关专家指出，经过技术的不断突破和改进，时速达到 6500 千米是未来一个可能实现的目标，但实现成本太高。这么长的真空隧道，除了在管道口要设立泵站，真空管道内大概每隔 2 千米或 3 千米也要设一个泵站，用真空泵抽取管道内的空气。修 1 千米地铁需要 8 亿元，真空管道 1 千米可能 10 亿元也拿下不来。另外，其安全、可靠问题也需要充分研究和慎重对待。

目前，我国已经有九州动脉、远大科技集团等几家公司开展真空管道磁浮技术的商业推动和研发工作。

2018 年 4 月 25 日，湖南省长沙市发改委公布一批企业投资项目备案，其中远大科技集团有限公司远大真空磁浮列车试验线项目在列。根据公示资料显示，该项目首期拟建设的远大真空磁浮列车试验线为 1.3 千米。

远大科技集团提出建造真空磁浮列车试验线项目，源于他们在全球首创发明的低碳科技成果，不锈钢芯板。这种不锈钢芯板的结构特征，类似于传统的铝蜂窝板，具有超轻超强力学特性，比同刚度钢筋混凝土重量轻 8 至 20 倍，比同刚度工字钢等型钢重量轻 5 至 7 倍，比碳钢耐腐蚀 100 倍以上，该技术或将给建筑、路桥、车辆、航空领域带来颠覆性变革。在 2018 年博鳌论坛上，该集团展示了他们耗时 3 年研发成功的这种新材料。

从总体上说，真空磁悬浮交通仍处于基础研究阶段，考虑到建设成本、安全以及维护等问题，真空磁浮交通的实际应用，还有很长的路要走。

# 中国磁浮必将走向世界

2017 年，来自"一带一路"沿线 20 个国家的青年，评选出了他们心中的"中国新四大发明"：高铁、支付宝、共享单车、网购。中国高铁位居榜首，也成了外国青年最想带回家的"中国特产"。

2017 年 12 月 28 日 8 时，随着 D1611 次列车驶出石家庄站向东飞驰而去，石家庄至济南高速铁路全线开通运营，至此，我国高铁网"四纵四横"中的"四横"完美收官，中国高铁运营里程达到 2.5 万千米，位居全球第一。

在短短几年间，中国高铁后发先至，发展速度令世界惊艳。

1964 年，日本东海岛新干线开通，世界上第一条高铁诞生。1981 年，法国建成了当时欧洲唯一一条高速铁路，1991 年，德国第一条高铁线路正式开通运营。

1978 年，邓小平访问日本，乘坐日本新干线的画面传回国内后，中国人才真正关注起高铁来，发展中国的高铁想法开始萌芽，并迅速生长。

2003 年，秦皇岛至沈阳的秦沈客运专线开通，中国第一次拥有了真正意义上的高速铁路，以中华之星、先锋号、蓝箭为代表的一大批优秀国产动车组型号诞生，我国高铁技术引进、消化、吸收再创新中，迅速取得进展并开始广泛应用。

2008 年 10 月，国家发展和改革委员会批准了《中长期铁路网规划（2008 年调整）》，并提出"四纵四横"的规划。其中，四纵为京沪高速铁路、京港客运专线、京哈客运专线、杭福深客运专线；四横为徐兰客运专线、沪昆高速铁路、青太客运专线、沪汉蓉高速铁路。"四纵四横"高速铁路的大规模建设和高铁技术的自主创新，确定了中国高铁网络的建设标准以及运营标准，成为中国高铁发展的基石。

2017 年 6 月 25 日，具有完全自主知识产权的"复兴号"投入运营。在标准动车组采用的 254 项重要国际国内标准中，中国标准已占 84%。"复兴号"可以适应横跨 40 摄氏度到零下 40 摄氏度环境下长距离、高强度的运行需求。车组进行 60 万千米运用考核，超过了欧洲 40 万千米的考核标准。

未来，中国高铁网还将向"八纵八横"迈进。根据 2016 年 7 月新调整后发布的《中长期铁路网规划》，到 2020 年，中国铁路网规模将达到 15 万千米，其中高铁里程将达到 3.8 万千米。届时中国将建成以"八纵八横"主通道为骨架、区域连接线衔接、城际铁路补充的现代高速铁路网，基本连接起省会城市和其他 50 万人口以上大中城市，实现相邻大中城市之间 1 至 4 小时交通圈，将改变我国城市力量格局。

在国内建设如火如荼之时，中国高铁触角已遍及亚洲、欧洲、美洲和非洲的 20 多个国家，服务于"一带一路"布局。2015 年 10 月 16 日，印尼雅万高铁项目花落中国，这是中国高速铁路全方位整体走出去的"第一单"。眼下，中国高铁"走出去"的跨界版图还在不断延伸——印尼雅加达至万隆高铁、中老高铁、中泰高铁、俄罗斯莫斯科至喀山高铁、马来西亚吉隆坡至新

加坡高铁等境外项目合作，均已取得突破性进展。

中国高铁，惊艳世界。那么，中国磁浮能否像高铁一样，冲出国门走向世界呢？

无论是磁浮交通技术专家，还是积极推进磁浮交通产业化的北京磁浮、湖南磁浮及相关装备制造企业，对此都充满信心。

国防科技大学沈林成教授说："20世纪80年代初，我们在国内率先开展磁浮交通技术研究，突破掌握了磁浮交通核心关键技术，通过军民融合、协同创新，实现了所有装备的国产化，已建成一南一北两条磁浮交通运营线，中国磁浮完全具备了走出国门的必备条件。"

截至2018年年初，长沙磁浮快线和北京S1线，共迎来了新加坡、德国、巴西、韩国、奥地利、马来西亚等35个国家的政府官员、技术专家、经济学者前来考察交流，德国及马来西亚已提出与中国开展合作的意向。

2016年9月23日至25日，本年度国际磁浮交通大会在德国柏林召开，长沙磁浮快线犹如一张亮丽名片，在国际磁浮交通领域大放异彩，为中国赢得双重惊喜：湖南磁浮公司受邀在大会上介绍长沙磁浮快线的技术、标准及装备情况；湖南长沙获得2020年国际磁浮大会举办城市。中国俨然成了中低速磁浮交通列车技术的国际交流平台，引领磁浮交通技术的创新与发展。

打造"中国磁浮"名片，中国磁浮交通正在多个领域同时发力。在前述《增强制造业核心竞争力三年行动计划（2018—2020年）》实施方案中，研制时速160千米中速磁浮列车和时速600千米高速磁浮列车，已列入重点工程，旨在通过开展示范应用，带动形成产业化能力。未来几年，我国将形成自主并具有国际普遍适应性的新一代中低速、高速磁浮交通系统核心技术体系及标准规范体系，具备磁浮交通系统与装备产业化能力。

2016年8月，中国铁建注资20亿元，在武汉挂牌成立了中铁磁浮交通投资建设有限公司，主要从事磁浮交通、单轨交通及其他新型轨道交通项目的投资、研发、规划、建设、运营管理、咨询和技术服务等，而湖南省政府与国防科技大学共同组建的湖南省磁浮技术研究中心，则旨在通过建成集磁浮

技术研发、项目规划设计、投资建设与运营维护于一体的军民融合发展经济体，推动磁浮交通核心技术、全套技术的工程化和产业化，打造新的产业链和产业集群，开拓国内外磁浮交通产业新市场。

北京磁浮为使中国磁浮"驶向"世界，依托 10 多年联合国内相关领域建成的工程化研发平台，正着力推进技术研发、核心装备总装集成、建设与管理、运营检修维护的"四位一体"发展模式，将中国磁浮打造成"交钥匙工程"。

"雄关漫道真如铁，而今迈步从头越。"人们有理由相信，作为世界磁浮交通技术研发与应用的领先者，中国必将站上一个新的产业高地，中国磁浮也必然像"中国高铁"一样，冲出国门、走向世界。

# 尾 声

## "磁浮热"的冷思考

遥远的东方有一条"龙",她的名字叫"中国磁浮"。在国际轨道交通领域,"中国磁浮"已成为继"中国高铁"之后又一个高端制造品牌。

38 年拼搏创新、艰苦奋斗不寻常。当中国人"贴地飞行"的梦想变成了现实,不仅把人们对磁浮交通可行性和安全性的担忧等一扫而光,更用事实证明了磁浮交通的先进性、可靠性,给人们带来了一种安全快捷、绿色低碳的出行方式。

一个民族的智慧、一个国家的创造力,往往需要一些标志性成果来证明,中国磁浮交通技术的发展与应用,它向世界表明,中华民族完全有能力依靠自主创新,把关键核心技术掌握在自己手中,在世界高科技领域占有一席之地,更能发挥社会主义制度的优越性,实现又好又快发展。

在人类近百年的发展历程中,最早研究磁浮交通的德国,至今未能在自己的国土上建成一条磁浮交通运营线,"贴地飞行"的梦想只能在遥远的东方

实现。如今，德国已不再是该领域唯一的领先者，曾明确表示不向中国转让磁浮核心技术的德国，现在也不得不放低姿态前来中国考察和开展交流，谦虚地与中国人探讨合作研究事宜。德国铁路基础设施领军企业——马克斯·博格公司，2017 年与四川省成都市新筑路桥机械公司正式签署协议，联合建设新一代中低速磁浮交通系统，搭建国际化的中低速磁浮交通系统研发与应用平台。

近年来，新加坡、巴西、韩国、美国、奥地利等 30 多个国家的政府官员、技术专家、经济学者前来考察交流，引进中国中低速磁浮交通技术建设城市轨道交通，与中方进行接洽商谈。我国继 2017 年首次承办国际磁浮论坛之后，相关国际组织做出决定，2020 年国际磁浮大会移师中国长沙。

在我国，磁浮交通已然成为政府与民众关注的发展话题，到长沙、北京体验乘坐磁浮列车成了出游的一项内容。许多省市已将中低速磁浮交通作为轨道交通的选择，广东省清远市磁浮旅游专线已正式动工，武汉、天津、定州、成都、乌鲁木齐、青岛等 10 多个城市正着手规划磁浮交通线建设，北京、湖南作为领先者已开始规划第二条、第三条磁浮交通线路的建设准备工作，广阔的市场前景让中低速磁浮交通进入了一个快速发展期。

2017 年 11 月，国家发展改革委办公厅印发《增强制造业核心竞争力三年行动计划（2018—2020 年）》，将研制时速 160 千米的中速磁浮、时速 600 千米高速磁浮列车研发试验工程列入重点工程。目前，时速 200 千米左右中速磁浮正在研制，商业运营线建设为时不远；时速 600 千米高速磁浮交通系统技术方案已在青岛通过专家评审。

备战磁浮时代，发展磁浮交通高端产业，北京磁浮早在 2011 年就与国防科技大学合作，成立了"北京市中低速磁浮交通系统工程技术研究中心"，加强技术创新体系建设，促进科技成果转化。北京 S1 线建成通车后，公司正着力推进技术研发、核心装备总装集成、建设与管理、运营检修维护的公司"四位一体"发展模式，期望未来磁浮交通建设能形成"一条龙"式的"交钥匙工程"。

2016 年 8 月，中国铁建在武汉挂牌成立了中铁磁浮交通投资建设有限公司，从事磁浮交通、单轨交通及其他新型轨道交通项目的投资、研发、规划、建设、运营管理、咨询和技术服务等。中国中铁旗下的中铁工业正开展新型轨道交通整车产业布局，致力于研发制造跨座式单轨、悬挂式单轨、磁浮等新制式轨道交通车辆。

湖南省在长沙磁浮快线建成 3 个月后，与国防科技大学签署磁浮创新与工程化产业化战略合作协议，共同组建湖南省磁浮技术研究中心，致力开拓磁浮产业新市场，力图保持湖南在磁浮领域的整体领先优势，全面彰显推广价值，吸引国内外更多城市、景区发展中低速磁浮轨道交通，全力推动磁浮交通核心技术、全套技术的工程化、产业化，积极抢占国际国内市场。

河北省定州市政府与中国中车唐山机车车辆有限公司签署战略合作意向书，达成定州中低速磁浮项目、上下游产业链建设（暂定）合作事宜，共同推进中低速磁浮轨道交通试验线建设、基础设施、机车及配套设施、运营服务的上下游产业链建设。

中国中车联合国内 15 家企业、高校、科研院所共同攻关，开始研制时速 600 千米的高速磁浮交通系统，力求全面掌握自主设计、制造、调试和试验评估方法，建立具有国际适应性的中国高速磁浮系统核心技术和标准规范体系，形成高速磁浮交通系统完全自主化与产业化能力。

2017 年，中铁重工集团与长沙经开区管委会签署合作协议，决定投资 100 亿元在湖南建设全球领先、品种齐全的新型轨道交通装备产业园，磁浮列车、磁浮货运系统将是轨道系统装备研发重点，包括建设 8 条新型轨道交通综合试验线、时速 200 千米左右的磁浮试验线、货运磁浮试验线。

据不完全统计，全国有相关领域和行业的近百家企业在内的相关单位已着手布局磁浮交通，开始向磁浮交通产业进军。中国磁浮时代正蓄势待发，走进一片艳阳天。

神州大地掀起的"磁浮热"，令人鼓舞。国家和各级政府的大力支持、相关科研院所对核心技术持续研发、有实力的企业牵头组织和参与，为国产磁

浮交通产业发展，提供了强有力的支撑，带来了广阔应用前景。

在这种大好形势下，如何抓住机遇，巩固优势，精心统筹，乘势而上，成了摆在政府、相关部门、企业和工程技术人员面前的紧迫课题。有专家指出，在"磁浮热"大好形势下，应该十分珍惜国产磁浮交通近 40 年通过顽强攻关、不懈奋斗才掌握的核心关键技术，要认真总结长沙、北京两条磁浮交通运营线建设和运营管理的经验，在完善相关技术、工程建设和运营管理的同时，进一步增强技术持续进步和装备研发能力，真正形成了"中国磁浮"的品牌影响力和核心竞争力。

制造业是国民经济的主体，是立国之本、兴国之器、强国之基。自 18 世纪中叶开启工业文明以来，世界强国的兴衰史和中华民族的奋斗史一再证明，没有强大的制造业，就没有国家和民族的强盛。打造具有国际竞争力的制造业，是我国提升综合国力、保障国家安全、建设世界强国的必由之路。

一些专家建议，实施"中国制造 2025"，推动制造业由大变强，要把握新一轮科技革命和产业变革趋势，在技术含量高的重大装备等先进制造领域勇于争先。对于中国磁浮交通而言，必须加强战略谋划和前瞻部署，发挥先发优势，统筹规划，整合资源，合理布局，明确创新发展方向，完善产业链条，坚持军民融合式发展，加快推动"中国磁浮交通"研制整体水平的进一步提升，在未来竞争中占据制高点。

磁浮交通是一个复杂的系统工程和综合性产业，涉及的学科领域、相关行业众多。无论是核心关键技术攻关，还是装备制造、工程建设等，需要诸多企业参与，不是一个行业、一家企业或一个地方政府可以独立完成。磁浮交通涉及的技术供应、规划与设计、列车生产、轨道制造、桥梁施工、信号系统、供电系统、联调联试、运营及增值服务等，是"一条龙"式的产业链，需要上下游产业有效衔接，各研发单位和企业只有加强合作，资源共享，优势互补，才能形成合力，打造有竞争力的"中国磁浮"品牌。千万不能一哄而上，各自为战，另起炉灶，低水平重复，造成不必要的内耗和浪费。

2017 年 5 月 5 日，在中国工程院主办的"高速磁浮技术与产业发展战略

研讨会"上，中国工程院院士、西南交通大学教授钱清泉倡议成立"磁浮交通联盟"，团结国内产学研优势力量，协作攻关，争取早日实现我国高速磁浮交通技术的工程应用，并建立设计、制造、建设和运营管理产业链，形成世界领先的高速和超高速磁浮交通产业能力，填补高速铁路和航空系统之间的速度空白，为"一带一路""中国制造2025""中国智造"做出贡献。

为此，有业内人士指出，政府相关部门要用政策"有形"的手握住市场"无形"的手，进一步加强政策引导，创新机制，科学统筹，形成全国"一盘棋"，借鉴"中国高铁"发展经验，把"中国磁浮"进一步做大做强，为像中国高铁一样走出去奠定基础。

一些磁浮交通技术专家认为，我国中低速磁浮交通技术经过几十年的研究探索、工程化研发和两条商业运营线建设，已经掌握了拥有完全自主知识产权的核心关键技术，但要进一步推进自主创新，促进技术的继续完善和进步。比如，"车轨共振"这一世界性难题，虽然取得突破性进展，相关试验对比优于国外系统，在上海高速磁浮试验线、长沙磁浮快线和北京S1线获得成功应用，但能否断定已经彻底解决，在未来其他线路运营中能否完全避免，仍要引进高度重视。磁浮交通的节能、车辆减重、电机降噪、线路设计等问题也需要进一步优化。

目前启动了时速200千米的中速磁浮列车研制及时速600千米的高速磁浮交通的研制与试验。我国目前还没有高速磁悬浮交通系统试验线，不能开展自主研发系统的高速性能试验，缺少工程应用项目平台，难以实现关键技术与系统集成技术的工程化突破，这些问题需要今后通过攻关才能解决。

我国具有良好的传统轨道交通产业基础和创新能力，但磁浮交通作为一项新兴产业，相关装备设计制造只有10多年历史，还需要相关领域有实力企业持续攻关和改进。目前，莱芜钢铁集团掌握了F型钢轨一次热轧成型关键技术、中国中车具备列车制造和铝合金车体产业化生产能力。能够承担核心装备制造的企业，是经过多年甚至几十年的技术发展和制造积累形成的能力。只有技术的持续进步，工程化的不断推进，才能推进磁浮交通产业的持续

发展。

专家和业内人士的这些观点和建议，是"磁浮热"背后的冷思考，既有未雨绸缪的前瞻性思考，也对当前发展具有现实针对性，需要引起政府相关部门的重视，2018年年初，国家发展与改革委员会发布《关于加强城市轨道交通车辆投资项目监管有关事项的通知》，要求省级发改委采取有效措施，严格控制本地区城轨车辆新增产能。明确提出，城轨车辆产能利用率低于80%的地区，不得新增城轨车辆产能。企业申请建设扩大城轨车辆产能项目，上两个年度产能利用率都要高于80%。

一名熟悉国内轨道交通市场的业内人士表示，中国轨道交通市场有一定的非理性，大型企业之间的业务存在相互交叉的情况，"要是对企业完全放任不管，企业肯定有扩大自己边界的冲动"。

有关专家建议，必须发挥相关企业的各自优势，形成互补性，才能进一步做大做强，形成拳头产品。要把相关优势企业整合起来，进行合理分工，各展所长，相互衔接，优势互补，增强综合竞争能力，加速打造出"中国磁浮"这一民族高端产业品牌，使其成为展示中国实力和形象的亮丽新名片。

"磁浮热"的"冷思考"，反映出相关部门和业内人士在成绩背后的清醒。为政府相关部门和企业谋划中国磁浮交通未来的发展提供了有益参考，促进磁浮交通又好又快发展。令人欣慰的是，共识正在形成，形势在朝着这个方向发展。

中国磁浮，未来将更加美好。

# 后 记

　　壮阔东方潮，奋进新时代。40 年前，当我国改革开放的大幕拉开，科学的春天孕育着美好未来时，一种新型交通工具犹如一粒听到春雷的种子，破土而出，茁壮成长。伴随着改革开放时代步伐，这一被誉为"零高度飞行器"的磁浮列车，今天已在华夏大地"贴地飞行"，成为中国"高端智造"的一张亮丽名片。

　　从白手起家到梦想成真，我国磁浮交通走过了 38 年拼搏创新、艰苦创业发展历程。它是改革开放这个伟大时代的产物，是走中国特色自主创新道路、坚持军民融合发展取得的一项重大科技成果。它以国际领先的综合技术在世界高科技领域占有一席之地，更为民众出行提供了一种绿色低碳、方便快捷的新型交通工具。

　　"文章合为时而著，歌诗合为事而作。"今天，当长沙磁浮快线、北京 S1 线两条磁浮交通运营线相继开通，"中国磁浮"方兴未艾之时，正好迎来了改革开放 40 周年这个值得纪念的重要历史节点。作为一名新闻工作者，我长期

跟踪报道磁浮交通技术创新、工程化研发和产业化应用成果，手头积累了大量的素材，了解磁浮交通技术创新发展经历的坎坷与辉煌，更为广大"磁浮人"敢为人先、艰苦创业、拼搏奉献、追求卓越的可贵品质所感动。于是，便决定创作一部纪实文学，记录和反映我国磁浮交通波澜壮阔的发展历程，以此向改革开放 40 周年献礼。

历史是理解未来的钥匙。记录历史，讴歌时代，是新闻工作者的职责。创作这样一部纪实文学，我既有素材积累与采访之便利，更有为时代而歌的责任驱使。国防科技大学是我国磁浮交通技术"发源地"，从 1980 年开始，以常文森教授为代表的创新团队在国内率先开展磁浮交通技术研究，从原始创新、核心技术攻关，到工程化研发、产业化应用，几代"磁浮人"历尽艰辛不畏难，几经坎坷不退缩，始终初心不改，锲而不舍，一步步将中国磁浮交通技术推向国际前沿，实现了从"追赶"到"引领"的历史性跨越，让"贴地飞行"在中国梦想成真。这是多么难能可贵，又是多么值得书写和歌颂，这不正是"新闻人"应该关注和讴歌的时代风采么？

当我把创作想法向学校有关领导、专家，以及参与磁浮交通工程化研发和工程建设单位的领导和工程技术人员汇报后，立即获得支持和鼓励。他们为我出谋划策，给予热情指导，在百忙之中接受采访，并提供了许多珍贵的素材，使我更有信心去完成本书的创作。

磁浮交通是一个庞大的系统工程，涉及的学科门类广，技术难度大，参与研究、设计、制造、建设、管理的单位多，创新与推广应用时间跨度大，需要将其搞清楚、弄明白并非易事。为准确全面反映我国磁浮交通创新发展历程，我在过去掌握部分素材的基础上，广泛查阅和收集相关资料、深入采访专家教授和相关人员，实地考察和体验磁浮交通线，从中获得了大量珍贵的第一手素材。在创作过程中，坚持尊重历史、客观描述，聚焦主线、突出重点，着力弘扬科学精神，传播创新文化，讴歌时代风采，努力将技术科普化、创新人文化、叙述通俗化，做到纪实性与文学性、知识性与可读性有机统一，使之成为一本普及科技知识、传颂创新品质、启迪创新思维、彰显奋

斗精神、展现军民融合威力的读物。

在本书写作过程中，得到了许多领导和专家的指导和帮助。2018 年 5 月初稿完成后，有关专家对书稿进行了两轮审阅，根据审阅提出的意见建议，我对书稿进行了校正和修改，调整并补充了部分内容。9 月 3 日，国防科技大学智能科学学院组织机关和多位专家对书稿进行了一次集中审阅，经进一步修改完善后，最终定稿。本书所叙述的事件由于时间跨度长、涉及单位多、参与者众且变动较大，未能采访到所有相关单位和人员，内容也不可能详尽所有，如有遗漏和疏忽之处请予谅解。但愿读者能"窥一斑而见全豹"，从中了解中国磁浮交通从梦想萌芽、技术突破、工程化研发、产业化应用，到梦想成真走过的不平凡历程，领略所有"磁浮人"的别样风采。

在本书付梓出版之时，衷心感谢沈林成、张作胜、吴美平、许路、邱文伟、周述辉、周宗潭、荀瑛、刘志明、王平、周晓明等领导的支持；感谢常文森、龙志强、李杰、吴峻、李晓龙、窦峰山等专家的指导；感谢易仕和、刘少华、刘亮辉等同志的帮助；感谢湖南科技出版社为本书出版付出的辛勤劳动。本书写作过程中参阅了有关专家文章及报刊和网络新闻报道资料，在此说明并致谢。

王握文

2018 年 11 月 6 日